RETRATO
DO SER

R. SATURNINO BRAGA

RETRATO DO SER

1ª edição

EDITORA RECORD
RIO DE JANEIRO • SÃO PAULO
2013

CIP-BRASIL. CATALOGAÇÃO NA PUBLICAÇÃO
SINDICATO NACIONAL DOS EDITORES DE LIVROS, RJ

Braga, Roberto Saturnino
B795r   Retrato do ser / Roberto Saturnino Braga. – 1. ed. – Rio de Janeiro:
    Record, 2013.

    ISBN 978-85-01-40286-8

    1. Romance brasileiro. I. Título.

                            CDD: 869.93
13-04378   CDU: 821.134.3(81)-3

Copyright © by Roberto Saturnino Braga, 2013

Capa: Carolina Vaz

Texto revisado segundo o novo Acordo Ortográfico da Língua Portuguesa.

Direitos exclusivos desta edição reservados pela
EDITORA RECORD LTDA.
Rua Argentina, 171 – 20921-380 – Rio de Janeiro, RJ – Tel.: 2585-2000

Impresso no Brasil

ISBN 978-85-01-40286-8

Seja um leitor preferencial Record.
Cadastre-se e receba informações sobre nossos
lançamentos e nossas promoções.

Atendimento e venda direta ao leitor:
mdireto@record.com.br ou (21) 2585-2002.

EDITORA AFILIADA

É tudo invenção, com pouca verdade.
O ser compreende o que pudera ter sido.

I

O tempo do homem tem outra contagem além daquela usual, do movimento, que é a de toda a Criação. É o tempo suspenso no pensar e no silêncio, na fundura do ser, no pensar sobre o ser, essa coisa tão improvável que decorre entre o não ser de antes e o não ser de depois. Pensar vital e filosófico, sim, mas também o imaginativo, ainda mais rico, o pensar na quimera, futura, mas também passada, o que podia ter sido e não foi, o inventar, o pensar só para si, a comunicação com o próprio eu. E ainda o não pensar, o contemplar puro, sem tempo nenhum, ou o que vem a ser a comunhão com o tempo, que é também a comunhão com o espaço e a Criação, o antigo Todo, o Uno.

Penso muito nos antigos, eles sempre retornam e falam, especialmente os nossos, os antigos ligados aos pais e aos seus relatos, basta a gente envelhecer e procurá-los, chegar ao limiar e chamar por eles, no limiar do não ser com os sentidos antenados, os antigos da casa, da cidade e até do mundo chegam, manifestam. De manhã bem cedo ao ar livre é melhor; é a hora em que o éter do tempo está mais sutil e transmissor. Os antigos entram pela gente junto com as bênçãos e falam sua geração de pensamentos.

O pensamento filosófico é imperativo, todo mundo tem, mesmo sem querer e sem saber. Filosofia política, filosofia moral, filosofia da estética, filosofia da religião, filosofia da vida, todo mundo tem, necessariamente, todo mundo faz filosofia e muda este fazer no curso dos anos. Alguns se detêm mais, se apegam, leem, estudam, discutem, fundamentam, a maioria faz sem ter a consciência de que faz. Filosofia analítica, essa outra, sofisticação às vezes idiota, mas importante, a coisa da linguagem, o destacar e analisar as crenças e os significados que estão por trás dos conceitos do dia a dia, isso já é mais raro, é uma especialidade, já é dos filósofos propriamente ditos, e nem mesmo de todos eles, quase só dos americanos e ingleses.

E tem ainda a filosofia pura e espontânea do pensar o ser, o primeiro ser, ou o que veio antes do primeiro, que beira um outro plano do pensamento, o plano transcendental: por que existe tudo isso aí se manifestando, e nós no meio? Por que não há simplesmente o nada? A resposta não vem da ciência, que aventa e pesquisa a incrível explosão inicial de um ponto de energia, ou sei lá o quê. Explosão ao acaso? Que acaso é esse? E por que havia esse ponto original para explodir, e não o nada, simplesmente nada? Há quem sustente que isso já está superado, e a ciência começa a dizer que não houve começo, que tudo isso aí sempre existiu. Bem, de qualquer maneira, não sei, mas a literatura, o romance, o conto, a poesia falam do ser sem fazer essa pergunta, mostram o ser como ele é. Isso.

Não tive logo esses pensamentos, nem esses nem outros como os que brotavam antes, de manhã, quando eu podia ir cedo à varanda com minhas próprias pernas. Demorei. Custei a me compreender. Oh, que confusão, o que é compreender, no caso? Compreender o quê? Eu, eu mesmo, compreender a minha situação, o meu ser, agora nebuloso, uma dor no centro do meu eu em meio a uma nuvem confusa, o eu que ainda pensa, enoveladamente, que parece que voltou a ter consciência, muito rala no início, o eu que retoma acordo de si, vai e volta, quase sonhando, aos poucos volta à tona, com dor ou peso na cabeça, depois de quê? De quê? Não sei, depois de quanto tempo, não sei, nem sei por quê, não sei de nada, sei só que estou aqui, zonzo e confuso, com dor, mas sou eu novamente, eu mesmo, pensando outra vez, saindo do sonho, do sono e do sonho, esquisito, como real, eu e Juvenal, andando na cumeeira de uma montanha, o vale embaixo de um lado, com a cidadezinha; do outro lado um nada, esquisito, um não-se-ver, andando e respirando em sonhação, como real, mas nada a ver com nada, nem Juvenal nem nada, construção autônoma do inconsciente, sonhando e acordando, voltando a sonhar e a andar, não lembro o que dizíamos, qualquer coisa de geometria das casas no vilarejo, do outro lado era o nada, Juvenal dizia, o lugar da gente que não nasceu, ah, sim, e por que eu nasci? Voltando a acordar e vendo, sim, aos poucos, e escutando, o quarto branco leitoso, as sancas no alto da parede, a luz branca, estou numa cama deitado, quase não vejo, mas sinto, numa cama, não quero falar, por enquanto, quero entender melhor, sei que agora estou acordado, vejo minha mulher na janela, ah, de costas para mim, de azul, ela sempre gostou do azul-celeste, acha que vai bem com as suas cores, e vai mesmo, ela não me vê, eu a amo, isso eu sei e sinto agora bem presente, dominante, sou, apesar de toda a confusão e da dor de cabeça, sim, é a pessoa que eu amo, que viveu a minha vida, não vem assim escorreito, por inteiro, esse pensamento, vem um sentimento que o traduz sem precisar de palavras pensadas, escuto ruídos de automóvel lá fora, um homem falando e outro respondendo, vozes masculinas, chego a entender o que dizem, mas não consigo falar, de repente, ainda estonteado, percebi, quis chamar Rachel e não consegui, não posso mover nada do meu corpo, nem braço, nem perna, nada, só um pouco a mão direita e a cabeça dolorida, nem a boca para falar, será? Sim, consigo abrir a boca numa espécie de sorriso torto, acho que consigo, mas falar não posso, a língua, não, agora, pelo menos, não posso, talvez depois, mais tarde, depois que passar este sono pesado, esta confusão, talvez, agora posso abrir e fechar os olhos, piscar, claro e escuro, só, e a mão direita, sim, movo os dedos. Doença? Que doença é esta? Não, foi outra coisa, quase me lembro, talvez uma pancada forte, um tombo, velho morre muito de tombo, não sei, a cabeça me dói e tudo é confuso, não sei nada além do que vejo em volta da cama, parece um quarto de hospital, claro, mas vou saber melhor daqui a pouco, depois que descansar mais um pouco, acabei de acordar e já me sinto cansado, um sono irresistível, depois com certeza vou saber de tudo, agora não posso perguntar, só escutar, consigo escutar. E ver, sem entender muito bem. Posso dormir de novo. Preciso.

Custei a compreender, não sei por quanto tempo sonhei, acordei e dormi, Rachel me viu de olhos abertos, correu para mim, chegou-se, me olhou e começou a chorar, lágrimas escorrendo grossas e ela limpando com as costas da mão, procurando disfarçar sorria, acho ela tão bonita, pegando a minha mão, eu sinto ela me pegar, sinto o contato, como conheço esse contato da mão dela, como gosto desse contato, mal posso mover a minha, a direita, posso apertar a dela, como gosto, eu a amo, isso eu sinto com certeza.

Custei a compreender e nem sei quanto tempo se passou nesse processo. O tempo aí é impreciso, que coisa fluida, é muito desordenado, Rachel me diz que vou melhorar, repete, e eu escuto, repete, vou melhorar, são só uns tempos até eu voltar a ser o que era. Diz, repete, com vagar, com cuidado, olhando nos meus olhos. Cuidado e vagar que são sentidos da ternura.

Vi finalmente nos olhos do médico, bem mais tarde, isto é, não sei ao certo quanto mais tarde, sei que foi depois, tenho claro o sentido do antes e depois, vi e compreendi, já estava conseguindo pensar melhor, compreendi que era por muito tempo, talvez para sempre, bem, não sei, talvez, sim, provavelmente para o resto da vida, isto eu que penso realisticamente, ele não me disse, penso e aceito sem emoção. Bem pequeno de qualquer maneira este resto da vida, sei da minha velhice, já comemorei os 70, sim, no ano passado, não, no retrasado, o mesmo da virada do milênio, foi uma festa, fomos os primeiros Santos Pacheco homens a chegar aos 70, eu e Celso, meu irmão, a genética é muito ruim na família, uma gente fraca que morria aos 60, até aos 50, como meu avô de pai, foi uma vitória vital passar dos 70, comemorei, e já fiz os 71, vou para os 72, logo o resto do meu tempo é pequeno com certeza. Valerá a pena, assim? Que pergunta, não sei; realmente não sei; não sei se vou melhorar ou ficar assim para sempre, não sei o que é mais certo, não sei o que quero se não melhorar, e nem quero saber. Se preferisse morrer, como ia fazer? Também não sei. Valerá a pena viver só vendo e ouvindo? Vendo as paredes, ouvindo os ruídos? Ouvindo as falas, as mais queridas, os filhos, Rachel, ouvindo sem poder falar, cortada a comunicação, isso que é essencial ao ser humano, só ouvindo e pensando, falando interiormente, apenas para si mesmo, um morto-vivo, havia quantos anos não escutava mais a fala da minha mãe. Valia? Que adiantava valer ou não, saber se vale ou não? Sem emoção.

Nada, inócuo, estava ali vivo e inerte, sem nenhuma iniciativa possível, vivo quer dizer consciente, e mudo, e imóvel, vivo só de cabeça e de coração, de cabeça dolorida, pensando, lembrando, sentindo a alma, meio que anestesiado, sem emoção. Então era, podia dizer eu sou, sou eu, o mesmo, que penso e lembro do que fui, e amo, vejo Rachel, ah, emoção, amo, logo existo, a existência realmente só depende disso, da consciência, lembrei de Descartes, gostava dele, sempre, o matemático genial, desde menino, ou rapaz, lá pelos 18 anos, talvez antes até, no colégio ainda, lembro, funciona minha lembrança, quando tinha lido e discutido com o Saulo o *Discurso sobre o método*, lembro até da livraria onde havia comprado, na avenida Copacabana, que era também uma papelaria grande, eu sempre gostei de papelarias, tinha uma na rua Siqueira Campos que vendia selos, eu colecionava selos, gostava, até grande, lembro, sou.

Era. Isto é, sou, ainda. Sou o quê, quem? Meu nome é Rodolfo. Bem, isso é outra coisa, Rachel é minha mulher, sempre foi, Rebeca, Rafael, Renato e Roberto são nossos filhos, essas coisas estão claras, mas não vou mais ficar perguntando coisas e procurando respostas agora, só para testar, ainda estou cansado, muito, faz pouco que voltei à vida e sinto um grande cansaço. Mais tarde. Agora prefiro me entregar ao sono mais um pouco.

Pois então mais tarde. Tenho tempo, não morri, acho que estive perto mas ainda sou, cada vez que acordo sei logo perfeitamente, repetidamente, tenho consciência cada vez que acordo, então é porque é mesmo, sei perfeitamente que é vida real e não é sonho, confirmo para mim mesmo, eu sei e saber é saber, basta. Mas se quisesse descrever, até para mim mesmo, só como exercício do eu, como certificação do eu vivo, agora que estou um pouco mais acordado, depois de tantas rodadas de sono, se quisesse me descrever ou me desenhar, se fosse pintor e pudesse pintar um autorretrato, que besteira, não sou pintor nem nunca fui nem de longe, é a confusão mental, sim, mas como seria? Se fosse um escritor e pudesse escrever minha autobiografia seria mais fácil, poderia, sim. Papel escrito ou tela pintada são dois meios, a pessoa se retrata na página com palavras, tal qual a imagem que faz o pintor na tela, não sei por que penso isso, só que me seria muito mais fácil escrever, poderia ser extenso e corrente, nada literário porque também não sou escritor, mas falar e contar tudo como foi, mesmo fora de ordem e sem estilo, contar de mim para mim mesmo, uma história inteira de mim, descrições de situações e sentimentos, o personagem como que aparecendo num filme longo. O filme verdadeiro cria vidas reais, naquele tempo em que passa são reais, você convive com elas e se emociona, compartilha as emoções, o teatro, o bom romance, você vai vivendo junto. Mas o retrato pintado, inteiro de uma vez, desenhado e depois colorido, quase animado, resumindo tudo, dá para viver junto? O tamanho da figura e as proporções do corpo, a situação, em pé ou sentado na janela, olhando pra você e dizendo tudo, acho que dá, detalhado o rosto, o que são o rosto e o olhar, a alma, a vida dele ali toda retratada, mas dificílimo, coisa de gênios, como a poesia. Para mim, absolutamente impossível. É muita confusão na minha cabeça, não sei o que estou dizendo. E vou dizendo, e vou dizendo, para mim mesmo, claro, penso num retrato, naquela história do retrato vivo que se modifica com o tempo vivido, com a vida vivida, que se vai marcando de velhice, não necessariamente se tornando hediondo como no romance, lembro-me também, minha memória está, sim, preservada, no meio dessa confusão toda, acabo de comprovar, com mais esta lembrança de juventude, Dorian Gray, mas retrato pintado para mim seria impossível, e não tem nada a ver com o que eu estou pensando e estou querendo fazer, isto é, tem mas não tem.

Vou pensar novamente depois, devagar, não tenho pressa nenhuma, tenho todo o tempo agora, como seria o meu retrato. Já velho, claro, já completo, mas o bom retrato mostra as marcas principais de tudo o que foi, na mocidade e até na meninice, apresenta o que é com as marcas do que foi, posso recordar e traçar as linhas desse desenho biográfico em palavras no papel, isso posso fazer, antes de morrer, no limiar, uma boa razão para estar, ser ainda, não sei até quando mas não deve estar longe; enquanto isso só posso pensar e vou pensando, traçando no pensamento esse meu quadro. Tenho tempo, todo o tempo do mundo até morrer, como se não houvesse tempo para mim, eu parado e o resto todo girando adoidado por aí. Posso fazer isso para mim mesmo, até porque não sou nem nunca fui um cara interessante para os outros, um cara que tivesse esquisitices surpreendentes, engraçadas ou emocionantes, falantes e brilhantes, dessas de literatura, interessantes de contar, ou um fazedor de coisas, um bom fazedor, um grande construtor, nada, eu fui e sou um homem absolutamente normal, nunca precisei de terapia nenhuma e, por isso mesmo, chato, desinteressante. Bobo.

Vou muito ao cinema, lembro-me de um filme do Kurosawa, quero exercitar e comprovar aqui na cama a memória do eu, um filme cujo personagem era um japonês bobo, que não fazia nada senão carimbar papéis, quando sabe que tem um câncer de estômago e vai morrer resolve então fazer coisas, empenha-se enormemente para fazer um parque e consegue, e morre reconhecido, feliz, eu vi e me achei um bobo como ele. Pensei em começar a fazer uma coisa importante. Pensei depois do filme; filme bom é assim, faz a gente pensar depois.

Mas vamos lá, para mim mesmo, quem quer escrever um livro tem de sentar e começar, não ficar só pensando, é o que vou fazer, escrever dá mais segurança, pode sempre ser reescrito, o falar depende do tônus do dia, como o cantar, eu já cantei, sim, me lembro, o som às vezes sai mesquinho e não tem jeito, escrever para mim é mais fácil, escrever no pensamento, claro, sem o uso da mão, narrar o ser no limiar do não ser.

Começo: o fundo do quadro é o mundo, o caro mundo, meu assunto predileto, o mundo começando ainda na primeira metade do século XX, o caro século XX, fascinante, calamitoso, já entrando na quarta década quando eu nasci, o ano da Revolução Brasileira, 15 dias antes dela.

Já estava esbatida, naqueles dias, mas não inteiramente esquecida, a sinistra sombra da primeira guerra, a primeira grande insensatez dos povos cultos da Europa: a Grande Guerra, como ficou chamada. O que foi aquilo? A segunda dá para entender: a grande crise mundial entrando pelos anos 30, as pesadas indenizações e humilhações impostas à Alemanha derrotada ao fim da primeira, o surgimento do líder carismático, extraordinário, propondo a redenção, dá para entender; e a primeira matança, de 14 a 18? Por quê?

E aqui no Brasil, abria-se a História, bem naquele meu ano, instalando-se, finalmente, o Estado Republicano com Getúlio Vargas, oh, eu vivi essa história, tenho-a ainda dentro de mim e posso contá-la no fazer do meu retrato.

E a perspectiva mais próxima do quadro é a do Rio, sobre este fundo do mundo, o Rio que finda sendo o meu verdadeiro mundo, o Rio, do tamanho que eu gosto, nunca desejei viver em outros mundos maiores que conheci; a paisagem do meu quadro é o belo Rio de Janeiro, minha devoção, que passou pelo seu apogeu no meu tempo de juventude, no meio do século, como os vivi, esses anos JK, o cenário radiante da velha e bela capital, a música da bossa nova, o povo esperto e sábio, abrandado pela natureza.

Naquela Revolução, quando eu nasci, cada homem tinha o seu esconderijo para o caso de vir a ser convocado pelo governo cadente de Washington Luiz, isso eu tinha escutado muitas vezes na família, ninguém aceitaria a convocação para enfrentar as tropas de lenço vermelho e ideais científicos, modernos, que vinha do Sul fazer o novo Brasil. Havia uma linguagem cifrada, para ser usada por telefone, aquele antigo, de fone separado do bocal: Vovó Glorinha está chegando, era hora de se esconder na caixa-d'água, que tempo inocente.

O sexo é masculino, eu mesmo faço o meu quadro, o que define o porte e as carnes, o traço essencial da figura e os hormônios espirituais. Bolinha sorridente e loura naqueles anos do começo, 31, 32, redondinha, acolchoada, amparada na fotografia pelo irmão mais velho, muito amada. Daí, dessa circunstância inicial, muita coisa decorreu depois, coisas de psicologia que são difíceis para mim de analisar, como para qualquer um, mas que naturalmente se refletem no retrato adulto.

A cronologia é importante, sim, porque o ser é o tempo que corre, e ela vem por aí referida, mas o personagem tem de aparecer pronto na pintura, mostrando suas cores e marcas por inteiro, suas crenças maduras, desde o mais fundo e obscuro até o mais solar e refletido, o retrato tem de comunicar. Penso e acho melhor começar por Deus, o fundamento essencial, o primeiro aprender cogitado e cuidado, depois do espanto e da emoção das pessoas em volta, a mãe, o pai, o irmão, os sorrisos carinhosos.

Então, Deus, tanta coisa que dizer, vou falar muito sobre Ele e começo o meu quadro assim: existe um Deus, aprendido logo cedo e depois revolvido, usado, gastado e esquecido e, por fim, posto de lado como um velho utensílio sem demanda, lembrado e maquinalmente invocado vez por outra durante toda a porfia contínua e renhida, refinado depois em forma de ciência, e só bem tardiamente reevocado como transcendência e fundamento do ser. Existe, sim, só os muito arrogantes dizem — sou ateu. Pois se ninguém sabe o que é, como dizer de início que não existe com certeza?

Não vi nada de Deus, nessa confusão nebulosa em que estive mergulhado e da qual estou saindo devagar, não vi nem senti nada, ou pelo menos não me lembro agora, mais tarde, quem sabe me venha alguma comunicação. Não me lembro de ter chamado à vera por Ele durante toda a minha vida madura, nem mesmo naquele minuto horrível em que achei que ia morrer no avião em queda, isso há muito tempo, depois conto, não pedi nada a Ele, fiquei paralisado, mas mesmo assim digo que existe, prefiro, é a primeira coisa importante que aprendi, sim, fez o mundo e a vida, este milagre da improbabilidade que clama por uma centelha criativa. O milagre da primeira vida, una, nanométrica, logo replicada, que negócio é esse de replicar-se com ânsia e sofreguidão por iniciativa própria, como? Replicada aos quintilhões, sei lá, até fazer a primeira vida múltipla, a vida composta de vidas associadas e unificadas, cujo crescimento, incontável, e cujos melhoramentos impensáveis, bilhões de anos, deram no carinho dos mamíferos, e logo na inteligência do homo, no espírito, na palavra e na poesia, na comunicação, na consciência do tempo, do ontem e do amanhã depois da gente, a consciência da morte depois da vida, e da vida dos outros antes e depois da nossa; na consciência do bem e do mal, também, e do bom que é o bem para quem vive nele. Lembro de tudo isso, eu andava pensando muito nisso tudo ultimamente, antes desta entrevação, lendo, estudando.

Pensava também no demônio, o contraponto do bem é o mal, se Deus existe, o demônio também, necessariamente, isso também é milenar, embora seja uma conclusão de falsa lógica, negada por Santo Agostinho, que não reconhecia a existência do mal, mas apenas a carência do bem. Mas essa história de bem e mal é essencialmente humana, não tem nada a ver com Deus, é coisa inventada e sentida pelo homem, para qualificar seus atos; na Criação não existe, é tudo Deus, um sentido só. Eu pensava no demônio por causa de Beatriz, da raiva dela, depois falo.

Deus entretanto nunca me disse (eu O escutava pela manhã na varanda): seja bom que você vai para o céu. Nunca me disse isso. Mas sempre ouvi d'Ele: seja bom porque é bom ser bom; você vai se sentir bem, de corpo e de alma, aí mesmo no belo planeta que criei para você. Ouvi várias vezes sem escutar, um sopro direto falando na alma. Acho que é daí, dessa escuta em meio etéreo, que me vem mais forte o sentimento de Deus, da bênção e da graça.

Sentimento? Sim, bem, visão não é, nunca tive nem visão nem revelação como os místicos, nunca escutei o som da palavra d'Ele, como os profetas. Sinto alguma coisa, sim, que entra direto por dentro e não passa pelos sentidos nem pelo pensamento. Então é sentimento, chamo assim por falta de palavra; ou quem sabe seja uma outra forma de pensamento, intuição, pode ser também chamada.

A Criação é todo o Seu trabalho e é Sua existência, assim que eu penso, Ele É em si mesmo, Deus É, Javé quer dizer Eu Sou, não foi gerado, nem criou coisas do nada, Ele É e sempre Foi, sem tempo, como o cosmo, nós é que temos dificuldade em compreender isso com a nossa pequena mente, um pouco maior que a dos macacos, que se fez para operar dentro dos limites de espaço e tempo da Criação, não além dela, não conseguimos conceber o Ser que faz e é ao mesmo tempo aquele que faz. E nesse Seu trabalho Ele ainda trabalha, com obstinação e paciência infinitas, aqui na Terra, que, para nós, é o Seu hábitat, onde se podem ver e ouvir Suas manifestações, nas árvores, nos peixes, nos pássaros, há um santo que falou aos peixes e outro que falou aos pássaros. Há mais vida pelos pampas do universo, a gente sabe, deve haver, e não é impossível que um dia venhamos a conversar com esses outros viventes, se forem pensantes, mas agora não importa, para o nosso personagem, eu, não importa nada, é coisa que pertence à lista de segredos a serem desvendados depois da morte, agora só a vida importa, este resto degradado, e também a que aparece no quadro que estou querendo pintar por escrito, a vida vivida e a vida de agora, suas emanações.

Estudou o nosso desenhado, estudou e sabe com um pouco de detalhe coisas sobre a Criação e suas primeiras leis sem tempo, e que numa etapa mais tardia, como uma espécie de fim do antes, deu na criação da vida, um milagre, porque se voltou em sentido contrário ao da primeira lei, a lei fundamental do universo, a tal da entropia: não se sabe como, há uns três bilhões de anos, emergiram os primeiros procariontes, vivos, ninguém sabe por quê, surgiram no afã de se replicar e assim vencer o tempo que começou a correr pela primeira vez, cada um repetindo e repetindo o que aprendeu a fazer não se sabe como, e vencendo, vencendo a lei geral da desordem, uma célula só, sem núcleo, depois com núcleo, também não se sabe como nem por que apareceu mais esse passo na organização, replicando-se sofregamente, libidinosamente, aprendendo a captar a luz do sol e transformá-la em energia química, nos açúcares orgânicos que são os alimentos de toda a vida existente, toda, novo milagre, aquela célula inicial trabalhando incessantemente até ter força para fazer-se múltipla, a vida multicelular, há uns 700 milhões de anos, depois de tanto tempo, que grande salto! E então todo o novo complexo aprendizado da cooperação celular, esse saber que se foi desenvolvendo dentro da água, e ao mesmo tempo fabricando o oxigênio que a atmosfera não tinha, preparando a vida maior na Terra, oh, que sabedoria, primeiro as plantas, novas fábricas de oxigênio, durante uns 300 milhões de anos mais, impossível tornar palpáveis esses tempos praticamente infinitos, até chegar aos primeiros peixes e répteis, para logo atingir a espantosa organização de quatrilhões de células de um dinossauro! Que se mostrou um equívoco e acabou num sopro, ninguém sabe como, não acredito muito nessa história de asteroide. Mais uns cem milhões de anos para desenvolver e aperfeiçoar o sistema nervoso, afeiçoá-lo até formar os mamíferos, belos, carinhosos. E logo os primatas e os hominídeos, faz uns cinco milhões de anos. Mais recentemente, há uns cem mil anos, quem sabe com certeza, finalmente, o *Homo sapiens*. Com o primado, claro, chegou e ganhou o primado, porque tem consciência e fala, do grunhido à palavra foi um pulo, pronto, mas um pulo de essência, decisivo, fala e transmite com precisão e diversidade, sabe do tempo, do espaço, da finitude, nenhum outro traz esses dons que lhe conferem o primado entre todos. Ri e chora, e mente também, o único, oh. Há naturalistas radicais que contestam esse primado, querem convencer de que somos iguais a qualquer outro, a tudo na natureza. Não posso concordar, tão evidente e gritante me parece esse primado. Até a postura ereta da bipedalidade como que confere uma dignidade que confirma o primado evidente. A verticalidade da coluna vertebral tem também suas desvantagens que a gente experimenta nas crises de lombalgia, conheci. Foi o preço pago para ter as mãos livres e delicadas, capazes de fabricar artesanias, exclusividade do *Homo faber*. E eu sei de tudo isso, conservo o saber, evolou-se aquela confusão inicial e a memória voltou inteira, sei que sei, quer dizer, estou vivo e consciente, lembro das coisas, lembro por exemplo que nunca o acaso de Darwin, o inverossímil acaso de Darwin, me convenceu completamente.

Estudou, o nosso personagem, como disse, em bons colégios, então sabe que Ele existe, Deus, gosto de repetir, inalcançável, porém, pela mente nossa na sua limitação. Como tantas coisas com as quais a matemática trabalha na sua simplicidade mas a mente humana não compreende: o espaço-tempo, a matéria-energia, as forças da natureza, gravitação, magnetismo e outras, nucleares, fortes e fracas, a indeterminação, os quanta, o bóson de Higgs, o que é isso? A própria vida, essa outra força que acomete contra o universo, a força que faz o espermatozoide buscar freneticamente, dentro do útero, o óvulo e penetrar nele, e comprazer-se dentro dele até a morte-vida, um mundo de mistérios e conceitos que não cabem na compreensão da nossa pequena mente. Entra a pergunta: será que não existe também outra dessas forças físicas desconhecidas, inatingíveis, orientando as mutações genéticas em busca da melhor adaptação ao meio? Será que não cabe um pouco da ideia de Lamarck no meio da teoria de Darwin? Tantas vezes matutei sobre essas coisas, desde há muito, muitas vezes até com certa angústia, intrigado e frustrado com o intransponível, não adianta.

Sabe, entretanto, essa nossa mente pequena, distinguir o bem do mal, o nosso bem e o nosso mal, nosso, dos homens, não da natureza, da Criação, que é diferente. Tem consciência do dever e conhece a nossa lei moral. "O céu estrelado acima de mim e a lei moral dentro de mim" eram as duas maravilhas de Kant, que bem faz lembrar dele, eu sinto aqui, neste momento imóvel. É verdade que os demônios da modernidade, o mercado, o business, a mídia, o automóvel, essas coisas abomináveis vão desluzindo essas maravilhas: o céu estrelado já ninguém mais vê, e a lei moral vai sendo relativizada pela eficácia na competição; até os genes estão sendo fabricados, privatizados, patenteados, para ganhar dinheiro, imenso pecado. Sabe disso, o nosso personagem, estudou, pensou, e mantém o saber, fica conferindo, o saber e o prazer do saber, estou escrevendo.

Estudou, o nosso retratado, já disse, desculpem a insistência senil, estudou matemática, física, astronomia, depois estudou música, para poder cantar com erudição e musicalidade, tinha uma voz de escol, que merecia lavor, depois falo sobre isso, e lá no Conservatório conheceu Rachel, que aprendia violino, coisa de judeu, isso de aprender violino, botar os filhos para tocar violino aos 6, 7 anos de idade, uma coisa que requer no mínimo dez anos de estudo e disciplina tem que começar de bem menino. Rachel não era mais uma menina, era moça e muito bonita nos seus olhos verde-jade, sua pele clara e pura, cabelos escuros abundantes de judia, tocava já como uma violinista, tinha quase dez anos de estudo, tocava uma sonata de Schumann quando ele a viu, alguma coisa tão emocionante que teve de parar, ele parou na porta da sala e não mais se moveu, de encanto, a beleza dela inteira saía pela música.

Mas isso vem depois, o encantamento, o namoro inocente, próprio do tempo, namoro de cinema, de encontros na praia, Copacabana era a praia principal, lanches na Americana, namoro preocupado com a reação dos pais dela, judeus, tudo isso vem depois; por enquanto tenho de finalizar o acordo com Deus, que é demorado. Ele existe, e se pode dizer que é a própria vida, é cada um de nós que somos o milagre da vida e O definimos de muitas maneiras segundo o sentimento. É a vida em aprimoramento, repito por importante, é muito especialmente a própria vida humana, essa cuidadosa e caprichosa organização da energia em matéria delicada que fala e escuta, tem consciência, ri e chora, ama e contempla. E que ainda evolui. Ainda evolui: isso ocupa de tal modo minha mente que fico repisando, dando voltas e retornando, essa distinta espécie que é a minha própria, que ainda me está presente, agora, vida especial que consegue refletir, abstrair conceitos, formular hipóteses matemáticas e verificar que correspondem a fenômenos da natureza, espécie de vida muito singular, milagre dentro dos milagres, que elabora continuamente o amar e o dizer, a poesia, a filosofia, e alarga cada vez mais o saber e o compreender, gera o Espírito, vem do alfa e vai ao ômega, superando selvagerias, fomes, pestes, guerras e crueldades, e ainda evolui, continua evoluindo, até onde? Para onde? Que novas capacidades? Como será daqui a 20 mil anos? É vida humana, é Ele, e vem d'Ele, que se infiltra e expande pelo ar que respiramos, principalmente o da primeira claridade da manhã, que se esparge igual e generosamente pelo mundo, não pode ser privilégio de qualquer povo eleito ou qualquer indivíduo agraciado. E é gratuito, o Espírito é amplo, é maior, é tolerante, é compreensivo, enfim, quero dizer, é humano, erra também, quantas filogêneses desperdiçadas no caminho dentro da Lei, sente também o nosso sentir, fala a nossa língua e escuta a nossa fala, e claro que vai além, muito além, lá onde nunca chegaremos. O Espírito.

Falar não posso, eu agora, quem sabe vou poder depois, mas o pensar não perdi, exercito e verifico, nem a memória, posso rezar também, ainda conheço as orações, o padre-nosso e a ave-maria, alguma coisa do credo e da salve-rainha, no credo tem aquela coisa de ressurreição da carne que é demais, não dá, só não sei o que aconteceu exatamente antes de eu estar aqui, tenho alguma noção, minha cabeça está enfaixada e dói; devo ter sido operado, talvez tenha batido, não sei, não sei ainda nada, mas vou esperar para ver se clareia, vai clarear, eu sinto. O Espírito.

Conheci casos de recuperação da fala, isto é, soube de vários casos e conheci diretamente um, eu vi um, do meu amigo Leandro, que teve um AVC, ficou mais de um mês sem falar, depois começou a balbuciar e acabou recuperando quase completamente a fala, com a ajuda de uma fonoaudióloga. Moça e bonita, voz feminina, fator incitante. E a técnica, claro, o mundo de hoje é da técnica, essa coisa se aprende, se exercita e funciona. Deve ser um deslumbramento essa recuperação, quase como reviver a luz, a visão, reconhecer o mundo esquecido. Jesus fazia essas maravilhas, mudos falavam, coxos andavam, devemos muito a Jesus o ensinamento do amor, agradecia-lhe todo dia o suplício do sofrimento que teve para nos deixar os ensinamentos maiores, agradecia olhando para os meus pés descalços em gesto de humildade. É assim, estamos atravessando uma época de milagres da técnica, da medicina, do Espírito, toda semana se lê no jornal alguma nova cura. E isso vai longe.

Durante todos os milênios de existência a Humanidade teve religião, mitos religiosos que conformavam sua mente. E agora está deixando de ter, desde uns 250 anos, aos poucos desde as Luzes, e agora velozmente, com o crescimento espiralar da ciência, da lógica científica que repele o mito. O ser humano moderno saúda esse progresso mas ele certamente está modificando sua essência, não só pelo lado da psicologia, pela vivência do desamparo, a aflição, mas pela própria estruturação da sua mente, pelas coisas que lá estavam gravadas desde muito e não se apagaram, e se confrontam agora com outras de sentido contrário que vão nela penetrando, na nossa mente, cujo funcionamento cada vez se distancia mais daquele dos primitivos. Há um risco nisso, evidente, muita filogênese se perdeu num passo errado. E eu creio num passo evolutivo em andamento, já disse, embora não seja ainda mutação darwinista. De qualquer maneira, que seja um passo certo. Esse pensamento não é de agora, evidentemente.

Mas volto no que estava, escuto d'Ele também, escutava nas manhãs, estou me lembrando disso para terminar, escutava: reze, faça orações que são ouvidas, alimentam o espírito e produzem bem-estar, bocados de felicidade no ser que reza, e só os humanos podemos rezar. Dizia-me também que fosse à igreja, por gosto mais que por dever, que assistisse à missa e comungasse, agora teria de ser em cadeira de rodas, não ligasse para aquela fala chocante do padre dizendo de toda honra e toda a glória, aquilo era invenção dos homens, da mesquinha vaidade humana, assim como a fraude de que somos feitos à Sua imagem e semelhança, nós, macacos evoluídos, mesquinharia, devia-se falar, sim, de toda a grandeza e beleza do universo e da criação, isso sim, seria d'Ele, mas o importante não era o que o padre dizia, era a comunhão do Espírito que está ali em todos os presentes, Ele está no meio de nós. Dizia-me ainda que entrasse e me sentasse mesmo quando a igreja estivesse vazia e silenciosa, para logo ser invadido, naquela solidão especial, pelo hausto de elevação e pela beleza do Espírito ali entronizado.

Essa comunhão está também à mão de cada um de nós em qualquer lugar, tive essa revelação no tempo que estou referindo como se fosse no passado, antes da dor de cabeça, tive e tenho, meio complicado de entender falando agora, sei, mas continuo, talvez não em qualquer lugar mas em muitos lugares, no ar fresco da manhã, entre as árvores e os cantos dos pássaros, à beira-mar com as gaivotas, à serena da tarde ou no silêncio da noite, mesmo num quarto fechado de paredes: a comunhão com a Criação é sempre possível, pela respiração, mesmo aqui neste quarto de hospital, o sorver a energia primordial que está no ar, o prana, a energia de fundo que é da Criação e está aí sobrando para qualquer um dispersa pelo espaço todo, e que não tem tempo. Cada um que queira pode estender a mão em concha e captar um sorvo dessa que é a própria matéria dos corpos, que é também a força misteriosa do amor que cria a vida.

Tenho dito que essas coisas me chegavam pela manhã na varanda porque a manhã é o tempo propício para captar essas emanações. A manhã é o tempo de acordar e respirar, de rezar e contemplar. A manhã é o tempo de ver as cores e ouvir os pássaros, agradecer e comungar com a Criação, fazer a poesia da vida, é o tempo de comer as frutas e sorver o café oloroso, de fazer amor com toda a vitalidade da graça. A noite é para ver os morcegos e escutar o pio agourento da coruja; curtir depressões e chorar se for preciso, fazer a poesia da frustração, da treva e da morte. Melhor dormir cedo, ninar a criança antes.

Todos esses arcanos estão dentro da gente — vida, energia, amor — fazem parte de nós e impregnam toda a Criação, só não adianta tentar definir, querer inteligir, basta usufruir, até brincar com eles em alegria, respirar, beijar o próprio coração das coisas vivas.

Nosso homem em pauta foi menino obviamente, tocou inocentemente nessas e em outras coisas, e isso tem que estar de alguma maneira no retrato, fez a primeira comunhão, todo de branco, com um livrinho branco na mão casta, cheio de orações, e lhe foi dito, pela Dona Berta, professora de religião, severa e seca, oh, como era feia, sempre de preto, apostava tudo no céu, a ele lhe foi dito que Napoleão considerava o dia mais feliz de sua vida esse da inocência. O menino sentiu a hóstia dissolver-se na boca e caminhou de volta lentamente, levitando em paz e em pureza. Ainda hoje posso sentir essa leveza quando venço a inibição e vou ao padre receber o pão de Cristo, lembrando-me muito bem da evocação da última ceia feita na varanda do hotel em Havana, por Frei Betto e Frei Boff, partindo o pão de verdade e passando o cálice de vinho entre todos do grupo de brasileiros visitantes.

Não se masturbava ainda nessa fase, nosso menino, e não pôde oferecer nem esse pecado no confessionário. Já amava, todavia, pelo menos dois amores tinha tido, um alegre, imaculado, festivo, de música e dança no palco em representação colegial, e outro enrustido, de vizinhança, pré-pecaminoso, sombrio e frustrado, impossível.

Direi oportunamente desses amores, um a um recordarei como pontos destacados nessa pintura descritiva, ambos foram bonitos. Entretanto, sinto que o amor foi a minha devoção de vida em todo o tempo, o amor à casa, à mulher e aos filhos, que coisa maior essa bênção, a coisa mais verdadeira da vida, dádiva, o ser dos seus, sua criação conjunta acasalada, todo dia o carinho e o cuidado, que coisa mais bonita e prazerosa, digo e repito porque sei, especialmente nesta condição de hoje, vivi, eu sou o nosso desenhado e o amor foi o meu ser, acho que é de todo mundo, o amor de tudo, intrínseco, a começar da vida em si e das coisas da vida, mas também esse outro amor que é o peremptório, o amor pelas mulheres, que é o mesmo amor à vida, que foi a devoção de Freud, que Vinicius cantou como ninguém, o amor à procriação, que é dever ético do ser, o homem que amava as mulheres, eu fui o tempo todo esse filme, desde antes de Rachel, e também depois, com Heloísa, uma saudade enorme dela, mas sempre assim, no devotamento por Rachel e na impossibilidade de estar um tempo sem amar uma outra, que vergonha, a necessidade, uma de cada vez, Rachel sempre, acima, principal, às vezes uma fixação mais forte, paixão então, uma ânsia que ia e vinha conforme a proximidade do corpo desejado e não desfrutado, pulsão mais forte entremeada com outros enamoramentos levianos, até de putas, nunca fiz sexo pelo sexo, sem amor, não conseguia, tinha que ter namoro de coração, mesmo com as putas, assim a vida toda, uma necessidade fremente que aquecia os esforços pelo sucesso, pelo abrilhantamento pessoal. Fraqueza de caráter, evidentemente, faria qualquer coisa para tê-las na cama, mas não só aí, para tê-las também num abraço e num beijo, no enlevo da ternura desejosa, que é até mais arrebatada. Mulher sente mais esse arrebatamento carinhoso. Fui também um pouco mulher, nisso e em várias outras coisas.

Desculpem esse assunto rasteiro e vulgar, eu fui sempre muito igual aos outros, normal e desinteressante, o interessante é o homossexual, diferente, o celibatário convicto, ou o Don Juan que, só na ópera de Mozart, comeu 1.003 mulheres. Eu tive essas coisas que todo mundo tem, isto é, nem todos, conheci homens extraordinários que só amaram uma mulher-esposa, verdadeiramente, talvez por incapacidade eretiva de trepar com outra, uma limitação honesta, ou não, podem crer, por uma plenitude na realização amorosa, um encantamento mobilizador que os comuns não têm, acreditem. Abrem-se-lhe outros horizontes de vida? Com certeza, não tenho certeza mas tenho. São religiosos, por exemplo, são exemplares na família, especialmente no trabalho e no caráter, e satisfazem-se nesse reconhecimento próprio, ético, que confere o gosto da plenitude. Agora, o que não sei mesmo é o que acontece com homens enervados quando assolados por um forte cerceamento impeditivo, moléstia, senilidade, paralisia, ou até revelação divina, mandamento novo, e dominador: não farás!

Não sei; tristeza, estiolamento da graça, não sei, perda da saúde, distanciamento do mundo. E da vida. Isso me toca neste momento, claro, estou ingressando nesse nevoeiro denso, que será? Depois de Beatriz, um auge em plena senilidade, depois dela, sim, não por causa dela, ou por causa dela, sim, não sei, mas de todo modo, que será? Que vida? Não começo somente agora a pensar nisso, antes já cogitava, a velhice me obrigava a essas ruminações, pensava em prótese peniana, putz, que vergonha, mas não tinha ainda descido ao fundo do poço, que é não ter mais nenhum interesse desse tipo, de mulher, quero dizer, muito mais fundo que não ter ereção é não ter tesão, vivo, estou, mas sem saber ainda o que é viver nesta condição embaciada.

A frustração é corriqueira, aqui e ali, em tudo, é normal e passageira, o não poder pelo não querer dela, o caso trivial, frustração passageira por mais dolorosa, sofrida mas não quebradeira da razão de vida, faz parte do jogo, e qualquer um sabe que pode desejar infinitamente e não ter. Muitas vezes é acicate para buscas mais empenhadas para aplacar a dor ou sublimar o amor. Mas há casos unívocos, eu sei, há casos doentios não renováveis, eu conheci um que só tinha uma mulher e só dormia numa tábua, era rígido de caráter e de corpo, quando viajava tinha de carregar aquela tábua de dormir, há que respeitá-los, há Romeus e Julietas por aí, muitos, em Madureira e Irajá, extremos, são glorificações, mas no comum o homem pode se masturbar, sublimar o amor recusado na masturbação em devoção, até que a dança seguinte se apresente, não é o fim, Isabela não foi o fim para mim, com toda a força daquela paixão. O fim não é não exercer, é não desejar, não poder desejar por desvigor das faculdades. Horrível. Agora deverá ser assim para mim, estou no início desta nova vivência envilecida. Mas o que me aconteceu, afinal? Tudo se obnubilou, essa coisa estranha, que me deixa sem saber.

Dentro do tema ainda, eu sou monótono, Rachel foi, de longe, o maior amor. Tenho mesmo vontade de dizer com ênfase esta coisa séria e verdadeira: o único amor. Mas, se quero desenhar o retrato, tenho de colocar todos os traços, não só o principal, mesmo sendo tão principal. Desde a infância, mas também moço, já no segundo grau do colégio, na juventude, ele tinha sempre a sua preferida, nosso personagem, pelo que me lembro, só lembrando, não inventando nada, tinha a preferida no colégio que não era a mais bela, a mais querida de todos na classe, mas era a preferida dele, de dentro dele mesmo, acalentada diariamente no carinho do olhar, ali à vista, todo dia de manhã, os amigos pertinentes o sabiam, e incitavam-no a procurá-la, a acercar-se dela e declarar-se, dizer da sua fixação e do seu abrasamento, fazer uma fala de homem. Ela tinha outro namorado, sabido, mas ele podia ganhar a competição, tinha trunfos, era brilhante na matemática, por que não? E ele, nada. Inibição. Então Nestor, altaneiro de natureza, gaúcho e arrojado, na entrada do colégio, na calçada, em frente ao portão, pegou-a entre as outras, pegou aquela menina pelo braço, aquela, a sua eleita, minha, quero dizer, e disse vamos. Vamos o quê? Vamos, vem comigo, vamos entrar juntos, ele queria só me mostrar, era meu amigo, Nestor, meu vero amigo, queria mostrar como se fazia, o comando masculino, e ela foi, acedeu e foi com ele, numa blusa de cor bem amarela, os cabelos amarelos, sorrindo sem entender, mas foi, e o nosso jovem, apalermado, vendo, sorrindo também, o sorriso falso e acre, de longe, corroído, eu, está aqui até hoje aquela trave na garganta. Pensou em se arrojar ao chão e comer terra. Assim é a vida, aprendeu, dos leões. Aprendeu ali, com Nestor, na teoria só, não sabia praticar. Depois, mais tarde, sim, veio a aprender o fazer, oh, se aprendeu, e como praticou, em alguns casos até se excedeu. Hoje, nesse pensar, pode se arrepender desses excessos, sim, posso dizer que me arrependo, mas não chega a ser um peso esse arrependimento, um azedume bilioso, como foi todo caso com Beatriz.

*

Vamos mudar de assunto, chega, mostrar outras curvas ou cores mais atraentes do desenho do retrato. Quis uma vez tomar um navio, como marinheiro, e dar a volta ao mundo como Raul, escrevi há tempos sobre ele, conhecer os portos, que são culturas humanas, praças, bares de marinheiros, muita gente, prostitutas, absinto e tudo o mais. Quis ser sobretudo jornalista, como todo mundo quer, correr o mundo entrevistando e fotografando, no mister de mostrar ao mundo a superfície do mundo. Quis ser músico também, nosso retratado, em outra vertente, e foi músico, não aprendeu a manusear nenhum instrumento, tentou o piano, mais tarde o violão, mais simples, só para se acompanhar no canto, mas sua música veio mesmo só da sua voz, que bela voz, e tinha também a sensibilidade musical, o principal, a musicalidade, o toque que transcende. Tudo isso pode lembrar perfeitamente, fantasias típicas do ser em formação, ensaios de prospecção das primeiras fases, do menino que sonha no éter, que ainda não formulou na Terra os sonhos de sua vida e devaneia sobre alternativas na estratosfera, fica medindo hipóteses de longe, de muito longe.

Foi esportista, remou pelo Botafogo, isso sim, tem a foto no barco, a camisa preta com a estrela branca solitária, foi campeão da prova do oito na regata de cinquentenário do Vasco e possui o troféu, uma medalha de ouro verdadeiro. Tanta coisa, a vida se abre em tentativas como filogêneses, começam e se extinguem sem descendência. Muita frustração, mas pouco injuriosa. Quis ainda ser diferente, um homem meio alucinado e aventureiro, como são os artistas, fazendo estrepolias surpreendentes como os gênios, um homem surpreendente, com um bigode inesperado e interessante, coisas assim como nos personagens de romance. Mas nada, nem de longe, não tinha a vocação, faltavam a coragem e a agilidade mental da ousadia. Normal e completamente desinteressante. Foi. Babaca é o termo de uso atual e corrente, feio, não uso.

Assim. Fui tudo isso e na verdade não fui nada disso, acabei sendo político, que é um lavor de síntese. Tem de viajar muito, conhecer os portos, as gentes, tem de ser jornalista, saber de tudo e conhecer o métier de relatar, tem que saber cantar com arte as suas ideias e suas proposições, tem de contender como um esportista, e tem de ser uma personalidade de certa forma invulgar. Um pouco de cada. Bem, fui político, mesmo não sendo invulgar. E por sê-lo, político comum, comecei a me interessar pela filosofia política, quis fundamentar com mais solidez minhas ideias para me destacar, e trabalhá-las na sua diferenciação, crescer um pouco por aí. Segui esse caminho, que vai dar em outro firmamento, o da meditação sobre o ser, que tem muito a ver com este desenho narrativo e nada a ver com a política do dia a dia. No máximo posso pôr em traços alguns episódios dessa vida política, mas pôr em traços pessoais, não propriamente políticos, não caberia, a nossa tela aqui é estritamente pessoal.

Por exemplo, logo de cara, um mero ponto no traço do contorno que desenha o ser, que mostra a direção e o vigor do olhar, na sua capacidade de encarar ou arrostar, a firmeza na face do rosto que os outros reconhecem no pronto, coisa que o talento, a destreza do pintor sabe revelar:

nosso personagem foi prefeito, teve poder, uma categoria. Era a sua cidade abençoada. E lhe foi demandada a autorização para a construção de um hotel internacional de cinco estrelas numa das encostas mais belas da cidade. A lei não permitia, pela altitude e pela mutilação do panorama público, mas o chefe tinha a prerrogativa de excepcionalizar, os advogados lhe disseram. Era um tempo, ainda, de uma Constituição mais antiga, em que o Ministério Público não tinha o mandato da amplitude de hoje, e a imprensa, se soubesse, se acomodaria numa aprovação tácita estipendiada, em benefício do turismo, dos interesses concretos do turismo, aquela hotelaria tão importante na economia da cidade. E o oferecimento era grande, havia multinacional atrás do testa de ferro, realmente muito além do que até então pudesse ter imaginado como tamanho de sorte lotérica, e posto completamente a seguro, em dólar, numa conta de paraíso fiscal completamente inatingível por qualquer inquirição que não a do titular. Era o tempo. Teria garantido o financiamento de todas as suas futuras campanhas eleitorais, numa perspectiva de carreira que àquela altura, ainda jovem, lhe brilhava diante dos olhos. Aqui, só aqui, uma observação de caráter político: o financiamento da campanha é o terror do político; o deputado se elege e logo começa a pensar no financiamento da reeleição; muitas vezes não pretende enriquecer seu patrimônio, mas simplesmente fazer caixa oculta para a próxima campanha, eis a fonte do mal. Bem, voltando ao nosso retratado, consultou-se, em profundidade, consultou-se, só a si, a ninguém mais, nem a Rachel, que precisão a desta lembrança de um semimorto, o destaque do fato, o intermediário era um amigo de coração, pessoa de sua real querência e confiança, que insistia, claro que levaria alguma parte na transação, e guardaria segredo, oh, se guardaria, não só pelo caráter confiável, pela amizade grande, mas sobretudo pelo envolvimento de cumplicidade. Alegava a marota diferença entre a moral burguesa e a moral socialista, que era a nossa, com aquele dinheiro muito se ajudaria a causa do povo e da justiça substantiva. Consultou-se, nosso retratado. Não escutava, na época, ainda não escutava Deus pelas manhãs. Consultou-se então, só a si, o coração. Havia razões fortes para ceder ao acordo, política é feita de acordos, razões objetivas e publicáveis, o desenvolvimento turístico, a preservação de uma bela encosta que seria mais cedo ou mais tarde ocupada por favelas, já era cercada de favelas, havia razões sólidas, razões como essas que se encontram para embasar uma paixão incorreta, o corrupto, como o pecador, sempre tem razões convincentes para si mesmo, nem sempre age inteiramente cínico, justifica-se, eu enxergava essas razões que o meu amigo me apontava, sim, não seria uma canalhice, pensei bem, consultei-me, e resolveu negar, rejeitar a operação política. Pronto, o rumo da senda foi traçado ali. O ponto de apoio, não para levantar o mundo mas para sustentar o ego reto. Assim, com uma dose forte de autoenvaidecimento, porra, linguagem da época. Mas o traço, claro, ganhou o rosto. Decepcionou o amigo querido, a relação declinou em angulação de alguns graus. Só depois contou o passado à mulher, e ouviu dela a aprovação carinhosa e alentadora, plena, que regalo, que regalo. O traço, o pintor talentoso conhece a pincelada reveladora dele, este pormenor que marcou o olhar e, naquele entono, toda a face pincelada no retrato.

Houve outro caso, em sentido contrário, porque não houve então oferecimento nenhum e o nosso prefeito excepcionalizou, usou a prerrogativa, o intermediário foi seu secretário de Urbanismo, que apresentou o pleito de uma editora importante da cidade, que queria instalar uma grande máquina que era uma moderna e verdadeira fábrica de livros. A zona era residencial e a lei não permitia instalação nem expansão de indústrias já existentes, que era o caso. Só que era uma indústria especial, não poluidora, que era um dos pilares da cultura literária do Rio; de repente podia ir para São Paulo caso fosse mantida a proibição. Resolveu e excepcionalizou. São traços do retrato, do ser, nada de biografia.

A política inoculou-se no meu ser muito antes de passar pelo pai, que era um esteio e um farol, e que também foi político, de outra época e de outra forma, como o pai dele tinha sido, de outra época ainda e outra forma, na República Velha. Lembro bem a cara e a figura grande de jaquetão ao lado da minha mãe, figura grande e séria a dele, a doçura por dentro, revelada no trato e nas palavras, no tato das mãos grandes carinhosas, não no gesto, o professor Anselmo me dizia seu pai é um homem sério, certamente para significar que eu não era, não tinha aquela solidez. Engenheiro nato, ele, sabia fazer as coisas, medir e planejar, organizar, calcular, minha engenharia falsa em parte veio daí e não deu certo. Nem engenharia política eu consegui fazer. Mas o caso originário da política, lá longe, é outro, não é dele, é história comprida, difícil de contar, que começa antes da participação pública do pai. Assim: o nosso personagem, ainda menino, ouvia as conversas na hora do lanche dos domingos na casa do avô materno. Menino ouve tudo. E era a guerra o tema, a política pelas armas, a Segunda Grande Guerra, então acesa. Nem de longe se falava ainda na entrada do Brasil nem se podia vislumbrar, nem sequer imaginar, assim como coisa de livro de aventura, que brasileiros pudessem vir a combater naquela guerra, e até obter vitórias de certo calibre, a ponto de serem recebidos, vitoriosos, numa apoteose inesquecível, inexcedível, no desfile de volta ao Rio, em plena avenida Rio Branco, uma avenida de lágrimas aquele dia, de júbilo, um balão de emoção do tamanho daquela gente toda que subia ao céu da cidade, ele lá, menino, ainda guardava toda a visão, ele lá ao lado dos pais, de rosto lavado, escorrido, e alma inflada naquele balão de todos. Viveu aquilo, sim, ele viu Getúlio Vargas passar de carro preto aberto, acenando e encerrando o desfile, aplaudidíssimo, meses antes de ser deposto; ele, menino, também aplaudindo muito; era eu, o mesmo que vaga o pensamento agora no vazio do quarto branco, guardando lembrança tão viva e querendo recuperar o ser.

Não. Naqueles primeiros tempos dos domingos, a guerra era coisa só de países sérios, de gente realmente grande no mundo. E o coro da casa era todo pela França, nosso Brasil era francês naquele tempo, e a geração que falava que tinha voz, falava francês, lia os autores franceses, e trazia limpa na lembrança a vitória francesa na Primeira Guerra, de anos antes, do tempo deles. Sim, a Inglaterra tinha lutado bravamente, eram bravos os ingleses, muito fortes fisicamente, mas a França era a França, cintilante, Paris era a luminária do mundo, a França tinha ganhado a guerra de 14 e submetido a Alemanha arrogante do cáiser na paz de Versalhes. E novamente ia ganhar, naturalmente, pela superioridade cultural e moral, apesar do reconhecimento do valor científico e militar da Alemanha, sua disciplina. A Inglaterra, sim, a Inglaterra também contava. Mas a França, principalmente a França. Vizinha e rival da Alemanha. *"On n'y passe pas"*, era o avô que repetia o marechal Pétain de 18, para designar dessa vez a Linha Maginot, inexpugnável.

E a França caiu. Vergonhosamente, em 1940, com Linha Maginot e tudo, quase não lutou, e Pétain, o mesmo herói de 18, assinou a rendição desonrosa, Hitler passou fardado e brilhante como um Napoleão sob o Arco do Triunfo, desfilando nos Champs-Élysées. Era o fim do mundo deles, pais, avós e tios daquela casa amarela dos domingos. A depressão, o silêncio e a lamentação, por semanas e meses seguidos. A indagação: como será esse novo mundo da Alemanha, culta e bruta, daquele chanceler Hitler mais arrogante ainda do que o cáiser?

Era a política, isso já era a política. Por isso está aqui, porque comecei a falar sobre a minha contaminação política. Lembro de detalhes correlatos, muitos, nomes como Chamberlain, Churchill, Daladier, Mussolini, Franco,

Hitler, Rudolf Hess, me lembro, falados e escutados por nós, meninos, presentes na mesa só ouvindo e gravando, meninos escutam tudo, episódios e trechos que não vou desfiar aqui, o importante é saber que me lembro, vivi e tenho tudo dentro de mim, isso que é a vida de cada um, nunca tinha pensado tão detidamente nisso. Um só dos detalhes dessas conversas de França e Alemanha registro: a história paralela da tia-avó, bem gravada, a irmã do meu avô de pai que não conheci, casada com um grande engenheiro, sumidade da ciência brasileira do seu tempo, positivista comtiano, figura incontestável, contestado só por ela, a própria mulher, minha tia-avó, resoluta, bela e fulgente de olhos, vi fotografia antiga, mulher de caráter que, para se confrontar com o marido-deus, aprendeu alemão, que ele não sabia, e leu Kant, que ele nunca tinha lido, e que para ela, que conhecia ambos, era maior que Augusto Comte. Excitou-se tanto no confronto com o marido, em debates contra aquele que sempre falava absoluto do alto da torre, excitou-se tanto que, diante da rochosidade dele, começou a resvalar para sintomas cada vez mais fortes de uma nevropatia, agastamentos de gritos e contorções, identificados por ele como sintomas de demência, tão absurda era aquela contumélia deflagrada por ela entre as paredes da casa. E então teve de ser internada na Doutor Eiras, para desgosto do irmão, que era meu avô paterno, médico, não muito convencido daquela demência. Eu escutei essa história, de tempo muito anterior ao meu, comentada em frases reservadas, muito marcante para mim, menino, caso passado entre a minha gente, impressionante porque injusto, daquela injustiça que atiça os meninos, até pela tonalidade nebulosa em que tinha sido contada e comentada, e que não tinha nada com a guerra mas tinha alguma relação com o confronto entre as culturas, a francesa, sublime, indisputável para os brasileiros, e a alemã, fortíssima também, nova e brilhante, mas perigosa, desconhecida, e que trazia no sangue os genes daqueles bárbaros que haviam destruído Roma.

Tenho a impressão de que essa era a visão da própria Europa, até a Rússia, da Itália e da Espanha até a Noruega. Os ingleses dominavam a economia, mandavam no seu império ao redor do mundo, o império onde o sol nunca se punha, eram os donos da libra, civilizavam povos primitivos, cumpriam essa missão elevada com a sua colonização, mas não tinham muito a ver com a Europa continental, já civilizada. Você tinha de falar inglês para dar a volta ao mundo, mas falar francês para conhecer a Europa e sua cultura, até o seu limite nos Urais; na corte do czar se falava francês. A época deles.

Bem, voltando ao meu alvorecer político, àqueles domingos que eu escutava, os nazistas não conseguiram invadir a Inglaterra, a marinha britânica era imbatível. O *Bismarck* teve sorte, acertou um tiro no paiol de munições e afundou o *Hood* numa explosão portentosa, o grande *Hood*, o invencível encouraçado, orgulho da frota inglesa. E a frota britânica inteira, questão de honra, saiu à caça do *Bismarck*, até afundá-lo. Nessa batalha intensa através das grandes águas do Atlântico, aconteceu o confronto mano a mano entre o *Exeter* e o *Grafspee*, um desses episódios que figuram nos dicionários de guerra, pelo inusitado: o destróier inglês, manobrando com perícia extraordinária, colocou o encouraçado alemão, irmão do *Bismarck*, um dos famosos encouraçados de bolso da marinha nazista, extremamente ágeis, colocou o *Grafspee* quase a pique, completamente fora de combate, adernado, fazendo água, fugindo em direção ao rio da Prata. O mais interessante, o que concitava ao comentário, à leitura de todos os jornais, que traziam mapas de localização da batalha, com descrição pormenorizada dos detalhes, os tiros, as manobras, o mais interessante era que o confronto se tinha dado nas costas do Brasil, na altura de Santa Catarina, e o grande barco alemão, completamente estropiado, buscou refúgio em Buenos Aires, havia certa proximidade política. E o destróier inglês depois passou vitorioso pelo Rio. Sei que foi mais de um domingo de descrições e comentários. Acho que foi a partir daí que a atenção da casa se passou para a Inglaterra, meu avô colou um pôster de Churchill no seu escritório, onde pelo rádio ouvia o noticiário da BBC que traduzia para mim, após as batidas solenes do Big Ben, seis batidas, três horas da tarde no Rio.

Teve, sim, a batalha aérea, a famosa batalha da Inglaterra, entre a Luftwaffe, que pretendia invadir a ilha pelo ar, já que o mar era intransponível, e a RAF, com seus Spitfires pilotados por meninos inocentes, que acabou saindo vencedora, inspirando o dito do maior frasista da política de todos os tempos, que foi Winston Churchill: "Nunca tantos deveram tanto a tão poucos!" Recordo tudo isso para exercitar e comprovar a memória. Estou vivo. Fui e sou. Era o destino do mundo que se decidia, eu sentia a grande emoção, ainda hoje sinto. Por isso.

O destino do mundo é sempre um assunto emocionante, cada um de nós de certa forma o traz nos genes, no córtex e na medula, a gravação dos percalços da espécie, custos e triunfos da evolução bilenar, e fica sempre perguntando no imo do coração, e agora, e agora? No momento agora a senha é a destruição pela poluição; já foi a guerra nuclear, foi antes a ordem nazista, a disciplina cruel dos alemães. Já passou pelos bárbaros, pelos hunos, pelos mongóis, pelos turcos, sei lá, o mundo é delicado e decisivo, fala-se, por exemplo, num asteroide final.

Bem, a Inglaterra venceu também a batalha do bem-querer na casa do avô materno. Daí para a frente, pouco se falou da França, do fiasco da França, uma referência aqui outra ali a um tal general De Gaulle, que comandava, de Londres, a resistência francesa, cujo símbolo era a cruz de Lorena, havia uma fumaça de ridículo naquilo. Havia, sim, um pequeno exército moreno, de argelinos e marroquinos, que lutava na África sob a bandeira francesa. E os maquis no território ocupado, bravos, esses sim, quase todos comunistas, na temerária clandestinidade, que era uma especialidade comunista. Estava lá o nosso grande Apolônio, herói condecorado com a Legião de Honra, e ninguém aqui ainda sabia.

Mas os ingleses, que lutavam heroicamente, sozinhos, ajudados de longe pela indústria americana, conseguiram parar a ofensiva alemã no Norte da África, sob o comando do general Montgomery, que venceu Von Rommel e virou mito com a sua boina; os ingleses sozinhos, entretanto, nunca retomariam a conquista da Europa feita pelos nazistas, acabariam fazendo a paz se os alemães parassem, era o sentimento geral, lá em casa e no mundo inteiro: a Europa era alemã para sempre, pelos mil anos do Terceiro Reich. Foi pranteado o suicídio de Stefan Zweig em Petrópolis, europeu arrasado por esse sentimento de derrota definitiva. E foi então que Hitler, pessoalmente, contra seus conselheiros militares, ele mesmo, como sempre fazia, Hitler, enlouquecido, ouvi dizer que só tinha um ovo, um supertestículo, resolveu invadir a Rússia, conquistar aquele território infinito, como espaço para a expansão do seu indestrutível Terceiro Reich. Os gênios sempre fazem burrices, daí se poder sustentar que não existem gênios. Desculpem, tenho de fazer desses comentários toscos, mesmo aqui na cama estropiado.

Mas, e então? Por que relembrar isso tudo que todo mundo sabe? O que que eu tenho a ver com isso tudo do mundo, o meu retrato em confecção, a minha política, o quê? Só provando para mim mesmo a minha memória?

Não; sim, tem muita coisa. Política, eu disse, soro na veia da minha vida veio dali, muita coisa, minha vida foi política. E, menino, na batalha de Stalingrado, a virada da guerra, brotou a fonte da minha afeição socialista. Já havia, reconheço, sementes de inconformismo hibernadas nos sulcos do coração. O menino tem já, e o tem mais puro, o sentimento de justiça: eu via e sentia as diferenças de casta entre pessoas próximas, pessoas queridas, indistinguíveis para mim na qualidade de pessoas, as empregadas, o faxineiro Waldir que esfregava o escovão, a babá, Vita, principalmente, uma segunda mãe tão amorosa, uma vez lhe vi lágrimas de tristeza e humilhação numa fala de minha mãe, isso era incompreensível e inaceitável, só aos poucos se foi sedimentando na minha alma aquela realidade incômoda e deformada. O heroísmo de Stalingrado fez rebentar essas sementes esquecidas mas ainda vivas.

No curso daqueles domingos na velha casa da rua Barroso, o heroísmo parecia ser definitivamente britânico. A Rússia seria engolida pelos alemães em poucos meses, tal e qual havia planejado Hitler. E os primeiros avanços confirmaram a expectativa. Foram e foram, facilmente, encontrando a terra arrasada, deixada pelos russos em fuga como no tempo de Napoleão. Cercaram completamente Leningrado, que ficou um ano sem comida, comendo ratos e lagartos, morrendo de fome aos milhões, mas não se rendeu. Chegaram bem perto de Moscou, mas não conseguiram tomar nem cercar. Bem, algo diferente estava acontecendo, o inverno poderoso e a primeira resistência séria em terra, os comentários começaram a registrar e a mexer, ainda de leve, com pedaços da minha pequena alma. Mas no sul os alemães continuavam avançando em direção ao Cáucaso, ao petróleo, iam chegar a Moscou por trás, foram e foram, chegaram às margens do Volga. E então não passaram. "*On n'y passe pas*" não foi na França, foi em Stalingrado. A batalha mais renhida e feroz do nosso tempo, rua por rua, casa por casa, homem por homem, meses e meses, dois milhões de mortos. E os russos venceram, cercaram e prenderam uma divisão alemã inteira, com general e tudo!

Foi a primeira festa da guerra, e os meninos como eu dançaram aquela música alegre. A guerra era o assunto de longe mais importante do Brasil mesmo antes da nossa entrada, ocupava todas as primeiras páginas dos jornais, que eram muitos naquele tempo. Eram comprados e lidos na família, pelo menos o *Correio da Manhã*, o *Diário de Notícias* e o *Globo* de noite. As estações de rádio eram sintonizadas na guerra. O destino do mundo sendo jogado, todos sabiam. E a resistência dos russos, e a virada da guerra passou a ser o destaque. O afeto era ainda dos ingleses, merecido, aliás, porque eram bravos também. Mas os meninos, como eu, que gostam de coisas novas, começaram a gostar mais dos russos, que eram a grande e inesperada novidade.

Quando eu me liguei, muito mais tarde, à Juventude Comunista, havia naquele impulso, além da semente inconformada da infância, a lembrança de Stalingrado. Nunca me esqueci de Stalingrado, e quando visitei o país, em 55, dez anos depois da guerra, pedi para ir a Stalingrado, e toda a nossa delegação concordou. E fomos. Era um verdadeiro museu de história e heroísmo que nos mostravam: aqui foi assim, ali foi de outro jeito, esta praça nós perdemos e ganhamos quatro vezes, neste ponto os alemães lançaram sua cabeça de ponte sobre o rio, chegaram a atravessar, e tiveram que voltar, tinham ordens de morrer mas não recuar, e acabaram perdendo tudo. Nós todos assombrados, para nunca mais esquecer.

Para o avô, entretanto, era difícil gostar dos russos. Claro. Ele, um positivista: mais tarde, quando eu entrei na

Escola de Engenharia, presenteou-me com os seis volumes do *Cours de philosophie positive*, de Comte, estudado e anotado por ele na Escola Militar, aluno de Benjamin Constant. Ele não podia, tinha os russos na conta de um povo semibárbaro, com alguns músicos e escritores extraordinários, alguns cientistas importantes, que brotavam como lírios no lamaçal da mais completa incivilidade, grosseria e anarquia. Ele, um contador de histórias, contava esta: uma comissão europeia tinha encomendado a cientistas de vários países que fizessem um estudo do elefante, esse enorme animal que haviam encontrado na África. Os cientistas ingleses, práticos, escreveram um pocket book intitulado *Manual para o conhecimento do elefante*; os alemães, minuciosos, radicais, escreveram dez volumes sob o título *Introdução ao estudo do elefante*; os russos, debochados, escreveram *Existirá mesmo o elefante?*; e os franceses, poetas na essência, publicaram *L'Elephant et ses amours*. Lembrei-me desta entre muitas outras histórias dele, meu velho avô, que falava ao neto como se soubesse que seria lembrado hoje, contei para ilustrar suas limitações afetivas em relação aos bárbaros que tinham massacrado a família do czar depois da revolução, mulher e filhos, quatro meninas, todos. Depois conto outra interessante, é só me lembrar.

Eu, menino, que não tinha essa iluminação das gerações adultas, passei a admirar intensamente os russos, quase ignorados antes. Soviéticos, ninguém então dizia assim. Dessa admiração até o socialismo na juventude, quando me interessei mais detidamente pela política, foi um caminhamento fácil e natural, na senda firme daquele sentimento de justiça que veio da infância. Não foi propriamente uma conversão revelada de um lampejo, isso não me lembro no detalhe, sei que se foi completando por passos, em revelações seguidas, a primeira, aquela, a vitória dos russos na guerra, eles libertando os horripilantes campos do Holocausto, eles ocupando Berlim e plantando a bandeira da foice e do martelo no alto do Reichstag, eles os que mais lutaram e, de longe, os que mais morreram na guerra, mais de 20 milhões, de puro heroísmo. Depois, o socialismo, a ideia generosa, o ideal de juventude tinha passado pela adesão a Getúlio Vargas, vinha inconsciente da meninice, anelo de justiça, de humanismo, de pureza, até o momento decisivo e definitivo, a leitura de Marx, *O capital*, o monumento, leitura racional, leitura de engenheiro, que clareava a visão, como óculos na vista míope, de repente, tudo enxergado com nitidez, pronto, a conversão pela raiz, socialista para sempre.

Abro parênteses para falar um pouco da emoção de desvendar um mistério, conhecer o desconhecido, ver o nunca visto! Não estou querendo nem de longe comparar o meu sentimento de descortino ao compreender Marx com a espantosa emoção dos navegadores que arrostaram os mares e descobriram o Novo Mundo. Só estou querendo lembrar que existe algo em comum no descobrir o saber novo quando é grande, no ver a coisa nova e extraordinária. O velho do Restelo, por desconhecimento, não considerou esse estupendo auge emocional da vida humana quando imprecou: "Ó glória de mandar, ó vã cobiça..." Não era só isso, pelo amor de Deus, glória e cobiça animavam os que ficavam em terra e mandavam os aventureiros, custeavam as viagens para usufruir os lucros. Não, os que se lançavam ao mar naqueles precários barcos cheios de coragem tiravam essa coragem de algo muito maior, algo que os impelia irresistivelmente aos perigos e às tormentas: era o insaciável impulso do conhecimento do desconhecido extraordinário, um deslumbramento que arrebata, o mesmo que alimenta os cientistas na obstinação de suas pesquisas pela verdade nova, o mesmo que obcecou a alma de Galileu até o ponto de afrontar o horror maior do seu tempo, a Inquisição! Prazer nenhum se iguala a esse do desvendamento: o Gama vendo a máquina do mundo funcionar! Eu, como fico pensando, se me fosse dado ver todo o mistério da vida! Ora, não é preciso ir tão longe: até as mesquinhas descobertas do dia a dia animam as almas humanas mais simples no mexerico. Conhecer o novo é a riqueza maior da vida. O primeiro a saber disso foi Adão, que provou o fruto do conhecimento; Prometeu, que roubou o fogo, esses pioneiros da ciência humana.

Sim, eu descobri muita coisa nova com aquela leitura, compreendi, vi a verdade, estou fazendo o meu retrato, relembrando sensações, e me ponho como jovem, condescendente: subia um patamar acima e compreendia as limitações do avô, seu ideário envelhecido e ultrapassado. Até mesmo de meu pai. Eles não tinham lido Marx, ficaram com Comte, outro lado da razão, espremidos como Ptolomeu antes de Copérnico. Esse sentimento eu tive e guardo, de tão grande. Eram inteligentes, sabiam coisas e coisas, o avô contava com graça histórias vividas e lidas, mas tinha, claro, ele e meu pai, as limitações históricas de todo ser humano, a história do seu tempo, ou melhor, o seu tempo na História, viviam num Brasil onde o mundo só chegava com muito atraso, não haviam alcançado o socialismo, não podiam. Meu pai, muito depois, quando viajou como deputado da Interparlamentar, chegou a ir à China e se avistar com Mao, meu pai disse um dia para mim que o mundo realmente caminhava para o socialismo, era um aforismo do momento que ele constatava; mas não chegou a ler Marx e compreender todo o funcionamento da máquina social humana, ter a ciência que eu havia adquirido. Largueza de pensamento de jovem marxista convicto. Olho para trás e sentencio: quem foi jovem no fim dos 40 e não foi comunista ou era alienado e não sabia das coisas ou não tinha sensibilidade moral apurada.

Prometi outra história do meu avô: ele era engenheiro militar, foi cadete, aluno de Benjamin Constant, logo, positivista e republicano em novembro de 1889. Participou pessoalmente, como quase todos os cadetes, do golpe militar da República; estava a cavalo no grupo que, liderado por Deodoro da Fonseca, se reuniu no Campo de Santana para tomar o quartel-general (o Ministério da Guerra) e, de lá, proclamar a República pela força das armas. O grupo de cavalarianos chegou à frente do quartel, cujo grande portão de ferro estava fechado. Logo surgiu o tenente, comandante da guarda, inseguro, perfilou-se a pé diante do marechal e declarou que tinha ordens superiores de não abrir o portão. Conta então meu avô, testemunha próxima, que Deodoro se mexeu na sela, ergueu a cabeça, apontando o queixo para o portão, e disse ao tenente, sem gritar mas com voz firme:

— Abra esta merda.

O tenente hesitou dois segundos, correu e abriu o portão. O grupo entrou e tomou o quartel e, de lá, como planejado, proclamou a República. Completava então o meu avô: A Independência teve uma bela frase, "Independência ou morte"; a frase da República foi "Abra esta merda". Claro que não está nos livros, mas aprendi de uma testemunha viva.

Hoje, vendo daqui, desta cama branca, ele era ao vivo a epoca passada dentro do meu ser. E ainda é, quando reexamino minha vida, o tempo do eu consciente, ele tem de estar visível nesse quadro, quase tanto quanto meu pai. O presente que então escoava tinha, evidentemente, a marca mais forte do pai, presente desde a primeira data, assim como do tio mais moço e jovial, irmão dele, a marca especial, claro, do carinho da mãe, mas o passado fixado nos ossos tem muito do avô, o engenheiro Mário Jorge, que se formara na Academia Militar e construíra estradas de ferro pelo mato adentro. A casa dele é ainda um marco. Meu outro avô, de pai, que era médico, havia morrido antes de eu nascer, e da avó, sua esposa, gorda e bonachona de retrato vestida de preto, tenho só uma vaguíssima lembrança de carinho e brincadeira, eu tinha 3 anos quando ela morreu, guardo a música que ela cantava, eta moleque bamba, pega a cabrocha, pisca o olho e cai no samba. Só. Meu passado, então, fora da rotina forte de casa, meu passado era a casa dos avós de mãe, aquela casa grande e amarela de todo domingo. E o centro dela era o dono, ele, na mesa do lanche noturno, divertido e impaciente com o ruído dos meninos. A avó era suave e me dava 500 réis toda semana. O que o avô, Mário Jorge, era seu nome, que nenhum dos filhos e netos carregou, o que ele tinha de mais característico na figura que me ficou eram as mãos curvas em trabalho, as mãos brancas de pele não muito fina, com unhas não muito curtas, mas cuidadas, mãos nem gordas nem magras, com uma curvatura que dava destreza, que lhe permitia fazer trabalhos de muita raridade. Teria sido um excelente ourives se gostasse de joias. Não, seu gosto era pela madeira, era um artesão da madeira, tinha uma pequena estante, feita por ele, primorosa, com escaninhos que guardavam tijolinhos envernizados de cada uma das madeiras brasileiras usadas em utilidades. Conhecia as madeiras e as árvores, havia passado meses e anos na mata locando diretrizes de estradas, separando as árvores nobres. Fazia caixinhas trabalhadas com aquelas mãos, escrínios, pequenos móveis de estilo, lavrados por ele mesmo, um engenheiro ferroviário, marceneiro de vocação, com aquelas mãos curvas, lisas, hábeis, fabricava jogos também, para nós, os netos, principalmente quebra-cabeças, nesse caso com papelão grosso, não com madeira, recortava as peças com a precisão daquelas mãos, tudo, dizia, era questão de ter boas ferramentas, no caso, boas tesourinhas, a noção da ferramenta certa, da boa ferramenta, aprendi, a história da humanidade, dizia, era a história do aperfeiçoamento das ferramentas, desde as pedras lascadas. Tinha uma caixa de ferramentas inglesas capaz de resolver qualquer dificuldade das mãos. Tinha uma americana também, boa também, mas não tanto quanto a inglesa, dizia. Nem ele nem minha avó gostavam de americanos.

Imagino hoje que tenha sido ele mesmo o engenheiro a construir aquela casa, ali na primeira década dos 1900, quando Copacabana foi aberta ao Rio pelo túnel que vinha de Botafogo, desembocando na rua Barroso, que ia até a praia. Ali, na rua Barroso (hoje Siqueira Campos), ficava a casa, amarela, grande. Bela. Ampla. Vejo uma outra muito parecida no estilo, que fica hoje dentro do Jardim Botânico, perto do estacionamento, de dois andares, pé-direito alto, com um sótão em cima, com janelas e portas altas, iguais às que tinha a do avô, só diferentes na cor, que é verde nas paredes brancas, mas grande, alta e ampla, como a da rua Barroso, larga na construção e no terreno, no quintal que tinha um galinheiro e um pomar, ampla, a sensação principal que guardo é a de amplidão, três grandes salas embaixo, com dois quartos e copa e cozinha bem grandes, e seis quartos em cima, com um só banheiro largo. Um desses quartos era o seu escritório, seu estúdio, onde passava o dia, onde trabalhava com as mãos curvas, onde ouvia o rádio possante que captava o Big Ben em Londres, onde, numa varandinha que dava para a frente, observava a rua, os bondes que havia tanto utilizado, nunca tinha tido automóvel, a casa não tinha garagem.

Falo tudo isso pelo Rio, também pelo Rio, a paisagem do meu quadro, minha afeição, como era belo, como é belo, como será, o Rio é a fada dos brasileiros, mineiros, nordestinos, gaúchos. Arrisco: até dos paulistas.

Um macaco, sim, a casa tinha um macaco-prego, o Simão, engraçado, matreiro, ficava amarrado por uma correia na cintura, presa por corrente bem comprida no tronco de uma árvore, em que ele trepava com agilidade indescritível; nós, meninos, tínhamos medo dele. É memória? É retrato, retrato composto de traços e cores de memória, vida incrustada, é ser também.

A casa, o Rio era uma cidade ainda só de casas. Eu tanto queria hoje uma cidade só de casas. E bondes, sem automóveis, que paz, que silêncio, que civilização. O automóvel é o demônio da cidade de hoje, o grande poluidor, o grande estressador, o grande destruidor, o grande assassino. É o vilão da cidade, e de toda a vida moderna. E há idiotas que dedicam todo o seu esforço e a sua devoção a ter um carro especial, importado, prateado, possante, brilhante, blindado, estofado, esporrado, sei lá, idiotas. Bem, eu fui idiota também, menino, era fascinado por automóveis, conhecia todas as marcas, até as marcas de gasogênio, quando houve o racionamento de gasolina nos primeiros anos 40.

Idiotas, comentário à parte. Consigo fazer juízos no meu estado. E não são mais ranzinzas como antes, esse negócio de idiotas digo rindo deles, comparando com eu menino, estou em paz agora, não sinto mais aqueles rompantes de cólera que vinha tendo, coisa de velho, iras cada vez mais sanhudas, cólera senil. Puseram-me na janela e eu posso reconhecer a casa de saúde, já fui operado aqui faz tempo.

Espocou então na memória a figura do Marquinho, simpática, sagaz, amiga, veio aqui me visitar naquele tempo, não veio agora mas virá, algo me perguntou por ele de repente, que bom rapaz, que talento fino, inato.

Respiro fundo e sinto o aroma da mata. Olho e vejo os tons, não é manhã, é início de tarde, há flocos de verde cambiante, tufos de folhagem que refletem luz, um galho de árvore iluminado pelo sol é uma lembrança antiga, pelo sol da manhã que é diferente, alegre e inocente, ouço os pássaros, conheço os cantos, meus sentidos estão preservados, ouço a vida lá embaixo, vozes e carros, faço as conexões, estou vivo, no presente, que vida estreita esta minha de agora, mas é vida, quero-a? Sim, quero-a, pela primeira vez digo assim com força e substância, consciente e contrito, quero-a. Mas por que estou aqui? Sei perfeitamente, estou num hospital convalescendo, mas de quê? Não sei, ninguém me diz e não posso perguntar, não consigo perguntar, não sai fala nenhuma, e também não quero muito perguntar, por enquanto. Espero o momento em que qualquer um faça uma referência que explique, eu consigo entender muito bem as coisas.

Sei da minha história, banal, a do personagem que vai sair no retrato. Banal apesar da política, tão cheia de vicissitudes, mas banal no seu estofo, só o episódio do avião pula fora dessa banalidade, depois falo dele, não, já que mencionei vou contar rápido, era uma viagem a São Paulo pela Caixa, logo no início, 1960, abril, 12, me lembro, claro, era um Convair da Cruzeiro, daqueles que subiam numa inclinação muito mais empinada que a dos DC-3; ele decolou do Santos Dumont e logo depois, uns dez segundos, senti que estava perdendo força na subida, e logo começou a perder altura, oh, deu pra perceber, todo mundo parou de falar, ninguém gritou mas todo mundo viu que estávamos caindo e perdeu o fôlego da fala, aquele gelo, uns 20 segundos, meio minuto talvez, sei lá, ia morrer, mas não pensei em nada, nem em Nossa Senhora da Conceição, a quem muitas vezes recorria inconscientemente nas angústias, nada, paralisado, acho que todos, a tal paralisia da morte, da entrega, e veio o baque forte, muito forte, caímos na água e o piloto foi hábil para evitar o mergulho, o avião patinou, bateu e levantou duas vezes, até cair da terceira vez na água, com isso, a manobra perfeita, amorteceu o choque, mesmo assim ele foi violento, e muita gente ficou meio grogue com a desaceleração, inclusive eu, levei uns segundos até compreender que estávamos boiando, nem vi quem abriu a portinha sobre a asa, desatei o cinto, dei um pulo e cuidei de sair e cair n'água, com medo de que o avião afundasse. Não afundou, ficou boiando, e deu para todos saírem, isto é, ninguém sabia e na confusão ninguém reparou no outro, eu estava com o Elísio, advogado da Caixa que ia comigo, ele estava ao meu lado, eu tenho ideia de vê-lo sair do avião, mas ele morreu, oh, que culpa eu tive depois, ele morreu afogado, só ele e um outro, os únicos, ele sumiu na confusão e o corpo apareceu boiando dois dias depois, e ele sabia nadar, como eu, deve ter ficado atordoado com o choque, todos ficamos, e ele não conseguiu se manter à tona, sei lá, o terno, os sapatos encharcados, não perco essa culpa de não o ter ajudado, mas eu também estava atordoado, não reparei em nada, hoje fico pensando na hipótese de estar com Rachel ou um dos filhos ali naquele momento, que horror, acho que teria cuidado deles, que teria dado minha vida se fosse preciso, mas não posso garantir, a gente perde a orientação, Elísio era jovem, jogava vôlei conosco, sabia nadar, não dá pra entender, mas é assim. Bem, minha vida podia ter acabado naquela hora, tive sorte, o piloto teve habilidade, eu tive forças para sair e nadar um pouco, logo apareceram lanchas, era de manhã, em frente ao Morro da Viúva. Tive sorte, mais uma vez, tive muita sorte em toda a minha vida, vão ver, mas ali foi sorte mesmo, não foi Graça de Deus, nisso não acredito, mesmo acreditando que Ele existe. O velho trisavô, o fundador, acreditava, salvou-se de um naufrágio perto da foz do Paraíba e erigiu uma capela para Nossa Senhora da Conceição na Fazenda Velha. Oh, eu quis tanto conhecer algum detalhe desse naufrágio e nunca o tive.

Não morri naquela hora, não morri agora nessa última trombada, mas ela deve estar por perto, aquela senhora da foice, deve estar rondando o fim da minha vida, não sei quanto tempo, semanas, meses, está terminando, desarticuladamente, a política enche e desarticula a vida, o próprio ser, a vida afetiva e familiar, a família de hoje já está tão desarticulada, não precisa da política, mas prática da política desarticula o cerne da pessoa humana, essa mesma pessoa que tem dignidade e direitos fundamentais que a política quer afirmar, desarticula a pessoa humana, o eu, o caráter, na vertigem da exibição pública, político não tem vida privada, vida própria, o eu fica dividido com o eleitor, mutilado, só tem vida pública, o tempo todo, onde estiver é público, exibível e julgável, comentável, apreciável, um inferno, sim, só quem experimentou sabe, oh, eu sei bem a luta que foi, e entretanto necessária, a política, nobre e imprescindível no manter a agregação da sociedade, o sentido de justiça, a política é a missão mais nobre da humanidade, é a própria História da Humanidade, obviamente, por isso as pessoas correm atrás dela, pensando que vale a pena a luta enorme, que o poder e a glória compensam aquela abominável exposição ininterrupta.

É claro que política pequena também se faz, é a mais comum, corriqueira e muito feia. Política pode se fazer com grandeza e com pequenez, com boa-fé ou com esperteza, com espírito público ou cupidez. E política hoje demanda muita "estrutura", que é o nome eufemístico de dinheiro, grana muita. Já foi muito mais barata essa "estrutura": havia comprometimento ideológico que orientava o voto das pessoas, os partidos tinham um significado mais nítido, havia o idealismo juvenil que fazia campanhas de rua gratuitamente; hoje, com a mercantilização de tudo, e da política também, principalmente, ficou caríssima. E muito feia.

Política se faz com poder, claro, é preciso conquistar e manter o poder, Maquiavel já dizia. E essa conquista é uma guerra, antigamente violenta, hoje civilizada, com regras de direito e de consulta ao povo, mas a vitória nessa consulta é ainda uma guerra, e na guerra, todo mundo sabe, não há ética; quando há, é muito elastecida, a política é pragmática por excelência, tem que ser, tem que apresentar resultados. Política e ética têm naturalmente muitas áreas de atrito e de confronto, principalmente no plano da verdade-mentira, do engodo, não é fácil, mesmo para quem é ético, eu sei bem, meu professor de máquinas dizia que não se monta e se desmonta, não se conserta uma máquina sem sujar a mão de graxa; e muita gente diz que não se faz política sem meter a mão na merda. Não é bem assim, não, mas tem um fundozinho de verdade esse negócio: é a coisa de guerra civilizada.

E eu acho que a Política, mesmo nobre e imprescindível, a mais nobre e a mais imprescindível, mesmo aureolando os vencedores, faz, sim, merda na vida da gente: aquela preocupação sem trégua de manter a imagem pública; as vezes que se tenta ter um tempo mais íntimo, próprio, é um desastre, acaba sendo coisa de mulher, de sexo, um desastre, escândalo, oh, como sei, o pouco que sei, que me lembro, vou lembrando aos poucos, Beatriz, completamente rendido a Beatriz, minha funcionária, jornalista posta lá por mim, no meu gabinete, já com a intenção, sim, com intenção, a pele dela era irresistível, de morenidade e maciez, a pele e a carnação por baixo, oh, eu, o amante das brancas, das louras alvíssimas, completamente rendido àquele encanto moreno e absoluto, gravitação total em todos os meus impulsos, então aí foi que começou a pior etapa da desarticulação, já vinha de antes, aquela raiva anormal do governo que vendia o Brasil, mas piorou tudo com Beatriz, não conseguia comer em casa com a tranquilidade de sempre, com minha mulher, que eu amava, tinha a afeição mais profunda por ela, minha mulher, Rachel, tinha, tenho, sempre tive, terei sempre, brigamos muitas vezes, claro, mas eu gosto dela no meu mais fundo, ainda sinto muito bem minha alma, não tenho mais corpo e a alma se manifesta com mais liberdade e clareza, sem continente, Rachel é única na minha vida, mãe dos meus filhos, as graças da vida, ela agora está aqui neste quarto paralítico, vejo seu olhar longo e amoroso, sempre foi amoroso, tinha e tenho mais que amor por ela, reconhecimento, dívida, cuidados, filhos, tudo, quase 50 anos de vida conjunta, vida una, divido todas as coisas do mundo com ela, divido minha própria vida com ela, e não podia mais tomar as refeições e estar à vontade com ela, completamente gravitado, enfeitiçado, homão de 70 anos, velhão, oh, que espécie, a reprovação dos filhos se soubessem, que grande merda, tudo, posso me recordar de tudo, detalhes escabrosos, agora aos poucos, sem afazeres nem outros pensares vai tudo emergindo e vomitando, os detalhes vão emergindo, a pele dela bem morena, mulata quase, cor de baiana, Beatriz, o corpo especial de mulher que ela tinha, as coxas, as curvas todas e a consistência lisa de pegar, sim, tinha a feminilidade, o cheiro todo de mulher, o jeito como gozava, ou fingia, não, gozava de verdade, molhava a cama com o seu suco vaginal, oh, era impossível ser razoável, era impossível deixar de ser fatal, logo na minha idade, não devia ser mais tão importante mas era, decisivo, demoníaco, era impossível não ser, era fatal, gravitação fatal, puta que pariu! Desculpem.

Fomos à Chapada dos Veadeiros, linda esplanada perto de Brasília, ela também linda, bem, não devia contar, foi a coisa mais escrota que eu fiz na minha vida, mas, enfim, o retrato, faz parte. Menti para Rachel que tinha um seminário importantíssimo em Goiânia, que não valia a pena ela vir do Rio, era uma cidade sem atrativo nenhum, cidade de novo-rico, muito provinciana, uma esmeralda grande de mau gosto, o seminário seria muito chato para ela, coisas de economia, enfim, uma mentirada danada para poder passar um fim de semana, uma lua de mel com Beatriz num lugar paradisíaco, lugar de extraterrestres, discos voadores, o escambau, ela acreditava naquelas coisas, dizia que acreditava, eu não acreditava que ela acreditasse, mas estava louco para trepar três dias com ela, levava Viagra bastante, o lugar era energético, ia ser um deslumbre feérico de carícias e gozos. Chegamos de tarde, umas três horas e meia de viagem, no entorno de Brasília tudo é longe, ela dirigindo, tínhamos reservado uma pousada simpática, mal entramos no quarto abracei-a e comecei a experimentar o império dos sentidos, beijando seus braços deliciosos, seu pescoço, sua orelha, o rosto todo, os olhos, a boca que eu adorava, e gozei até o estiramento total, o primeiro regalo da temporada, oh, que prenúncio. Tomamos um banho revigorante e fomos ao restaurante, tomar um aperitivo e jantar, para depois continuar a viajar no mel da lua. No jantar, por insistência simpática da moça, pedi a especialidade, um risoto de frango da casa. O arroz era amarelado e tinha uns frutinhos misturados com os pedaços de frango. Estava bem gostoso, na primeira garfada reconheci o acerto do pedido, na terceira pus na boca e mordi um dos tais frutinhos, que eu não conhecia, era pequi, e ninguém me avisou que não se podia mordê-lo, que tinha dentro três ou quatro milhões de miniespinhos que se cravavam na boca, na língua, nas gengivas, no céu da boca, na garganta, tentei engolir aquela merda e não consegui, levantei correndo e fui cuspir tudo no banheiro. Voltei arregalado e completamente incomodado, em lamentos que tocaram a moça simpática que servia, oh, não se pode morder o pequi, oh, não, mas eu já havia mordido, ninguém me tinha avisado, que merda, oh, mas todo mundo sabia, Beatriz começou a rir e eu tive um acesso de ira, aquela ira senil que me dominava frequentemente, não sei como contive o bofetão, mas não consegui comer mais nada, não consegui dormir à noite, engoli um café pela manhã e voltamos para Brasília, embarquei no próprio sábado para o Rio, liguei antes para Rachel, contei mais ou menos o sucedido, como se tivesse sido em Goiânia, e pedi que marcasse uma consulta extraordinária com o Hélio, nosso dentista, ele passou das cinco às sete da tarde tirando miniespinhos da minha boca com a pinça. Aliviou, mas passei uma semana inteira incomodado, a boca toda inchada, com dificuldade de falar, não fui a Brasília, consultei um Dr. Abel, médico especialista em boca, que riu um pouco e disse que ninguém morde pequi, todo mundo sabe que é aquele inferno, bem, eu mordi, merda, naquela lua de mel arruinada.

Penso, penso, lembranças sempre, não mais projetos, aspirações, tudo isso passou, a raiva e até o caso da mulher do coronel, esse esqueleto que carrego, depois conto, vou contar mesmo, estou vivo aqui, paralisado, mas tenho emoções ainda, não estou desfibrado de coração, vou reconhecendo a grandeza do amor por Rachel e o veneno do ódio por Beatriz, bem feito, apodrecendo debaixo da terra, não, isso não, não é assim, lembro dela até com certa benevolência carinhosa, e lembro bem, principalmente, das palavras do professor em Salvador, passou por completo aquela raiva de todo dia, aquilo era um hábito de pensar, pensar e sentir também têm hábitos, agora realmente não é mais assim, agora é a paz. Emoções e lembranças, sim, mas a vibração é menor, as raivas todas esmaeceram, as culpas, até aquele peso maior do caso da filha do ministro, tão jovem, tudo se esfuma, eu canso, sei lá, adormeço, não sei quanto tempo passa, tenho noção de tempo mas não avalio com precisão o correr dele, o dia clareia e escurece, eu aqui na cama imóvel, agora me botam numa poltrona na janela, consigo mexer a mão e o braço direito, o dia passa, eu durmo no meio, de noite fica uma luzinha acesa, entra gente, sai gente, enfermeiras mexem com meu corpo e eu não sinto nada, isto é, tenho a sensação na pele, o tato não desapareceu, sinto as agulhadas de injeção no braço, na veia, tenho sempre um soro, devo ser alimentado por ali, eu sinto, mas não consigo mover nada, vem o médico, um principal, vê-se porque os outros se calam e só ele fala, coisas que eu escuto e não entendo, fala então comigo, doutor Paulo, diz que vou melhorar, examina minha cabeça, está toda enfaixada, deve ter me operado, mas tudo está em ordem, olha com uma luzinha dentro do meu olho, pede que pisque, posso piscar, que coisa, sinto cheiros, pede que eu mexa os dedos e a mão, compreendo as coisas, posso esticar a boca num meio sorriso, faço força, sorrio para ele, sorrio para Rachel, para dizer que a amo. E ele diz que vou melhorar e vou poder mastigar, engolir e depois falar. Esperança. Sou.

Sou?! Meu personagem é. E o que quer dizer isso? O que é ser? Interessei-me muito por filosofia, principalmente por causa da política, do debate das ideias políticas, mas não só pela política, li a *Metafísica*, de Aristóteles, a ciência do ser enquanto ser, continuei sem saber direito o que é ser. Li Sartre, o fascínio da minha geração, o existencialismo, *O ser e o nada*, e continuei pela vida afora acreditando na sua tese central de que cada um é o autor do seu próprio ser, sim, mais ou menos, com descontos, dentro da relatividade da sua inserção na história e na sociedade, aí entra Marx, e essa inserção instila desde muito cedo coisas no inconsciente que afetam a consciência pela vida toda, aí entra Freud, o inconsciente e toda a infância formadora dessa instância poderosa, a responsabilidade do ser vai um pouco para o ralo, pelos condicionamentos, é complicado, sim, mas isso eu aceito, o ser humano, claro, não o ser em geral. O macaco, não. O peixe, não. Acabei lendo Heidegger, na tentativa de saber mais, *Ser e tempo*, e não entendi nada, a não ser isso, só o ser que tem tempo é ontologicamente, o ser ligado ao tempo indissoluvelmente, o homem, o *"dasein"*, sim, mais ou menos, aceitei, mas por que se é? Por que existe essa coisa toda e não o nada? Nada me esclarece sobre esse mistério de estar aqui, agora, pensando nisso, no ser, podia perfeitamente ter morrido ou, principalmente, nunca ter nascido, e não seria nada. E todos, ou ninguém, podiam não ter nascido, não serem nada, todo um povo não sido, por que o mundo é? Oh, o mistério, sempre. O universo? Podia perfeitamente não existir nada, nem espaço nem tempo, nada. O indevassável.

Li muito também sobre a felicidade, tudo por causa da política, do direito político de cada um buscar a felicidade como quer, a invenção dos americanos, não sei se foi de Jefferson, mas quanto mais lia mais me convencia de que ser feliz é existir, simplesmente e plenamente, gozar a existência, ser, simplesmente, ter emoções, contemplar, amar, respirar, comer, excretar, exercitar os atos de vida, as funções vitais, e também transcender a elas, amar o belo e às vezes até o não belo, sobretudo amar, e agora, fazendo isso tudo pela metade? Sou, estou aqui, posso até amar, amo Rachel, mas sou feliz? Posso ser feliz nesta condição de vida tão limitada? Capaz que sim; tenho este prazer muito grande de pensar, que é também do corpo, a gente pensa também com o corpo e o corpo agradece, está imóvel mas pensa e gosta de pensar, exercer este ato de vida, incrível isso, impensável mesmo, mas capaz que responda que gosto assim mesmo, sou feliz e quero ainda viver, não quero morrer, ainda que condenado a esta cama sem me mexer e sem falar, sem melhorar. Logo ainda sou minimamente feliz. Se não, preferiria morrer, eis a prova mais cabal de que ser feliz é simplesmente ser, sem doença mental, sim, esse é o único caso da infelicidade, a neurose, a paranoia, a depressão, a loucura, não é o caso.

Fico pensando nisso tudo porque sou. Meu personagem retratado é. E quero falar sobre esse ser que fui e ainda sou, não sobre a minha história, a minha biografia. Biografias são eventos em sucessão no tempo de cada um, podem ser isso ou aquilo, as biografias, interessantes, maçantes, extensas, curtas, emocionantes, brilhantes, foscas, a minha seria sem graça, apesar de cheia das vicissitudes da política, mas muito comum e normal, insossa. Mas o ser não é uma história dessas, o ser é o que é, não é redundância, não, é superposição necessária de palavras iguais com significados diferentes: o ser é o que decide e faz, são as opções, isso e não aquilo, a existência de cada um feita por ele mesmo, por sua vontade consciente dentro do seu condicionamento, da sua ambiência passada e presente, sua posição no mundo do trabalho, sua condição histórica e infantil, o tempo de cada um feito pelas suas decisões de acordo com as suas condições. O ser compreende também o que poderia ter sido e não foi precisamente por ser o que é, pelas decisões internas e circunstâncias externas. Desculpem a confusão e a repetição, com certeza é do meu estado mental, mas digo isso tudo para sustentar que quero falar do meu ser e não da minha biografia, e muito menos da política que ela abraçou. Claro que tem uma grande semelhança com a biografia. Por exemplo, digo que fui um político decente e um homem fraco nas mulheres, pera lá, devagar, não é bem assim, pode parecer que fui um devasso, e não fui, digo que fui relativamente menos rigoroso nessa coisa de mulher do que na política, fui como todo homem é, ou era no meu tempo, moral frouxa nos pecados da castidade e da mulher do próximo, nada mais, e posso dizer que sou tudo isso. Ou fui até pouco. E tenho encravado neste ser alguns episódios que eu renego na minha consciência mas que estão lá na biografia, chego a achar que não são do meu ser mesmo sendo da minha biografia, escorregões fora do ser, oh, talvez isso exista. Mas o ser não é uma biografia, isso quero deixar claro, o ser é um retrato, é algo que pode ser retratado, a biografia não pode. *O grito* é o retrato de um ser. A *Mona Lisa* também. Entendem? Eu às vezes entendo, às vezes não.

No meio disso tudo, a minha mediocridade: tenho de escrever sem o talento de escritor; não posso pretender exceder esses meus limites. Acabo confiando em que a própria mediocridade do meu ser se conforma dentro de uma descrição feita com talento medíocre.

Bem, retomo, eu era senador, me lembro, aí entra a biografia, meu retratado era senador do Rio, ainda é, não acabou o seu mandato, já tinha intenção de não se candidatar mais, de saco muito cheio de tudo aquilo, sem poder me afastar daquela escrota, não, isso não digo mais, tão bruto e obsceno, ela tão bela, sim, eu sei o que aconteceu com ela, disso me lembro bem, e não tenho por que lamentar nada, muito menos me arrepender de coisa alguma, graças a Deus. Senti o ódio dela, vindo dela, do ser dela em direção a mim, acho que nunca me amou, tenho certeza, interessou-se por mim, mas me odiou com todas as forças, as mãos dela torciam-se, tão belas, suaves, bem-tratadas, torciam-se de ódio, eu via.

A política é fascinante, sim, já falei muito dela, mas preciso dizer mais isso: é a mais espaçosa das atividades humanas, não só pela largueza do poder mas pelo significado amplo do ser político no todo, pelo ver político, que tem de ser largo e comprido, abranger tudo, o conhecimento de todas as formas de vida humana, tem que ter a sensibilidade e a capacidade para sentir e viver todas essas formas, assumi-las como um ator, o político tem que ser como o ator, viver a existência dos outros por dentro, de todos os outros, mesmo os mais diferentes dele, para poder compreender perfeitamente os desejos honestos e respeitáveis dos outros, detectar os desprezíveis, assim tem de ser o político, outra vez a coisa do ser, fulano é político, isto é, vive e exerce a principal, a mais nobre e grave, a mais ampla e difícil das funções na sociedade, a de buscar os melhores caminhos de consenso e convivência de uma comunidade. A função mais nobre e mais difícil, que requer um equilíbrio de mente muito centrado, uma capacidade de julgamento a um tempo muito sólida e madura, às vezes rápida, para ponderar razões de conflitos graves e entrever os caminhos do entendimento, do justo entendimento, da divisão honesta dos ônus e dos bônus. Não é fácil; demanda também uma sensibilidade muito apurada para encontrar o bom caminho entre os resultados exigidos da política e os mandamentos absolutos da ética. E como é difícil achar esse caminho, já disse: a política, como todos os atos da vivência humana, tem que se submeter à ética, que é a lei maior da convivência; mas como é difícil; a política tem que apresentar resultados em termos de bem-estar para essa sociedade, e a ética não tem nada a ver com esses resultados, só com deveres, não só não ajuda nos resultados como por vezes atrapalha. Por isso a filosofia política discutiu tanto, há milênios, essa questão do relacionamento da política com a ética, com posições tão radicais como a de Maquiavel, que libera completamente a política, e Kant, que é radical no sentido contrário. Por isso Max Weber propôs uma distinção entre a ética de convicção, o respeito à lei moral kantiana, e a ética de responsabilidade, que leva em conta os resultados das ações políticas. Por isso Habermas sugere a ética da razão comunicativa, que resulta do debate ideal entre as razões parciais em confronto. Enfim, uma questão delicada, cheia de sutilezas, dediquei-me a ela, muito, que bom que ainda tenho os significados na cabeça, oh, fiz palestras, debates, mas aqui não é lugar para ficar falando desse tema que não tem nada a ver com o retrato do ser que estou querendo fazer. Teria, talvez, uma certa relação já que o meu ser é político, sujeito, portanto, a julgamentos. E entre esses julgamentos populares há alguns muito es- quisitos, difíceis de entender, aprovando políticos do estilo rouba, mas faz. Existem, na realidade, e eu me lembro bem, aqui volto à minha história, me lembro que, aí pelo meio dos anos 50, oh, isso é História do Brasil, recordo para me provar a lucidez, havia dois grandes políticos mineiros que chegaram ao governo de Minas e despontavam como líderes de grandeza para disputarem a Presidência da República: um era admirável como maior referência nacional de serie- dade, honradez e ética, mas não se destacava muito como realizador, chamava-se Milton Campos; o outro era tido como esperto, não do tipo rouba mas faz porém flexível e permissivo em termos de honestidade, e se mostrava um excelente realizador, se chamava Juscelino Kubitschek. Pois este teve o meu voto e acabou sendo o presidente mais realizador da nossa História, tornando-se um verdadeiro herói nacional; o outro foi derrotado numa eleição de vice-presidente e hoje é uma figura quase esquecida.

Fico patinando nesse tema ranzinza e me vem à mente um episódio que vivi e que tem uma certa proximidade com essa questão complicada da ética na política, exemplifica as dificuldades das decisões de um político. Eu era prefeito, e a Câmara de Vereadores aprovou um projeto que permitia a realização de aborto nos hospitais do município em casos de risco de vida da mãe e de estupro comprovado. Recebi no mesmo dia um telefonema do nosso cardeal, em termos muito respeitosos, elegantes, chamando minha atenção para aquele projeto que, para a Igreja, era absolutamente condenável. A ética religiosa é absoluta, não relativiza. Ele não pedia o meu veto, mas obviamente o sugeria nos entreditos, com muita dignidade. Eu pensei alguns dias, comigo mesmo, eu nunca fui um defensor do aborto, não votaria a favor de uma liberação como querem as feministas do mundo inteiro, Rachel era um pouco assim, por isso não a consultei, fiquei pensando sozinho, eu não era, mas naqueles casos me parecia razoável, correta mesmo, a prática do aborto. Era a consciência, a razão, relativizando uma regra ética que, para a religião, era absoluta. E eu sancionei o projeto, transformei-o em lei, e recebi no dia seguinte um novo telefonema do cardeal, lamentando e, em termos de muita seriedade e respeito, marcando sua contrariedade, dizendo que tinha esperado que eu vetasse. Eu ouvi, e também lamentei. Em eleições seguintes, tive meu nome na lista negra de alguns bispos mais conservadores, de Niterói e de Campos; não do Rio. Venci e o episódio se encerrou. Tenho para mim que, na prática, nunca um aborto foi realizado num hospital municipal do Rio, mas eu realmente não me arrependi de ter sancionado a lei.

Bem, saio da digressão, volto à política para reafirmar que ela pede qualidades que já mencionei e que a maioria dos políticos evidentemente não tem, no mundo todo, não só aqui, elegem-se, compram uma eleição, e na verdade não são políticos, são negociantes, ou oportunistas, ou mesmo idiotas, o caso da maioria envaidecida, enfatuada. No Congresso sempre se disse: aqui não há burro, os burros não conseguem chegar aqui, ficam de fora. Sim, até concordo, mas tem muito idiota, é o que mais tem, inteligentes, sagazes, mas completamente idiotas, enfatuados mirando o próprio umbigo. E eu sou político, mesmo inválido, é do meu ser ser político, digo com muito orgulho. E mais, é isso que mais me gratifica, acho que posso dizer, sempre estive do lado certo, ah, sempre, bobo mas certo, nunca deixei de estar do lado certo, mesmo tentado pelo poder, várias vezes, e o que é isso, o lado certo? Sempre do lado da democracia e da justiça, da justiça social, o da ética dos fins, o lado certo para mim, claro, o esquerdo, um velho socialista no sentido democrático, nunca deixei de ser, em nenhum momento, me orgulho muito disso, falo como um idiota envaidecido mas, oh, que bom, tem de estar no meu retrato. Bem, e o que mais? Nesse retrato está também o caso do coronel, oh, pesa na alma do nosso retratado, pesa ainda, mesmo aqui nesta cama paralítico. Triste? Claro, ora, mas não desesperador, que coisa estranha a vida, pode-se encontrar felicidade nas piores condições, acho que sou feliz aqui nesta merda branca. Vejo.

Sei o que quero, o que pretendo fazer neste conto, sei e já disse, estou repetindo porque é da minha idade repetir as coisas, não é um livro de memórias, é um retrato do meu ser, isto é, do meu permanente sou-fui-vou-sendo, me tornando ainda, o ser se modifica no tempo, mesmo paralítico, muda mas é sempre o mesmo, passado, futuro e presente, construído no dia a dia, o mesmo atomozinho da humanidade, e agora que quase acabou, agora que parou o meu fazer, ficaram só o pensar e o contemplar, é a hora, o retrato é o eu-tudo, agora que vou sendo quase nada.

Rachel me olha, toda hora, todo minuto, ela chega e me olha, olhar esmeralda, âmbar, não sei, tão bonito e luminoso, sorri, eu tento sorrir, acho que consigo um pouco, ela diz descansa, descansa meu amor, ela diz que vou melhorar, é só ter paciência, vou poder falar e sair da cama, não, ela não chega a dizer isso, Rachel sempre teve muita dificuldade em mentir, a menor mentira, necessária, para ela é difícil, é judia, foi difícil casar comigo, mas os pais dela eram liberais e consentiram, nossos filhos, a rigor, são judeus, filhos de mãe judia, como ela ainda é bonita, como me lembro daquela noite num bailezinho no Tijuca Tênis, ela morava na Tijuca e eu me mandava de Copacabana atrás dela, naquele tempo uma viagem, ela ia a um lugar e eu ia atrás, querendo namorá-la, naquela noite dançávamos um bolero, era o tempo dos boleros, era o *Amor, amor, amor nasció de mí, nasció de tí, de la esperanza*, eu ia cantando bem baixinho no ouvido dela, eu sabia cantar bem baixinho, só ela escutava, minha voz era bonita, era doce, e eu cantava com emoção aquelas palavras da *esperanza*, até que ela encostou o rosto no meu, oh, era a resposta, ela também queria, oh, que golfada de felicidade pelo peito adentro, nossa vida foi cheia dessas ondas, e eu, estúpido, preso, completamente subjugado, arrastado por essa outra, uma mulher à toa, bela e vil, bem morena, cabelos bem lisos e pretos, completamente o inverso da minha preferência de toda a vida, estou repetindo outra vez, ah, deixa pra lá, acabou.

Sim, e a outra trapalhada também passou, a última grande raiva que me ferveu o sangue, uma juíza que me meteu gratuitamente numa encrenca do demo, tem também essa juíza, a raiva sobrenatural que me dominou, eu que nunca fui de raivas quando era moço, claro, foi a peçonha da Beatriz que me contaminou, raiva do Fernando Henrique, idiota vaidoso que arruinava o país sorrindo bobo, eu o conheci e acreditei nele quando ainda era sociólogo, participei de comício da campanha dele de senador, na sublegenda do MDB contra o Montoro, onde já se viu, eu anunciado no palanque como a voz socialista do Rio de Janeiro, putz, que furada, completamente idiota, raiva particular e funda, dele, e a última, a raiva da juíza, do advogado da mulher demitida, raiva da máfia, sim, máfia da justiça trabalhista, puta que pariu, são expressões de então, advogados e juízes mancomunados, dividindo o bolo crescente de uma armadilha chamada desconsideração da pessoa jurídica. Sim, coisa surpreendente, nos últimos tempos a raiva maior voltou-se para a juíza, Beatriz já não era, Fernando Henrique estava no fim, exterminado, Lula vai ganhar a eleição em outubro, a raiva maior nesses dias derradeiros era da juíza, vontade de invadir o seu gabinete, pegá-la à força, colocá-la no meu colo e dar-lhe boas palmadas na bunda, como se fazia antigamente com as crianças, isso na frente de outras pessoas, desmoralizá-la como merecia. Era minha última raiva demoníaca, deve ser da idade, óbvio, raiva senil, teria outras se não tivesse ficado paralítico. E abonançado. Era da idade, e por isso mesmo era raiva perigosa, podia dar em apoplexia, e agora passou completamente, fico aqui olhando e nem penso mais nela. Talvez até tenha tido mesmo uma apoplexia, acho que foi, a coisa que me deixou assim.

Realmente, o Poder Judiciário é o mais corrupto, claro, é o único que não é submetido a nenhum controle, que não dá nenhum acesso ao público, é tudo fechado lá dentro. Outro poder muito sujo é a imprensa, que também não tem controle, a máfia se protege, antigamente havia diversidade, eram muitos e uns mais ou menos controlavam os outros, agora é um pequeno grupo só, o grande capital, a grande mídia, tudo igual, tudo corrupto. Viva o Legislativo! E o Executivo, fiscalizados, acessíveis.

Rebeca vem aqui todo dia, chega, não diz nada, um doce, encosta a cabeça na minha e fica um tempo grande, eu sinto um tempo grande, sinto o calor do seu amor, sinto a frescura da sua face moça, tenho o tato, os sentidos todos, a audição, a visão, os cheiros, tenho. As filhas dela ainda não vieram, ou pelo menos eu não vi, talvez estejam sendo poupadas da visão lastimável, quem sabe abjeta, do meu corpo branco e inerte. Com certeza. Rafael também vem, que bom, pega minha mão, eu sinto a mão dele, nenhum dos filhos diz nada, nem os outros dois, nem Renato nem Roberto, que também aparecem sempre, não ficam dizendo que vou melhorar, como Rachel. Rogério também ainda não apareceu, o neto homem, mas é muito menino ainda, não tem a idade das meninas. Fico pensando, e se não tivesse ninguém, se me restasse só a cama, num asilo de velhos caducos, será que poderia suportar? Não, isso também não. Cada vez que Rachel se chega, sinto uma aragem.

O tempo passa assim, eu mal sinto, cama, poltrona, quarto, janela, trouxeram uma televisão, eu não quis, nunca fui ligado em televisão, não acho graça nenhuma naqueles programas que repetem baboseiras, só aquele canal da NET que passa filmes de bichos selvagens, não consigo atinar em como eles conseguem filmar tão bem, muitas vezes de noite, outras no fundo do mar, fantástico, mas acabam também se repetindo e cansando. O noticiário também já não me interessa, incrível, não tenho mais vontade de saber o que vai pelo mundo, o correr do mundo, como se eu já soubesse de tudo que se repete, só me interessa o meu mundo, o que foi, o meu que foi, e este tão pequeno de agora que ainda é, nem o Brasil de hoje me interessa mais. Quer dizer, não é bem assim, não perdi o interesse na política, sei que o Lula será presidente e as coisas vão mudar, o Brasil vai mudar, é o que me basta, e se o Brasil mudar mesmo pode até mudar o mundo, escrevi isso, o Brasil é grande e forte na filosofia da paz, pode ser a grande potência da paz. Será. Mas o meu mundo agora é este aqui, das árvores, dos pássaros, do vento, Rachel, as enfermeiras, a cama, um voo aqui, outro ali, não quero saber de mais nada. Mas quero viver, sim, sei, então devo ser razoavelmente feliz.

Nem preocupações tenho, nenhuma raiva mais, nenhuma busca nem esforço, um pouco a busca da memória com algum esforço, só, quero rever o meu ser e mantê-lo vivo, no mais deixo a vida ir, acho até que agora estou começando a viver pela primeira vez em paz e liberdade. Essa palavra é mágica, alça. Os filósofos discutem muito, e é sempre importante discutir, mas a gente sabe o que é a liberdade. Nem a preocupação com a despesa, o Senado paga tudo. Sim, sei que ainda sou senador, e Roberto trata de tudo. Mas isso não passa sem cravar um espinhozinho de dúvida na alma: É justo? Mas deixa, vontade viva ainda tenho, é curioso, bem serena, uma vontade de ficar aqui só vendo, sentindo os aromas, vontade meditativa e contemplativa que chamo vontade pura de ser, diferente daquela vontade de fazer, de ganhar, de vencer, de ter a mulher querida, cheirá-la, mesmo sabendo que não poderia tê-la nunca, esse era ainda um outro tipo de vontade, o desejo pelo desejo, a fantasia, pelo sabido impossível, completamente diferente desta volição fraca de agora, nada corporal, não tenho mais corpo, quero ficar aqui vendo e comungando, pensando um pensamento comprido e recorrente, de velho, o que foi, o que ainda é, repetindo, quero continuar vivendo este ser, sendo.

Mas é justo que o Senado pague tudo? Fico pensando à toa, tenho de pensar nisso também: se eu fosse um cara qualquer não teria nunca o atendimento que tenho aqui; provavelmente teria morrido dessa trombada. E com esse dinheiro público que o Senado gasta comigo talvez duas outras pessoas pudessem ser salvas com um atendimento decente. Duas ou três que merecessem mais viver do que eu; que fossem mais jovens, que não ficassem paralíticas, que voltassem a ter uma vida comum e saudável. Tenho de pensar nisso, não adianta tentar esquecer, é uma questão de justiça no sentido maior, uma dessas questões éticas que a política tem de enfrentar; tenho de pensar como político, como um observador imparcial do Adam Smith da moral.

A política é alta como uma deusa, vou falar mais um pouco dela porque foi a minha vida, desculpem, ela fascina por si mesma, gera emoções fortes e compromissos de honra, às vezes trágicos, de sangue, alegrias e iras intensas, e, mais, essa sensação única de fazer história, de estar fazendo, eu senti isso algumas vezes, tenho na lembrança que participei de pontos da história, a luta contra o imperialismo e a ditadura, contra a Globo e a Time-Life, a defesa de Jango, que afeição tenho à memória dele, a defesa das estatais quase sozinho, contra todo mundo, a opção pelo Estado intervencionista contra o neoliberalismo, foi o mais difícil, era uma avalanche contra, a aliança com Brizola no momento certo, o grito pela redistribuição da renda, outra tônica das minhas falas, o apoio a Lula com esse propósito, o último ato: a rejeição do meu querido partido para apoiar o Lula. Recordo bem o sentido próprio que cada campanha eleitoral tem, a tensão e a beleza de cada uma, eu estou saindo realizado, com a serenidade de ter feito a minha pequena parte na construção desse caminho que afinal está sendo aberto, o caminho do Brasil, a partir da eleição do Lula, o caminho que vai levá-lo ao centro do mundo, com o respeito de todos os outros, finalmente, isso valeu muita luta, muito empenho entremeado de desânimo, durante décadas, muito trabalho que amiúde parecia vazio, mas valeu, eu estive lá, foi uma parte muito importante do meu ser que estou revendo. Faltou o final, que pena, não cheguei à praia, mas nadei bastante e a estou vendo de longe, e vou vê-la de perto, em outubro, mesmo retirado, vou chegar lá em cima de uma boia, talvez o Lula até venha me visitar. A elite que pensa que é elite, a velha elite que só vê as coisas pela perspectiva dela muito boba e estreita, que nunca se conformou com a ascensão do povo comum ao proscênio, que combateu Getúlio, golpeou Getúlio, tentou golpear Juscelino e derrubou Jango, a velha elite udenista vai espernear muito, vai fabricar escândalos, vai cooptar gente da esquerda que se vende, vai fazer de tudo para derrotar o Lula, babar de raiva, mas vai ficar para trás, as pesquisas estão mostrando, assim é a História, Lula vai ganhar e vai abrir o caminho do destino que nós todos, da esquerda, há muito projetamos. Este é meu último discurso, desculpem, faço-o aqui para que entre no meu retrato, é meu desejo, compreendam.

Eu gostaria de falar sobre o socialismo, meu devotamento, meu compromisso de a toda vida, sei que o mundo chega lá mas é claro que eu não vou ver, só intuir, com certeza, vai chegar não pela revolução armada como se queria antigamente, pelo crescimento e desespero do proletariado dirigido por um grupo de vanguarda, isso passou, o capitalismo soube evitar, mas vai chegar por um caminho que Marx não pensou, pelo crescimento moral do homem, crescimento humanístico do homem, pela afirmação dos valores da justiça e do amor, oh, como eu acredito, pelo convencimento e pela democracia alargada, radicalizada, amiudada. Mas isso é política, aqui não é o lugar. Fica aí como minha marca. O lugar aqui é do meu ser, quando muito a minha história.

Eu não ia mais me candidatar, já tinha mesmo decidido, por completude da missão e cheiura de saco, peço desculpa pela rudeza, e pela insistência senil, ia só fazer a campanha do Lula intensamente, ainda como senador do Rio, mas sem disputar nada mais, por cansaço mesmo, estrênuo, tem essa palavra, ia parar a política e começar a escrever, aprender a fazer isso depois de velho como Saramago. Então, não queria mais, não era só para me ver longe de Beatriz, mas por saturação mesmo da função, cada sessão daquelas do

Senado me cansava tanto, me enfarava tão sufocantemente que achava que me fazia mal à saúde, e fazia mesmo, deu no que deu, me confrangia o corpo todo, me estreitava as artérias, eu sentia uma enorme raiva de tudo, da pequenez, da burrice, da falsidade, e aquela raiva se somava às outras raivas de algumas pessoas, e me consumia cada vez mais o metabolismo, assim como aquela coisa de aeroporto, eu não aguentava mais, não tinha mais medo nenhum de avião, coisa que me afligiu tanto no passado, acho que foi depois do acidente, mas fui criando um ódio crescente a aeroporto, esperas, atrasos, filas, demoras de embarque e desembarque, multidões, a massificação do transporte aéreo tornou as viagens supliciantes por causa dos gargalos nos aeroportos, era raiva senil também, com certeza, vontade de dar bofetões nos funcionários.

Então ia deixar o Senado, depois de três mandatos longos, 24 anos, mas continuaria, claro, ligado na política, escrevendo e militando no PT, custei a entrar no PT, porque eles eram arrogantes no início, se achavam os únicos, desprezavam os velhos socialistas, trabalhistas e comunistas, eles eram os puros, e finalmente aprenderam, a vida ensina, eles apanharam, desde que começaram a assumir prefeituras, apanharam muito, três derrotas do Lula, e caíram na real, aprenderam a respeitar os outros e a buscar apoios menos limpos, buscar dinheiro nos esgotos, avançar um pouco no pragmatismo necessário, José Dirceu foi o gênio dessa transformação, que visão tem esse cara, fizeram coligações antes impensáveis, com o PMDB, valhacouto de bandidos que também tem muita gente que presta. Hoje, sim, sou PT, e brigo cada vez mais pelo PT, e vou continuar lutando mesmo sem mandato, isto é, ia, iria se, pretendia, aqui nesta cama o mundo parou de repente, não tem mais luta nenhuma, é a paz, e não é ainda a paz dos cemitérios, é a paz da cama branca e da renúncia, da contemplação.

Como vim parar aqui não sei, já disse, recorrência, desculpem, só tenho lembrança do inferno que estava vivendo com o furor da coisa com Beatriz, sabia que tinha de fazer algo para não estourar, dar um fim àquilo de qualquer maneira, fim que ela mesma se deu sem avisar, o fado é assim, cai em cima no piscar dos olhos, parece que o rapaz cochilou.

Eu não ia me separar de Rachel, isso com certeza, a única coisa absolutamente certa, não ia em hipótese alguma cortar a parte melhor da minha vida, e Rachel, que me conhece, sabia que eu não ia, então eu não tinha medo do escândalo, não ia abalar nada meu casamento, podia abalar, sim, minha vida política, mas, foda-se, perdão, ela já estava encerrada, eu já tinha decidido. Que viesse ao mundo mais um filho meu, que não teria culpa nenhuma, fruto de uma artimanha banal, um embuste dela, pois bem, que viesse, eu enfrentaria, e aposto que teria o apoio de Rachel, conheço minha mulher, não era isso, não era essa a questão, eu não estava preocupado com a ameaça feita ao jeito maroto dela, eu não tinha medo nenhum, estava era fulo da vida com a manobra, com a velhacaria dela, e, depois, para cúmulo, o caso com o Marcelo, o filho podia ser dele, sei lá, não sei se era caso mesmo, acho até que não, que era mais uma empulhação dela para me destruir, para me levar à loucura de cometer um ato desesperado, já que não me separava para casar com ela.

E tudo desapareceu de um dia para o outro, dessas coisas da mão de Deus, desígnios, nunca ninguém sabe, esses mistérios também fascinam, sinto que tudo isso está por detrás dessa minha condenação aqui na cama. Sinto, Beatriz, a raiva da juíza, e o peso de Antônia e do coronel, oh, juntos no rolo, não sei detalhe nenhum, lembro das coisas mas não as concateno, eu não devo me esforçar, sei que vou saber de tudo, que vou me lembrar adiante com clareza mas não devo me estressar agora, isso o médico me diz todo dia, Rachel também, me dão remédio para isso, então não há por que me apressar, vou espanar essa ânsia, eu posso até voltar a falar e a me movimentar, sinto melhor a minha mão, mexo bem o braço, e ela, sim, está fora de combate, fora da vida, Beatriz, acho que o moço cochilou.

Uma vez eu ia de carro para Campos, nós íamos muito a Campos, pela gente da minha família que morava lá, e também, naquele tempo, já em campanha para a minha primeira eleição de deputado em 62. Era de noite, talvez pelas dez horas, era uma viagem cansativa, pela estrada antiga, saindo de Niterói, depois da barca. Eu dirigia cansado e faltavam uns 30 quilômetros para chegar, devo ter cochilado cinco segundos e, quando acordei, estava saindo da estrada numa curva. Assustado, dei um golpe brusco de direção e o carro capotou, era um Vemag verdinho, um dos primeiros carros nacionais, ficou com a capota no chão e as quatro rodas para cima. Custei a sair de cabeça para baixo e mal ficava de pé na escuridão, as pernas tremiam de emoção, Rachel teve firmeza e cabeça para pegar Rebeca, que antes dormia no banco de trás e berrava de susto e de medo. Pegamos carona num caminhão que passava e abandonamos o carro na estrada, de rodas para cima; ninguém se machucou nada, mas a disparada do coração e a ansiedade de chegar ao abrigo da casa do meu tio eram absolutamente dominantes. No dia seguinte, voltei ao local com o motorista do tio e o carro estava lá exatamente como o tínhamos deixado; conseguimos desvirá-lo, era leve, e ele saiu andando, todo amassado mas funcionando. O acidente de carro é instantâneo, você não percebe, ele acontece; o de avião, você percebe que vai acontecer, tem tempo para rezar, torcer, gritar, chorar, ou simplesmente esperar paralisado.

Eu tive outras paixões frustradas, estão no retrato do meu desenhado, quanto mais frustrada, mais paixão, é a lei do amor, conhecida antes de Freud, assim foi minha loucura por Isabela, mulher do meu irmão, que coisa mais disparatada, como é que eu tenho coragem de confessar essa canalhice, é a paz de hoje que me abre esse confessionário. Puxa, quanto cheguei a chorar por ela, chorar de tesão, quanta loucura, a ponto de falar com ela, declarar-me à mulher do meu irmão, putz, prostrado de loucura, na esperança de que ela também me quisesse, que sordidez, que dor no corpo todo eu sentia, de desejo por ela. E outras, não tão fortes, não tão desastradas, muitas até satisfeitas e serenadas, a vida é assim, é a tal testosterona, que é também a da raiva, isso também acabou, já devia ter acabado antes, na minha idade, e apareceu a pior de todas, a mais satânica, paixão senil, tipicamente, puta que pariu. Acabou, desculpem, não devo me estressar, ficar repetindo, vou sair desta, já saí, recobrei o tino, é só ficar calmo e esperar, Rachel é um bálsamo, meu amor, o amor do meu eu mais fundo, da minha vida, do meu ser, ser é vida, felicidade é vida, eu não morri e não quero morrer, logo sou feliz, tenho Rachel.

Esse mistério da vida e das escolhas do ser nunca se vai esclarecer verdadeiramente, o homem verruma, pesquisa, penetra pela superfície o mistério das coisas, entra pela psicologia, pela química dos hormônios, pela fisiologia do cérebro, a moda da neurociência, descobre coisas nanométricas mas não atinge o núcleo central do mistério, graças a Deus. E tem a ver com Ele, essa limitação final. A ciência consegue sequenciar o genoma humano, vai poder trabalhar com ele, fazer super-homens, curar doenças incuráveis, mas não vai desvendar o mistério da vida, não sei o que é isso, sequenciar o genoma, não sei nem mesmo o que é genoma, gostaria, hoje, de estudar biologia, bioquímica talvez, seria a minha escolha, recordo a fascinação pela química no primeiro saber sobre átomos e moléculas, as valências dos elementos, as fórmulas, todo um mundo novo no colégio. E que negócio é esse de patentear genes? É só isso que se pensa, em negócio, business, o cacete, foi-se o tempo em que cientistas trabalhavam pelo amor à ciência, expunham suas descobertas nas academias de ciência. Foi-se toda a velha moral burguesa, agora todo mundo quer é grana, os cientistas querem grana, tirar patentes das descobertas para enriquecer e comprar mulheres. Não vou ficar lamentando, já tive muita raiva disso tudo, agora não, chega de raiva. Até porque acredito que esse mundo de negócios vai desmoronar, só gostaria de viver mais para ver. Não vou conseguir, mas sei que vai acontecer, do contrário o mundo iria acabar, isto é, a vida humana acabaria envenenada pelo business. E a humanidade não vai permitir que o mundo acabe. É sábia. Acho que Rebeca e os meninos verão, Renato e Roberto com certeza, vão viver mais de 100 anos, vão pegar a medicina genética, células-tronco, essas coisas. Eu não pego por pouco, vou ficar paralítico mesmo, mas daqui a uns 20 anos não ficaria mais, seria curado com células-tronco.

Não há nada comparável, em benefício para a Humanidade, ao progresso da medicina nos últimos 100 anos. Eu já passei sufocos na medicina antiga; antiga que eu digo é bem moderna em relação à do início dos 1900, quando se morria adoidado de tuberculose, pneumonia, sífilis e outros males que os antibióticos vieram curar em pouco tempo. Mas esse milagre só chegou aqui depois da guerra, aí pelo final dos anos 40, início dos 50, e assim mesmo era só a penicilina, que era complicada de aplicação, a pessoa tinha de tomar milhões e milhões de unidades, muitas injeções por dia, um enredo danado e dolorido. Eu me lembro que com 17 anos, 1947, eu tive uma gonorreia que hoje se cura com um comprimido. Pois tive que passar por um tratamento longo, porque eu bobeei e a doença se instalou na próstata, um inferno: lavagens da uretra com permanganato de potássio três vezes por semana, precedida de massagem na próstata e de uma passagem de beniquê, um ferro que se enfiava na uretra até a bexiga, para alargá-la e abrir os minúsculos quistos que os gonococos faziam, eu suava frio. Oh, como se sofria. Li a these de doutoramento de meu avô de pai, médico formado em 1900, era sobre o tratamento da syphilis, um horror de doença e de terapêutica, à base de sais de mercúrio, um veneno desgraçado.

"Você não pense que vai ter paz." Era assim, a voz agreste dela, não era uma voz feminina que correspondesse às suas doçuras do corpo. "Você que só pensa em você, na sua mulher, na sua família, egoísta, não pensa nos outros, nas pessoas que te amaram tanto, não pense que vai ter paz", ela tinha dito bem forte, tinha tomado umas caipirinhas. Era uma ameaça e entretanto não me dava nenhum medo, eu não tinha medo daquela mulher, do que pudesse fazer, competente como ela era, muito competente no fazer as coisas, conhecia tudo e todos do Senado, arranjava tudo, mas eu não tinha medo, tudo que ela podia era fazer escândalo, sabia fazer, e escândalo não me pegava, eu tinha uma história respeitada, ficha limpa, já estava com a sanha política encerrada, e tinha Rachel do meu lado, em qualquer situação, Rachel, sim, era minha mulher de verdade, mulher da minha vida. E os filhos tampouco se aborreceriam se tivessem mais um irmão, herdeiro. Medo nenhum, tinha era raiva, enorme. O demônio é assim, quando não consegue intimidar, enfraquecer, faz mal por outro caminho, pela doença da raiva.

Violência ela não faria, não tinha peito para isso, e era muito inteligente, não ia destruir a própria vida numa maluquice maior. O plano dela era outro, era me botar maluco, estressar-me à maluquice, dar para o Marcelo, um vil comedor de mulheres, um deputado do Acre que não fazia nada na Câmara, só comer mulheres. Dar para ele abertamente, adoidado, para me pôr doido de ciúme, ciúme senil, ira, ela calculava. Até com o Marquinho ela ensaiou um flerte, ele passou uma semana em Brasília, foi num grupo de vereadores apresentar sei lá que reivindicações, e apoiou-se no meu gabinete, almoçava no Senado com a gente, claro, velho amigo do meu tempo de vereador, ele do meu gabinete, depois falo dele, era alto e esbelto, figura de elegância natural e fala fácil, contei para ela o caso dele com a mulher de um vereador barra-pesada que me gerava um mundo de aflições, eu vendo a hora em que o marido descobria, a mulher realmente apaixonada, meio gordona, tipo gostosona, ele apreciava essas mulheres de carnes, contei para ela o caso e senti logo, no mesmo dia, que ela falou e olhou diferente para o Marquinho, e ele evidentemente sentiu o magnetismo, ela era, ele era sensível. Até com o Marquinho. De propósito, claro. Filha da.

O cara chegou misterioso e disse que sabia que eu estava precisando e que tinha esquema para fazer tudo certinho, sem nenhuma pista, sem nenhum perigo, sem nenhum risco. E era coisa dela, aquele oferecimento, só podia ser, eu vi logo, ora. Não que eu pudesse cair naquela, jamais, nunca passaria pela minha cabeça matá-la ou aleijá-la, falava, sim, ameaçava da boca para fora, quando estava furioso, daquela fúria senil, mas nunca, nunca pensaria nisso de verdade. Mas ela pensou que eu pudesse pensar, foi boba pelo menos nesse ponto, e armou o esquema pra me encalacrar: um cara, supostamente policial, que oferecia o serviço sem nenhum risco, por preço alto para dar verossimilhança, com certeza gravando a conversa com um aparelhinho de bolso, e depois ela botava a boca no trombone, pedia garantia de vida, mostrava a gravação e a gravidez, faria o escândalo todo, denunciando a contratação do pistoleiro, tudo previamente armado, filha da, ela era, mas boba.

O cara de terno azul-marinho, como me lembro, nunca vou esquecer a figura, a cena, entrando misterioso no gabinete, cara de policial, tique de policial, enrolando uma fita azul na mão, e dizendo aquelas coisas. Não, esse risco eu não ia correr, não era tão idiota assim. No fundo, só uma coisa me incomodava um pouquinho: ela era espírita, se dizia kardecista, mas, sei lá, eu desconfiava que era macumbeira, que descia até essas baixezas, sei lá, não tinha medo nenhum de macumba, mas aquilo incomodava um pouco, um trabalho de destruição, como se fosse uma espinhazinha, um abscessozinho na alma. E ali no quarto, na cama branca, olhando e rememorando, aquela hipótese sobrevivia, quem sabe ela tinha feito um trabalho para me tornar inválido.

Bem, não vou ficar escarificando esse assunto; ele está na minha cabeça por falta de uma distração, de um afazer qualquer de vida que não tenho mais, fico a fuxicar desbarates do passado. Deixa pra lá. Por isso mesmo me ponho a pensar no que seria o meu retrato de vida, isso me interessa, o meu ser que ainda é. A juventude, por exemplo, aquele tempo de incertezas, fragilidades, inconsistências, aquele tempo de leveza e beleza que todo mundo tem e é tão evocado, reverenciado mesmo. É uma das idolatrias do nosso hoje, a reverência à juventude, que afinal é tão boba em todo mundo, prazerosa, sim, claro, é o tempo dos grandes prazeres físicos, não só do sexo, é o auge do vigor vital, feito para trepar, comer, beber, dançar, trepar, rir, falar, trepar, esparzir sementes, lutar e competir com adversários, e vencê-los na corrida para conquistar mulheres e fecundá-las no frenesi do amor, ah, os instintos e os hormônios no apogeu, as pulsões de Freud, ah, e muita besteira junta, tempo de infantilidade, horas e horas de devaneio pueril sobre a minha voz, remédios, inalações que fiz para torná-la ainda mais clara e tenorina, exercícios histéricos e fantasias caricatas, a estreia no Metropolitan, os aplausos não cabiam no meu peito, a juventude é uma idiotice só. A adolescência é o começo disso, a importância primordial da aparência, a altura, a musculatura, a roupa, o sapato de sola dupla, o paletó de veludo cotelê, as calças de zuarte, como se chamavam as jeans, que só se encontravam na Sears, em um pulo se está na juventude, fui primeiro o cientista, o físico, o químico, o portador e descobridor de saberes e mistérios da natureza, ah, que fascínio, estudei, sim, fui aplicado e premiado, craque em matemática, fiz o curso de engenharia porque era o que mais desenvolvia a matemática e as ciências físicas, o curso de física mesmo, da Faculdade de Filosofia, era muito fraco, ou não tinha prestígio nenhum. Fiz engenharia pensando na ciência, não nas construções ou nas máquinas, a Politécnica era a casa da ciência no Rio, a casa que Einstein visitou quando passou por aqui. E estudei, assisti a uma série de palestras do César Lattes, nosso maior físico no momento, descobridor do méson pi, uma das partículas do universo. Foi no Centro Brasileiro de Pesquisas Físicas, que tinha grande renome. Quando ia nesse caminho, conheci amigos ligados à música e descobri que eu tinha uma voz muito bonita, de qualidade realmente especial, e uma musicalidade extraordinária. Eu gostava muito de cantar, desde menino, e cantava bem as músicas que escutava no rádio, aprendia quase de ouvir uma vez e reproduzia a melodia e a letra com uma afinação que todos elogiavam. Sim, era um gosto desde a meninice, mas nem de longe uma vocação despertada com a força da erupção que só veio atabalhoadamente na juventude, quando eu estava ao meio da carreira da ciência e descobri a arte.

E fui estudar canto, claro, canto era coisa que só se estudava depois da adolescência, quando a voz estava formada, não era como piano ou violino, que tinha que começar na infância. Música e canto, estudei, fiz o curso do Conservatório, junto com o final da engenharia, que já ia aos pedaços, porque eu tinha interesse pela ciência, não pelas cadeiras de engenharia propriamente ditas, que predominavam nos últimos anos, eu nunca iria fazer pontes nem estruturas; nem estradas, como meu pai, querido pai. Mas mesmo a ciência, a matemática que eu amava e dominava, foi tudo para o espaço, que leviandade, como é besta a juventude. Tive uma professora de canto excelente, uma austríaca que havia sido estrela de Bayreuth e, envelhecida, viera fixar-se no Rio. Tinha figura grande e magnética, e uma voz extraordinária. Não só me ensinou os segredos da impostação da voz e da sua ressonância na caixa craniana, nos seios frontais e na caixa torácica, como refinou mais profundamente o meu gosto musical, com o cultivo das peças de Mozart, de Bach, de Haendel, de Wagner, que eu passei a cantar com mais frequência, desenvolvendo o gosto por elas que antes não tinha. Técnica e educação musical. Meu sucesso crescia e começava a ser reconhecido, cantei canções de Edino Krieger, jovem em ascensão. A Rádio Ministério da Educação realizou um concurso de âmbito nacional para a escolha dos melhores entre os jovens cantores do País. Minha professora me inscreveu e eu ganhei o primeiro prêmio do concurso, meu peito se enfunou e eu saí voando de alegria infantil, tudo isso é juventude. Os candidatos escolhiam três peças para apresentar, e todos tinham que cantar uma peça de confronto, que era *Adelaïde*, uma belíssima canção de Beethoven. Ah, que lembrança afável, carinhosa, como eu cantava bem a *Adelaïde*, como se fosse uma namorada de veludo, que lembrança, que carinho, eu cantava, adejava, gozava e recebia a atenção, a admiração da banca, era mesmo para ganhar o prêmio, eu sabia.

Ah, eu cantei no Bolshoi, em Moscou, numa viagem que fiz integrando uma delegação de artistas brasileiros, Edino junto, tenho um exemplar do cartaz em letras russas, que aplausos, reverberam até hoje aqui dentro, aquela alegria ingênua dos russos. Oh, que lembrança querida. Fui bem pago, e tinha de comprar alguma coisa lá para gastar aquele dinheiro que só valia lá. Compramos duas estolas de pele que Rachel escolheu com gosto. E que nunca usou; estão no armário até hoje.

Bem, a juventude, o corpo estuante de hormônios, a simples e completa alegria de viver que, por si, é a felicidade, eu caí de uma paixão inelutável por Rachel, foi de longe o melhor da juventude, o momento da certeza do amor de Rachel, uma catarata de emoção, digo mesmo, a única coisa profundamente boa que me restou da juventude. Ela merecia e merece agora ainda mais essa paixão. Foi avassaladora. Minha professora, perceptiva e vivida, fez o que pôde para atrapalhar o meu namoro, o meu noivado, o meu casamento. Eu era a joia da dedicação dela que se perdia, que não ia mais estudar na Alemanha, em Wiesbaden, como ela já havia planejado em correspondência com um maestro amigo dela, que havia passado pelo Rio e escutado minha voz com grande aprovação.

E assim foi. Casei-me. Tive que trabalhar, obviamente, mal ou bem era engenheiro, apareceu a oportunidade numa grande fábrica de álcalis em construção em Cabo Frio, e fomos para lá, eu e Rachel. Que tempo, que tempo, a suavidade milagrosa da pele clara de Rachel, o enlevo abrangente, subjugante que é o corpo da mulher. Será que ainda vou poder ter nas mãos essa emoção? Oh, era há pouco minha mulher, já sem mocidade mas era ainda uma serenidade para mim, o alisamento com doçura, o alisamento da pele de Rachel, até ontem. Será? Difícil, muito difícil. Ironia do destino, logo agora que descobri o verdadeiro valor, ironia, mais, aleivosia do destino.

Morávamos num pequeno hotel dos engenheiros na beira da praia do Forno, no Arraial do Cabo, o paraíso, todo dia, cedo pela manhã, mergulhávamos naquele mar abençoado e benfazejo. Como eu desfruto agora, só relembrando, sem mesmo saber se fruía tanto naquele momento, a juventude é pródiga em excesso, não dá para você ter um gozo plenamente preenchido e já lá vem outro. Mas o canto foi ficando, lá eu cantava para os colegas mas já não tinha como estudar. Nunca mais vi a minha professora, mulher de figura gloriosa, figura de palco, inteligente e extremamente musical, Rachel não gostava dela, claro. Rachel também tocava, fazíamos algum sarau musical de vez em quando, ela tocava solos e me acompanhava ao violino, não havia piano no hotel. Mas a assistência não era das mais calorosas, uma dúzia de engenheiros, dois médicos, suas esposas, e nenhuma vibração propriamente musical. Eu fazia mais sucesso que Rachel, principalmente com as esposas, e com uma mulher que era bonita e casada com o gerente do hotel. Encantavam-se, enamoravam-se mais quando eu cantava música popular brasileira, italiana, francesa, eu percebi que aquilo incomodava Rachel, embora ela não fizesse nenhuma observação, nenhuma manifestação de ciúme, já era sábia quando jovem, mas eu percebia, e fizemos um pacto, Rachel era o amor da minha vida, não era o canto, fizemos o pacto de abandonarmos, ambos, abandonarmos a música, nossa devoção de antes, ela o violino e eu o canto, por devoção ao nosso amor que era maior. Logo depois, acho que por causa do vento constante de Cabo Frio, peguei uma sinusite braba, depois crônica, uma dor de cabeça constante, e os seios nasais, a caixa das notas mais altas, ficou como que entupida para sempre, apesar dos tratamentos, antibióticos, penicilina naquele tempo, raios infravermelhos, os recursos todos da medicina. Só anos depois vim a curar aquela sinusite com um médico homeopata, milagroso, daqueles antigos, que receitava aguinhas e pilulinhas para tomar de quatro em quatro horas, em três meses fiquei radicalmente curado, para sempre. Mas a voz já não era, não foi difícil para mim manter o pacto.

Foi o tempo, também, em que percebi com toda clareza o que já sabia antes, que eu não era nem nunca seria um engenheiro, um desses caras eminentemente práticos que medem as coisas, sabem os preços, fazem cálculos na cabeça, de pés no chão, como eram meu pai, meu avô de mãe, que lidam com as coisas objetivamente, com as máquinas, com eletricidade, até com a terra, não era eu esse cara, eu não sabia nem entrar na conversa deles lá no hotel, não tinha a linguagem da engenharia, que é reta, não sabia das coisas que eles falavam, ensecadeira, pôlder, baldrame, sapatas, eu flutuava, não dominava a lógica da engenharia, sabia matemática, sim, física, mas engenharia tem algo diferente, a tal lógica do bom senso prático que me faltava, decidi então aprender algo que eles não sabiam muito bem, eram todos do concreto armado, decidi estudar estruturas metálicas, olha a burrice, como se fosse possível estudar ali, por conta própria, sem orientação, sem conhecimentos prévios. Comprei um livro, arranjei uma apostila e me dediquei à teoria dos rebites, lembrei-me do brinquedo de menino, o mecano, tive até a ajuda de um coronel bondoso, aliás, todos eram muito camaradas comigo, gostavam daquele cara novo que era diferente deles, cantor, não era engenheiro, era da Juventude Comunista, recolhia mensalidades de simpatizantes que trazia para o Rio e entregava ao Murilo. Um dos engenheiros, um pouco mais velho e retraído das nossas brincadeiras, era um dos chamados oficiais mortos, tinha sido tenente em 35, tinha participado do levante no grupo do Agildo Barata, curtido uma prisão de alguns anos antes de fazer o curso de engenheiro civil, que foi fácil para ele, que era tenente da artilharia. Muitos desses oficiais comunistas da Intentona foram posteriormente considerados mortos pelo Exército, não sei como, não tenho a menor ideia, mas foi uma solução encontrada entre colegas para amparar algumas famílias que caíram na miséria e passaram a receber uma pensão. Oficiais mortos que estavam vivos, só no Brasil. É isso mesmo, o Brasil tem muitas flexibilidades dessas que fazem a vida mais humana, outros povos ficam pasmos e invejosos.

Bem, claro que não aprendi a lidar com estruturas metálicas, vi que tinha de procurar outro caminho, aquele decididamente não era o meu, que desperdício. Foi quando tive notícia do concurso da Caixa Econômica, muita matemática financeira, nisso eu era bom, lidar com financiamentos, talvez me desse melhor, resolvi fazer.

É bela e ardente a juventude, vigorosa, oh, todo mundo sabe, ainda agora, aqui de longe, aqui na cama, eu gozo aqueles tempos. Tivemos nosso primeiro filho, menina, Rebeca, Rachel veio tê-la no Rio, com a médica em quem confiava, não em Cabo Frio. Eu fiz um concurso para a Caixa, passei e então voltamos em definitivo para o Rio, o paraíso já estava vivido. A juventude, entretanto, continuava. Conheci Heloísa, tão bonita, especialmente delicada, trabalhava na mesma sala, todo dia, todo dia, tinha de acabar me apaixonando, hoje tenho a saudade, ah, saudade daquele namoro puro e jovem, tão bonita e doce ela era, nunca mais vi outra beleza tão delicada.

Da Caixa vieram o gosto pela economia, o curso da Cepal, Celso Furtado, Aníbal Pinto, eu era bom na teoria, veio o contato mais cuidadoso com o marxismo, que eu havia trabalhado um pouco em Cabo Frio com um dos engenheiros ligados ao partido; veio o contato mais orgânico com a Juventude Comunista, o grupo coordenado pelo Murilo, que organizou o ato em defesa da Petrobras no Clube de Engenharia, com a presença de Sérgio Magalhães, Seixas Dória e Gabriel Passos, esses dois da UDN, do partido antigetulista, um sucesso de público e de repercussão, valeu pontos para o grupo, já era política em ação. Depois o curso do ISEB, arrebatador, e o fascínio definitivo pela política, que era o fazer de tudo, a construção da Pátria e da Justiça. A juventude.

O ISEB merecerá um capítulo especial do livro que um dia escreverei sobre o meu tempo: foi o grande centro de estudos, debates e formulação política do Brasil, talvez único em dimensão do significado histórico em nosso país; foi a matriz do pensamento organizado desse importante projeto que foi o desenvolvimentismo brasileiro, acoplado às grandes realizações políticas dos governos de Vargas e Kubitschek. Fiz o chamado Curso Regular, de um ano em tempo integral, consegui a concordância da Caixa, doutor Edvaldo me ajudou enormemente, ele era ligado ao grupo ao ISEB. No casarão da rua das Palmeiras, Hélio Jaguaribe nos falava de política; Cândido Mendes, de história geral, e Nelson Werneck, de história do Brasil; Vieira Pinto e Roland Corbisier, de filosofia; Guerreiro Ramos, de sociologia; Ignácio Rangel e Ribeiro de Lira, de economia, pensando e desenvolvendo o Brasil de maneira sistemática, formando um sistema, trabalhando em conjunto apesar dos atritos naturais da alma humana, muito ciúme da grandeza um do outro. Organizamos também uma série da palestras do ISEB no Clube de Engenharia; não foi difícil convencer o presidente Maurício Joppert, um velho conservador e lúcido, que tinha o sentido das coisas importantes. Mais pontos para o nosso pequeno coletivo de engenheiros dentro da Juventude. Era a política. A juventude.

O tempo sem movimento não é tempo, fico olhando, a folhagem tem alguma animação, os passarinhos têm velocidade, um mico, aparece e logo se esconde, ágil, entre os galhos, outro, não andam sozinhos, o ar é invisível, meneia e não se vê, Rachel fica sentada lendo, o tempo só passa, para mim, pelo sol, pelo movimento do sol. Falam em me levar para casa na semana que vem ou na outra, deve custar uma nota esse meu tratamento aqui, eu sigo olhando, contemplando, pensando, recordando, repetindo, a política é um flogístico que inflama o corpo todo, na campanha então é um desespero, o tempo passa voando e sempre acaba antes do fim, extravasa, mesmo fora de campanha, o dia a dia da política incapacita para a vida comum, mal sobrevive a amizade, a afeição entranhada, a da união de ideias e propósitos, o chamado companheirismo, isso, mesmo entre dois que disputam uma parcela qualquer, é curioso, como eu tinha afeto por companheiros que queriam e disputavam a cotoveladas o que eu também queria, a presidência de uma comissão, uma posição na direção partidária. Dá para conciliar; só não dá quando o desejo é de mulher, aí dá raiva.

Mas a política levanta responsabilidades, exigências da ética: não é justo que o Senado pague minha estada aqui, esse médico caríssimo, o melhor do Rio, essa enfermagem toda, eu tenho que ser o primeiro a pensar, sou político, tive uma vida dedicada à causa da justiça; em tom maior: da Justiça! Vou falar isso com Rachel, vou levantar essa questão; claro que ela também já deve ter pensado nela, e recalcado para dentro por amor categórico. Mas vou falar. Só que quando falar, quando puder falar, o pagamento já terá sido feito. Falaria agora se pudesse, se conseguisse articular bem as palavras. É uma questão delicada que demanda precisão nas palavras, nos argumentos, não tenho condição física de fazê-lo agora. Pode ser um artifício meu, para mim mesmo, deve ser, mas farei depois, *ex post*, como eu dizia. Adianta alguma coisa? Adianta, isso era uma questão muito discutida entre ética e política, o ajuste pela confissão posterior. E se tivesse condição agora e pudesse evitar o gasto do dinheiro público? Falaria, com certeza, sinto isso, e exigiria a providência de evitar. Não, não sei, talvez ferisse demasiado a alma dela, neste momento, é a minha vida em jogo, a vida dela também, não posso esconder de mim mesmo, a gente para salvar a vida passa por cima de muita coisa, a gente até mata para salvar a vida, a ética compreende isso. Levantaria ademais uma questão cheia de quesitos apavorantes: como poderíamos nós pagar? Talvez com a ajuda dos filhos, Rafael principalmente, que tem uma condição melhor. Mas seria justo? Justo? Rachel talvez pudesse levantar um empréstimo na Caixa, sim, seria possível; mas seria suficiente? E como pagaríamos depois o financiamento? Eu deixaria logo de ser senador e teria uma aposentadoria de merda como todo mundo. Tenho de pensar nisso, é meu dever, só fico empurrando com a barriga. Meu dever de político. Ético.

Vou continuar pensando, não sou desses de mascarar os problemas difíceis. Como muitos; como a maioria. O Marcelo, o tal deputado, é de outro tipo; desses idiotas que se esfalfam, pactuam com o diabo para ganhar uma eleição de quatro em quatro anos, só para ter status, o lustre do poder, o único brilho que podem ter, comprar um mandato para conquistar mulheres. Beatriz via isso com certeza e não gostava, jogou com ele só para me sacanear, isso eu sei. Dava sempre um jeito de eu ficar sabendo que ela tinha ido ao cinema com ele, que tinha jantado com ele, que tinha dormido com ele, putz! Claro que aquilo me fisgava forte bem no fígado, como um bico de águia. Ela tinha a pele morena e macia, mesmo já na idade, e se vestia muito de branco para realçar o bronze, sabia que aquilo me imantava. E que a exibição me irritava. E fazia questão de se mostrar assim quando saía com o Marcelo, muitas vezes dava um jeito de ir a um lugar onde sabia que eu estava. Bem, eu não ia ser idiota a ponto de desafiar o cretino, eu queria, sim, era dar um bofetão nela. Não, isso era inconcebível, é expressão da raiva; eu realmente pensava, sim, em agarrá-la, dobrá-la sobre os meus joelhos, levantar-lhe a saia, abaixar as calcinhas e aplicar-lhe palmadas na bunda morena e carnuda, muitas palmadas, como queria fazer com a juíza; é a correção dos meus sonhos para as mulheres sacanas. Até com Marquinho ela quis me sacanear!

O filho, entretanto, eu sabia que era meu; sabia até o dia da fecundação, a artimanha dela. Será?

Mas Marquinho era de outro tipo, não ia se deixar manobrar por ela, apesar de toda a vibração que ele tinha por mulher. Tipo engraçado e talentoso, mas também correto, leal, ético. Tinha trabalhado em casa de minha mãe desde os 11 anos, era filho de um antigo trabalhador da fazenda do Seu Victor, um amigo de meu pai de Rio Claro, desses que comandavam milhares de votos numa eleição naqueles tempos. Comandava um curral eleitoral, eu vi em 54, fazia um grande cercado e para dentro dele vinham os peões das fazendas dos amigos dele da região, liderados dele, 1.000, 1.500 eleitores ali dentro comendo um churrasco que ele mandava fazer com dois ou três bois de sua propriedade. Duas camionetes saíam diretamente do cercado para as seções eleitorais, levando cada uma dez a dez os eleitores que, na porta da seção, recebiam, cada um, o seu título eleitoral e o envelope com as cédulas dos candidatos para colocarem dentro da urna. Só tinham que assinar o nome diante da mesa, e para isso faziam cursos de assinar o nome, ministrados em cada fazenda. Quando voltavam ao cercado, depois de terem votado, ganhavam um copo de pinga. Eu vi. O dia inteiro funcionando. A cédula única reduziu muito a eficácia desse curral, e, claro, a máquina de votar acabou completamente com isso.

Pois Marquinho era de Rio Claro, filho de um desses velhos trabalhadores do Seu Victor, era filho temporão que ficou órfão de pai com 4 anos e com 11 quis sair da fazenda, para não conviver com o padrasto. Foi trabalhar para minha mãe, como menino faz-tudo, esperto e ágil que ele era. Estudou, fez o fundamental completo no Rio, e quis trabalhar comigo na política, eu já estava na Câmara de Vereadores e ele era vidrado na política, fazia discursos, me acompanhava em todo lugar, em campanha ou fora dela, me representava quando eu não podia ir. Marquinho era amigo, era afetuoso e todo mundo achava graça e gostava dele, representava, imitava as pessoas como um artista, era um artista nato. Era um jovem bonito, atraente para as mulheres, andava pelos corredores e conquistava corações, a mulher do Danilo Sérvio se apaixonou mais fundo, era uma mulher muito sexuada, morenona volumosa cheia de curvas, apetitosa para o gosto dele, foi um romance intenso e inevitável, um risco muito grande para ele, dadas as ligações políticas do vereador com grupos paramilitares que comandavam o tráfico em conjuntos habitacionais e favelas da Zona Oeste. Em certo momento deu-se um jeito de tirar ele da Câmara por uns tempos. Quando voltei ao Senado, coloquei-o no meu gabinete na representação do Rio, ele já tinha outro amor em Belford Roxo e ia a Brasília de vez em quando, conhecer meu trabalho lá para melhor me representar.

Contei a história dele para Beatriz, e foi o que bastou para ela trocar olhares libidinosos com ele, oh, filha da, mas ele cortou o assunto e voltou para o Rio, amigo de verdade, deve ter ficado transido de tentação e, com sua sensibilidade, percebido que era um fascínio meu, amigo de caráter.

Deixa pra lá, tenho que pensar em outras coisas, saudáveis, não ficar recorrente no doentio. Doente já estou em demasia. Pior que o doentio foi o hediondo, foi a denúncia do coronel com a moça, agora poderia escrever um livro, tenho material de memória e completa disponibilidade, e o estou fazendo, aqui, da cama mesmo, um livro que conte a minha vida, não, meu ser, o que é diferente, agora que saí completamente da competição, minha mão se recupera, isso eu sinto nitidamente, poderia até fazer o meu retrato, isto é, o retrato do meu ser, se fosse bom de desenho, mas estou fazendo com palavras, sim, o retrato do ser eu, começando de menino, depois jovem, o retrato do artista quando jovem, cantor de talento, depois o homem maduro, acho que nunca cheguei a ser o que chamam um homem maduro, Rachel às vezes dizia uma coisa parecida quando a gente brigava, quando ela percebia que eu estava correndo atrás de outra mulher. Eu ia até às casas de putas, meu Deus, isso ela não sabia, mas era o cúmulo da imaturidade, ia, amava as putas, tinha necessidade delas, tinha em casa uma mulher bonita e delicada, saborosa mesmo, mas precisava ir às putas, não dá para entender. Quando ia a São Paulo, então, que cidade para ter putas belas. E amáveis, numa cidade de gente dura, de negócios. São refrigérios imprescindíveis. Babilônia foi um auge de civilização nunca mais alcançado. Vou um dia escrever também sobre as putas, sobre a dignidade profissional delas, a responsabilidade social, a consciência delas, o gosto com que atendem um deficiente físico, um menino estreante, o prazer que têm no bom atendimento, na prestação de um bom serviço, com sentimento de utilidade social e humanitária. Eu me lembro bem da minha estreia, uma mocinha quase menina, que estava mal-humorada, tinha brigado lá com alguém que mandava nela, ou não queria atender ninguém antes de terminar algo que estava fazendo, ouvindo alguma novela no rádio, sei lá, sei que entrou no quarto resmungando, tirando o vestido verde bordadinho, de cara fechada, não era cheia de carnes, era meio magrinha, mas muito bonitinha de rosto, lourinha, clarinha de pele, uma graça, aquilo me levantou o ânimo, esqueci o medo, as mãos que estavam frias se aqueceram, comecei a pegar nela e a beijá-la, tudo com carinho, e ela gostou, serenou seu mau humor e começou a me olhar com doçura, um encanto. Bem, mas prossigo no meu retrato, fazendo-o para mim mesmo, muitas vezes eu me esqueço do que já fiz e repito, recomeço.

Não tenho agora que pensar em mais nada, só ficar olhando e deixar correr o que vem na cabeça. É o meu dia, cada outro sempre igual, olhando. Ontem de manhã me levaram na maca a uma sala de cirurgia e me fizeram qualquer coisa demorada na cabeça, que não doeu, só umas picadinhas, acho que me tiraram pontos, não sei, mas já não estou mais todo enfaixado, já não dói mais. Aí me disseram que eu tinha sido operado, só, operado, claro, provavelmente para tirar um coágulo, devia ter tido um AVC. Começaram a me dar papas, consegui engolir sem ter que mastigar, só enrolando a língua.

Ouço música, um bem extraordinário que me resta; quanta felicidade, quanta ação bela e gloriosa a música fez à humanidade, grande, grande, quanto milagre produziu. Recuperei este hábito da juventude que havia perdido, parar e ficar escutando música, só, numa eletrola. Na meninice escutava rádio, muito rádio, tive crupe, ou difteria, uma doença não muito comum e perigosa naquela época, 1938 ou 39, vinha a saúde pública e obrigava ao isolamento, de mês em mês vinham tirar gosma da minha garganta e levar para o laboratório, até o exame dar negativo, levou uns seis meses, fiquei todo esse tempo sem ter contato com meus amigos da rua, tive que deixar o colégio, não podia sair de casa, ficava o dia inteiro ouvindo rádio, desenhando, comecei a colecionar selos, minha mãe me dava aulas das matérias do colégio, e peguei o vício do rádio, o bom vício do rádio, ouvia as irmãs Batista, Araci de Almeida, Francisco Alves, Orlando Silva, conhecia todas as vozes e todas as músicas, ouvia o *Programa Casé*, o *Picolino*, os jogos irradiados por Ari Barroso e Gagliano Neto, escutava tudo, os calouros gongados, ria com Alvarenga e Ranchinho. Prazeres, sim, de espírito, o corpo estava em repouso obrigatório, prazeres como o dos discos da juventude, Beethoven, Chopin. Prazeres serenos, imperturbados, que a competição neurótica nos subtraiu nestes tempos de business e correria. Ultimamente eu só escutava música de fundo, lendo qualquer coisa, estudando para um discurso, pensando no próximo lance político e anotando compromissos, ou mesmo escrevendo, fazendo algo que era o principal do ânimo, mal escutando a música, longe daquela atenção de fruição que voltei a ter agora. Continuo gostando mais da voz humana do que de qualquer outro instrumento, a voz solo e o coro. Jacob, da Bíblia, se enamorou vendo Rachel cantar na fonte, escutando a voz maravilhosa de Rachel; eu, vendo e escutando Rachel no violino. Rachel ainda toca, voltou a praticar, eu não canto mais. Adoro ouvi-la tocando *Après un rêve*, de Fauré, que eu cantava; ela tira um som divino que entra pelo espírito.

O que machuca esse meu estado de espírito é a imaturidade, o mau-caratismo que me levou a contar o fato ao Maciel, cacete, eu queria que ele me abrisse uma bela entrevista na revista, objetivo estratégico, política é imagem, e ele cumpriu, e saiu ótima a entrevista que ele mesmo fez, foi bastante comentada, o político depende mais da mídia do que de qualquer outra coisa, depende fundamentalmente, a mídia é que faz imagem pública.

Também tive essa coisa abjeta de desejar a mãe, de vez em quando até sonho com esse absurdo, mas não, aí também não, isso é dessas coisas que passam pela mente quando posta ao vento mas a gente não fala de jeito nenhum, ademais é coisa corriqueira, todo mundo tem, a gente tampona a consciência e leva para o túmulo, quanta coisa Freud deve ter levado com ele.

Fico olhando, sem tempo. Ouço ruídos de uma obra próxima, uma serra constante, marteladas, estão cortando tábuas e confeccionando fôrmas para concretagem, conheço um pouco desse velho ofício, mais do que estruturas metálicas, e ligo esses barulhos a outros que escutava na infância, quando estavam construindo uma casa nova ao lado da nossa na rua Tonelero, no largo quintal lateral que tinha a casa que existia, mansão de pedra com quadra de tênis de saibro vermelho, eram ingleses, altos, brancos e secos, possuíam aquela mansão vizinha, que foi desmembrada no terreno, nessa quadra de tênis, quando venderam o imóvel para irem embora. Bons vizinhos ganhamos, os da casa nova, simpáticos, turcos. E de súbito, no meio dessas marteladas me vem uma certa compreensão dessa música contemporânea idiota sem sentido, muitas vezes composta de ruídos gravados uns sobre os outros, serra, marteladas, pingos d'água, pia entupida, trem, o cacete, composição absurda, doida, idiota mesmo, muito ruído artificial também, produzido em máquinas eletrônicas, silvos, ininteligível, que sempre me deixava muito irritado com a pretensão de chamar aquilo de música, a estupidez da pura afirmação de heresia, do culto à heresia, lema da modernidade, ou pós-modernidade, sei lá, e o fato é que, repentinamente, me veio aquele estalo, sim, ruídos, puros ruídos conhecidos, são experiências sonoras que podem evocar sentimentos, lembranças e sentimentos, como acontece com a música comum. Só não podem ser chamadas de música, pelo amor, chamem de sensações auditivas, algo assim. Acontecia comigo ali na casa de saúde: eu escutava os ruídos e via o meu quarto da velha casa da Tonelero onde dormia com Celso, onde escutava os mesmos ruídos de manhã. Como também, outro exemplo, o som frequente e muito lembrado da infância, do piano que vinha da casa em frente, do outro lado da rua, uma casa modesta, na entrada de uma vila, onde a moça pálida e tímida aprendia piano e passava as manhãs inteiras a tocar escalas, exercícios e pequenas peças simples de Czerny. Um dia começou a aprender e ensaiar a *Sonata da marcha turca*, de Mozart, meses. Eu não ligava a mínima na época, a repetição se tornava maçante em muitos dias, a *Marcha turca* ficou para sempre na minha cabeça, e hoje, na recordação, quando escuto algo parecido, como eu gosto daquele piano de antigamente, mesmo em escalas repetidas. Daquela moça que só conheci de vista. Moças educadas deviam aprender a tocar piano, como era bom. E também não deviam falar com estranhos. E também não deviam apanhar muito sol, para não perderem a alvura da pele, a palidez era romântica. Laurinha e Belinha eram bem brancas de pele; as meninas brincavam de roda na vila, pai Francisco entrou na roda, tocando seu violão, como era bonito aquele mundo, Laurinha e Belinha, Laurinha e Belinha. Tempos. Sou velho. Aqui nesta vizinhança de agora, no alto da Gávea, tem também uma aprendiz de piano, coisa rara hoje em dia, só que muito mais longe que os barulhos da obra.

Pássaros, não, nenhuma lembrança de seus cantos na infância; só adulto vim a notá-los e apreciá-los, um pouco conhecê-los, o timbre dos seus cantos, que distingo. Muitas vezes emitem só a primeira nota do canto e, pelo timbre, eu já sei que é um bem-te-vi, um trinca-ferro, um sabiá. Os sabiás-da-serra cantam uma frase diferente e mais bonita que a do sabiá-laranjeira do Rio, são diferentes também na cor do corpo, que não tem o peito alaranjado dos daqui, mas o timbre do canto é o mesmo, bem identificável, que interessante, conheço bem o timbre do canto dos dois tipos de sabiá, que é o mesmo. Em menino, não apreciava, nem reparava, era só aquela coisa estúpida de matar passarinhos, por matar, esporte bobo de menino, sei lá, com bodoque ou uma espingardinha de ar comprimido que ganhei de meu pai. Não consigo entender, hoje, por que ele, tão inteligente e doce, me deu aquela arma, objeto de fomento da estupidez.

O painel do tempo que tenho agora me permite ver com mais clareza tudo o que foi, com seus significados esclarecidos pelo anos, cretinices, bisonhices, ingenuidades, ultimamente senilidades, mas também bem-aventuranças, os amigos da juventude, Odair, Nestor, Goulart, num primeiro tempo de colégio, a confiança, as confidências, os relatos de namoro e desarranjo, as competições físicas, lutas esportivas e amigáveis, quedas de braço, sempre, eu ganhava do Odair, ele ganhava do Nestor e o Nestor ganhava de mim, era sempre, de verdade, e o nosso riso fácil, franco, os longos encontros na praia, conversas na areia de manhã e na calçada pela tarde, olhando as garotas, a música, as festas de dança, Glenn Miller, Tommy Dorsey, Artie Shaw, Benny Goodman, Harry James, vibração, *Escola de sereias*, o filme de Esther Williams repetido tantas vezes, conversas também sem assunto nenhum, só no afeto e nos anelos. Depois, em outra etapa, Lindolfo, Paulo, já na Engenharia, desde o vestibular, notícias da ciência e do mundo, coisas mais avançadas, contos das terras de onde eles vinham, eu do Rio, mas ainda nada de política, irmandade nunca mais igual, aquela divisão de projetos e alegrias, a responsabilidade pelo bem do outro, o sentimento da verdadeira fraternidade, nunca mais igual. Depois os colegas de trabalho, ainda amigos, mas não mais daquela inocência, já com algumas traves da competição. Sim, amizade ainda muito grande na Cepal e no ISEB, Júlio, Moura, novamente o coleguismo de pensamento e de apreciação das coisas, tempos cheios de atos de vida, quer dizer, de felicidade. Foram comunidades a que nosso personagem pertenceu, o ser com outros, desde o colégio até depois em Cabo Frio e na Caixa Econômica. Só mais tarde, já em outra personalidade, até em outra disposição física, veio a política, viveu as comunidades de partido. Bem diferente essa outra amizade comunitária, há o sentimento fraterno de ideais compartilhados mas há também uma certa disputa de projeção, e há paralelamente um cimento de unidade nas tarefas que passa além da pura amizade, entra pelo dever, não é mais aquela unidade da pura convivência afetiva da juventude, como da meninice também, claro, a turma da Tonelero.

O painel do tempo não assinala nenhuma política naquelas primeiras etapas juvenis: a guerra havia muito acabada, o avô morto depois de uma operação de próstata complicada, o heroísmo soviético esquecido, a afeição por Getúlio Vargas sem significado político no início, a enorme admiração pelos Estados Unidos, fascínio que vinha pelos valores do cinema e da música, não da política, sim, do estilo de vida americano, do progresso, do cinema, das revistas, das liberdades sem afetação, da informalidade americana, da família americana, aquela dos filmes de Mickey Roonie, mais antigos porém memoráveis, filmes da Metro, o pai respeitável, um juiz, mas amigo do filho, não autoritário, um conselheiro afetuoso, ...*E o vento levou*, admirável, a maior realização cinematográfica de todos os tempos, retratando um marco histórico do grande país americano, a dominação cultural não percebida, até pelos sanduíches e milk-shakes do Bob's, a França tinha desaparecido do Brasil, o inglês passava a ser a língua preferida, Nestor falava muito bem inglês, e o completo desligamento da política, que só entra na vida mais tarde.

E entretanto findou sendo a parte mais larga deste painel, 40 anos de política, muita coisa para contar, mas em outro livro. Só emergiu na minha vida depois dos anos 60, ou ao fim dos 50, a alma completamente formada, depois do corpo. O corpo madura antes e acaba antes, envelhecia depressa ultimamente enquanto a alma ainda vibrava na política; a matéria já tinha chegado à entrada da fase da decrepitude, quando exsurgiu a figura de Beatriz como a lua no céu; e esta paralisia veio do desrespeito ao corpo, tentativa de contrariar o seu natural fenecimento.

Beatriz foi indiscutivelmente uma senilidade, arrebatamento como um derradeiro soluço de vida do corpo. Artificial. Nem de longe foi mulher que amei em plenitude, como Isabela. Eu chorei por Isabela, cheguei a entrar no banheiro em minha própria casa para chorar de amor por ela, num dos muitos dias de beleza deslumbrante em que todos os detalhes da substância e da forma do corpo dela me tocavam todos os sentidos, e me deixavam na mais completa desorientação, tribulação de dor e de desejo, desespero da negação de uma exigência vital, como se me estivessem tirando o ar de respirar. Oh, chorei do mais fundo. Ela usava um vestido de gaze bege bem claro, quase branco, era verão, meio rendado, e eu via, era capaz de ver e chegava mesmo a tocar com o tato dos olhos o corpo dela, os braços, o ventre, as coxas, a face, a boca, a beijar-lhe toda a maciez da pele e a doçura da boca, era uma vertigem, eu chorando feito menino retirado no banheiro, sentado sobre o vaso, no banheiro pequeno, estreito, o lavabo branco que abria para o hall de entrada, chorando a impossibilidade irremediável, o desfalecimento da derrota definitiva, tive que ganhar aquele pequeno tempo vital para mim, de constrição da alma e reconstrução do corpo, para voltar forte ao convívio dos aperitivos do almoço, com a cara recomposta, como se nada tivesse ocorrido. Isso acontece com outros? Claro, o homem comum é sujeito a delírios. Freud foi apaixonado pela cunhada. Coisa que nunca os outros têm como saber. Quem vai confessar um amor tão inadmissível? Só numa carta antes de tomar o veneno.

Como mudou tudo isso em 30 ou 40 anos. Que moral se tem hoje nessas questões de sexo? Cadê o superego e o mal-estar da civilização de Freud? Tudo é frouxo e mutável rapidamente, a rígida moral burguesa virou flexibilização geral, racionalização, ou quem sabe humanização, sei lá, nem sei se para o bem ou para o mal, perdeu-se aquele sentimento de culpa e de honra que mandava até matar em caso de infidelidade. Não era por ciúme, era por honra, ou por vergonha inaturável. Tenho certeza de que Celso já não tinha por Isabela aquele ciúme de rasgar o interior da gente, o ciúme do amor nascente, absolutamente exclusivista, mas apesar disso não poderia aceitar, não era mais de matar, como Euclides da Cunha, como o conto horroroso de Machado de Assis, era já outra época, mas não ainda de aceitar, de jeito nenhum, ia brigar feio, com ela e comigo, feio, de dizer coisas na cara com furor, separar-se dela em litígio, tirar os filhos, enfim, decidir pela sua integridade moral e pela ruína dela. Hoje, talvez deixasse, fechasse os olhos compassivo e compreensivo, se ela quisesse, claro, no máximo uma separação amigável meio ressentida, o outro era o irmão, um afastamento dele também, claro, esfriamento definitivo, mas nada de briga convulsa. E ela queria, eu sentia, se fosse só para ter um caso secreto sem escândalo, não se separar, não cortar a família, mas entregar-se e gozar comigo algumas vezes, ela queria, eu tenho certeza, mas a vida ainda não permitia. Época. Hoje se é mais feliz com a liberdade? Quem sabe? Quem afirma? Eu vi um filme horroroso chamado *O fantasma da liberdade*, do espanhol maluco, e digo que talvez a hipocrisia fosse melhor: minha maior felicidade é hoje, e foi sempre, ter Rachel, mesmo indo escondido às putas e me consumindo de paixão por Isabela. E se Rachel tivesse tido também outro amor? Eu não soube, ela teve a sabedoria de não me deixar saber, se foi o caso.

Mas reconheço que foi uma infantilidade minha tudo aquilo, Rachel tinha um jeito especial de dizer isso, que eu negava mas no fundo concordava. Hoje é nítida a imaturidade, o equívoco. E o pior é que foi assim minha vida toda, uma suíte de criancices e equívocos, orquestrada pela sorte. Tive muita sorte. Como a de chorar de amor mas não ir para a cama com Isabela, não conseguir comer a mulher do meu irmão. Que sorte.

Oh, e na política, mais que em tudo, como fui ingênuo, idiota mesmo, e como tive sorte. A primeira eleição de deputado, ganhei com uma votação ínfima, muito menor do que vários que não se elegeram, simplesmente porque o meu partido, meu amado Partido Socialista Brasileiro, fez uma coligação com outros pequenos partidos entre os quais estavam o do Tenório e o do Batistinha, que tiveram uma tonelada de votos e puxaram a legenda. Não foi uma esperteza minha, eu nem pensei naquilo, pode ter sido uma estratégia do partido, da direção, mas o beneficiado direto fui eu, sem sequer cogitar que poderia ser. Que campanha mais desmiolada aquela, posso hoje sentar-me no meio-fio e ficar revendo com muito riso as figuras bufas que me ajudaram, meus assessores, cabos eleitorais, um bando de cretinos e vigaristas, Rui, do Morro da Maravilha, em Niterói, Murilo, um falso dentista de Meriti, Carmelo, que tinha na mão 20 vereadores de Nova Iguaçu, cada dia aparecia com um embusteiro, eu acreditando, e no fim nenhum deles foi candidato, oh, quanta pacovice junta. Claro, alguns foram sérios, tanto que tive votos, poucos mas tive, Mário de Nilópolis, Lacerda de Caxias, alguns amigos de meu pai no interior, Seu Victor, Seu Mozart, Politi, me deram bons votos, mas quanta cretinice e quanta falsidade em tudo o mais. E quanta sorte, fui eleito. E logo me defini como um deputado de esquerda, um deputado socialista, da Frente Parlamentar Nacionalista, que realmente era, eu era, não fui falso, isso não, fui duma inocência alarmante, assumi em janeiro de 63 e veio logo o golpe militar em 64 e eu não fui cassado, exatamente porque era infantil, um deputado novo, bisonho e inofensivo, ficou um sentimentozinho ambíguo no coração, os bravos e fortes foram todos cassados. Sorte a minha, porque três anos depois, no fim do mandato, menos noviço e mais conhecido por gestos fiéis, tive a candidatura à reeleição impugnada pelo SNI mas não perdi os direitos políticos, não havia mais cassações, pude voltar para o meu posto na Caixa, era concursado, tinha estabilidade. Sorte.

Um dia vou dar um depoimento sobre João Goulart que trago no peito. Injustiçado com uma pecha de incompetente, vou dizer quem eu penso que ele foi, falar sobre sua grandeza de alma, seu caráter e seu espírito intrinsecamente democrático. E sua sabedoria também. Sensibilidade e sabedoria. Como vou falar do general Euler Bentes, outro desconsiderado na sua grandeza humana. Aqui só uma lembrança episódica de Jango que está no coração. Tinha uns três meses de mandato e fui convocado para uma reunião de deputados da Frente Parlamentar Nacionalista com o presidente. Era na Granja do Torto, ele era fazendeiro de coração e não morava no Alvorada, preferia o Torto, distante uns 30 quilômetros. Calculei mal a distância e o tempo e cheguei atrasado, a reunião já tinha começado. Era numa varanda grande, à beira de um gramado, todos se sentavam em cadeiras dispostas ao redor de Jango, e não havia nenhuma cadeira vaga, eu dei só um cumprimento geral de desculpa e fiz menção, com os olhos, de buscar alguém que me pudesse arranjar uma cadeira, sem perturbar a reunião. Não havia esse alguém, somente os deputados e o presidente. Pois ele se levantou e disse um momento, deputado, era a primeira vez que me via, saiu manquejando, com a perna que não dobrava, entrou no prédio da casa e voltou em 15 segundos com uma cadeira na mão, manquejando com a perna dura, por favor, deputado, e colocou a cadeira diante de mim. Era assim, Jango, talvez o brasileiro mais querido dos trabalhadores em toda a História, mais que Getúlio, por causa da proximidade permitida, da acessibilidade generosa, da simplicidade e afetividade genuínas. Só marco essa lembrança tocante, pessoal, que aqui não é lugar de política, não é o propósito.

Mas seria injusto, muito injusto se não dissesse uma palavra sobre aquele período tenso e histórico que vivi. A tensão internacional estava no seu ponto máximo: a União Soviética havia superado o stalinismo e se agigantava com a liderança de Kruschev, ameaçando ultrapassar os limites territoriais tacitamente estabelecidos, apoiando Cuba decididamente, aqui na cara da Flórida, a ponto de enviar os mísseis que geraram a mais grave crise de toda a Guerra Fria. Imaginar que naquele momento poderia ser feita uma revolução no Brasil, criando um gigantesco polo socialista no continente americano, era um grave erro de avaliação. E alguns líderes brasileiros honrados, patriotas e de grande capacidade cometeram esse erro, eu vi, eu percebi. Não cometeu o presidente João Goulart, que queria negociar, que chamou em seu auxílio outros grandes brasileiros que tinham uma visão mais acurada e estavam dispostos a realizar reformas, as tais reformas de base que, moderadas, iriam constituir um avanço importante para o Brasil, um avanço politicamente viável naquele quadro de tensões alarmantes. Chamou Tancredo Neves, San Thiago Dantas, Celso Furtado, Moreira Sales, Hélio de Almeida, que não se negaram ao esforço da tarefa que parecia impossível. Não conseguiram; a radicalização interna havia também galgado alturas nunca antes alcançadas, queimando as pontes, destruindo todas as tentativas do que se chamava depreciativamente a política de conciliação. Tinham que ser destroçados o imperialismo e o latifúndio, através de reformas revolucionárias feitas na lei ou na marra, reforma ou revolução. O quadro era de preparação para um enfrentamento em que trabalhadores, cabos, sargentos e fuzileiros navais fariam a revolução. Eu escutei o grito de um padre deputado mineiro conservador no Congresso: Armai-vos uns aos outros! Traduzia bem o clima, que era de guerra civil iminente, uma guerra que seria extremamente dura, sangrenta e arrasadora, com intervenção militar direta dos Estados Unidos. Jango, com sabedoria, amor ao povo e à nação, evitou-a, renunciou e deixou o país.

Ouço muitos dizerem hoje que os americanos dariam o golpe de qualquer maneira, que a negociação também não era viável. Pode ser que tenham razão, é mais provável, os americanos com o seu poderio evitariam de qualquer maneira, com golpes preventivos, qualquer leve ameaça de repetição de Cuba na América do Sul. O caminho mais certo era o golpe preventivo, que eles começaram a preparar, comprando cabos anselmos e incentivando a radicalização, ateando o fogo do medo na classe média e no empresariado, seria realmente difícil travar o processo, Jango percebeu o perigo, nossos esquerdistas não perceberam ou o subestimaram, mergulharam no jogo dos americanos, talvez vissem mesmo que não adiantava tentar a negociação, a conciliação, como eles chamavam, mas acho que a alternativa que acabou acontecendo, os 20 anos de ditadura, com todas as crueldades cometidas, valia todo o esforço de tentativa, que Jango quis e não pôde fazer. O Chile de Allende repetiu o erro, a Argentina e o Uruguai seguiram o mesmo caminho. Mas o Brasil foi o primeiro, e poderia talvez, muito dificilmente, reconheço, ter entreaberto um caminho que só vai ser inaugurado 40 anos depois, finda a Guerra Fria, com Lula.

Teria havido parênteses, como uma nova oportunidade histórica dez anos antes, na eleição ganha por Collor em

90, que teria sido vencida por Brizola, um Brizola seguro e bem amadurecido depois dos erros que viveu. Teria vencido se tivesse chegado à disputa final no segundo turno. Não chegou. Por pouco, muito pouco, perdeu para o Lula ainda imaturo, que deixou escoar pelos dedos a oportunidade, que fel mais amargo para Brizola, posso imaginar. Poderíamos não ter mergulhado no neoliberalismo, não ter passado pelo FHC. Poderíamos, mas o futuro do pretérito não vale nada na História.

Sessenta e quatro foi o grande marco, a esquerda estava no poder e podia avançar na medida certa, devia haver uma medida certa, eu acho, como eu lamento essa frustração como brasileiro, possivelmente ainda ingênuo agora, mais uma vez. As condições políticas foram bem preparadas para o golpe, a radicalização, mas, quem sabe, talvez fosse possível mediar, esgueirar-se e avançar pelo meio do tiroteio com a habilidade de Juscelino, valia a tentativa que Jango quis fazer com a política de conciliação. A dor é tanta, a lembrança dos dias que vivi, essa frustração me obriga a ficar repetindo isso. Ainda mais agora na velhice. A alternativa sem dúvida nenhuma foi muito pior. Bem, a História consumou-se, hipóteses ficam na gaveta: se Gregório Fortunato tivesse tido mais juízo... E também não vou fazer julgamentos, até porque guardo, além da amizade, grande admiração pelos que não deixaram fazer a conciliação. Foram e são admiráveis, só que acho que erraram, humana e patrioticamente. E eu não fiz nada para ajudar os conciliadores; fui um bobo, só não contribuí para a radicalização.

Falei demais, essa coisa mexe comigo, não pude conter, mas não é meu propósito extrapolar do retrato do meu personagem, o retrato do seu ser, não quero, definitivamente, fazer comentários sobre acontecimentos políticos que ele viveu. Viveu sempre com muita sorte, já disse, com muita ingenuidade, mas também com um pouco dessa virtude essencial da política, que é a sensibilidade. E o bom senso. Isso é matéria do ser.

Posso falar muito dessa sorte que tive, no meio da bisonhice. Claro, um pisão aqui outro ali de azar, um mais forte e muito injusto, na Prefeitura, de arrasar, mas saí e dei a volta, fui estoico, enfim, não é hora nem lugar de ficar falando dessa política, passou, estou paralítico. Inteiramente amansado.

Repito enfatizando: não que a política seja coisa de menor importância, pelo amor de Deus, ao contrário, oh, eu fui político, eu sou político, desculpem o cantochão, a política é o que há de mais relevante, nobre, imprescindível à vida da humanidade. Mas é que não cabe aqui neste meu pequeno universo sem espaço nem tempo. Falar de política é sentar e escrever alguns volumes, tudo o que se passou na Prefeitura, por exemplo. Aqui eu só quero falar do meu ser, como já disse, a política está aí, à vista de todos, nos jornais, no mundo de todos, não mais no meu.

O canto, sim, é do meu ser, a música foi uma dimensão muito importante neste ser, isso deve ser ressaltado. Foi a motivação da minha vida no tempo em que a pratiquei com seriedade, uns cinco anos, e continuou sendo pelo tempo afora. Cantar gera muita serotonina, sei lá, essas coisas que hoje se pesquisam sobre o humor e a disposição da gente, eu não sei nem quero saber dessa química do corpo, sei das sensações, conheço, cantar realmente gera um prazer que é único, que se manifesta no corpo inteiro, em todas as fibras e todos os músculos como se fosse um orgasmo, o canto eleva e tonifica de uma tal maneira que você é capaz de se exercitar horas a fio em ensaios, um enorme esforço físico, perder dois quilos sem se abater, cantar, cantar, gozar a voz saindo cheia da expressão da alma, que vem de dentro da alma, o carinho, a alegria, a indignação, a divindade, não é só o olhar que retrata a alma, a voz também, oh, que paixão eu tive, que emoções, Edino compôs uma balada com os versos escritos por Ethel Rosenberg antes de morrer assassinada na cadeira elétrica, que beleza de versos, *"You shall know, my sons, shall know"*, começava assim, eu esqueci o resto, não esqueci a versão em português "Sabereis, ó filhos meus/ por que o canto emudeceu/ labor e livros, nosso adeus/ na terra iremos pousar", a primeira estrofe, a música de Edino foi inspiradíssima, ele é o nosso melhor compositor contemporâneo, e eu cantava a balada com tal sentimento que minha alma realmente chorava e a comoção saía inteira pela voz sonora e enternecida. Eu me lembro bem de que cantei essa balada num teatro de Goiânia lotado, num congresso de intelectuais organizado pelos comunistas aí em 50 e poucos, cantei e a plateia não parava de aplaudir, de pé, eu chorando tanto que tive de deixar o palco sem voltar, não pude dar o bis. Outro momento de grande emoção, isto é, de emoção especialmente grande porque emoção sempre há no canto, outro momento foi quando cantei *Adelaïde* no concurso da Rádio MEC, como cantei bem, que qualidade de voz, que capricho na interpretação, claro que tinha de ganhar o primeiro prêmio. Em São Paulo, como me lembro, no Teatro Municipal de São Paulo, eu e Ula no dueto do *Don Giovanni* "Là ci darem la mano", foi a última vez que recebi aplausos de fazer chorar. A primeira vez, sim, claro, a primeira, inesquecível, foi logo no início dos meus estudos, na missa de bodas de prata de meus pais, eu cantei *Panis angelicus* em duas vozes com minha professora, a voz dela era maravilhosa, a minha também saiu sublime na amplitude da igreja, era a de Nossa Senhora de Copacabana, a antiga, no mesmo lugar da nova, na praça Serzedelo Correia, vi as pessoas se voltando admiradas e olhando para cima e para trás emocionadas, procurando as vozes que cantavam, uma delas era a minha, depois da missa minha mãe chorava me abraçando sem parar, disse que começou a chorar quando eu comecei a cantar. É assim o canto, tantas outras vezes, durante os cinco anos dessa minha devoção. É assim a música, mas o canto tem esse enternecimento a mais, que vem do centro vital do corpo humano, vem do âmago do ser.

Aquela primeira emoção maior foi na única vez que eu cantei numa igreja, com toda a acústica especial que as igrejas têm, não é só a reverberação sonora, há também uma consagração do som, da voz humana especialmente, como é divina a voz dos monges no canto gregoriano, foi a única vez que senti todo o envolvimento da música com o espaço mais alto, o espaço do sagrado. Meu sábio amigo

Valentim dizia: o que seria da religião sem a arte; tinha razão, eu concordava plenamente, mas também lembrava que a arte nasceu da religião, da representação dos mitos, da transcendência que eleva o olhar do homem, e há uma ligação sagrada entre as duas. Agora leio livros e artigos sustentando que a arte é o substituto da religião terminal; não concordo, arte é arte, começou com a religião mas emancipou-se dela, já se tinha emancipado completamente antes de se perder nos descaminhos da criatividade forçada. Hoje ganhou popularidade e adesão massificada, idolatrias, mas não alcança mais a transcendência da religião, não é substituto da religião coisa nenhuma, a transcendência religiosa é insubstituível para o ser do homem. Bem, encerro essas lateralidades; falei muito sobre o canto porque foi um escrínio rico e espaçoso do meu ser, como o amei.

Findou, não canto mais. Também não falo mais, eu que falei tanto. Minha vida é um aoristo. Mas é vida.

Falar foi o que mais fiz, discursei, debati, cheguei a escrever pequenos livros. Sobre política, sobre ética e política. Tive ideias que procurei deixar claras, coerentes, e pratiquei-as, nisso estou tranquilo, com toda a inocência. Meu ser. Desinocência só naquela conversa desacertada com Maciel, por conta da entrevista, desinocência grande mas ainda infantilidade, sacanagem pequena e malfeita, incompetência, deu no que deu. Mas agora meu mundo transcorreu, saí da competição e estou diante de outra circunstância da qual quero falar, essa sim, quero comentar. Há um halo em volta das coisas que vejo hoje, não estou mais no tempo nem no espaço do mundo que vivi, estou só vendo, Rachel, meus filhos, minha gente junta, e tudo parece ter um halo de transcendência, não de religião ou de coisa sagrada mas transcendência do mundo da vida. Entretanto, fico pensando e sei que estou aqui tomando injustamente o lugar de outras pessoas que merecem mais do que eu esse cuidado salvador. Isso me incomoda.

Não sei por que me incomoda, isto é, eu sei muito bem que é uma culpa, a lei moral dentro de mim, mas hoje em dia todas essas coisas têm cientificamente uma explicação oculta que precisa ser desvendada num divã com auxílio de um técnico psicanalítico, não existem mais sentimentos nem pensamentos simples, tudo é complexo, vem de gravações feitas no inconsciente e é explicado numa linguagem muito sofisticada que a gente quase não entende, tudo tem causa muito interna, tão interna que não percebemos, não existe mais espontaneidade, se tenho culpa, essa culpa tem uma origem esconsa que não sei qual é nem vou saber, era só o que faltava, velho e imprestável fazer análise para saber da minha culpa, que tem toda razão de ser, claro, razão ética, sim, ética da justiça. Chega. Pra mim, basta.

Como também não existem mais idealismo político, utopias, tudo é superestrutura envernizada que revela interesses econômicos estabelecidos através do modo pelo qual a humanidade produz aquilo que consome. Aí não é mais análise freudiana, é teoria marxista. Vamos convir em que essas filosofias totalizantes, a psicanálise e o marxismo, tiraram muito da antiga graça da vida.

Tiraram a inocência das coisas. Acabaram também com a transcendência; isto é, não acabaram nem vão acabar, ainda que pretendam fazê-lo. Como a própria ciência em geral que quer explicar tudo, a ciência materialista, e não vai conseguir nunca. Eu ainda creio e sinto as transcendências. Bem firmemente. Aliás, creio também no amor, até em amor platônico, e creio em idealismo político também. Creio nas inocências.

Bem, fui. Menino, era gordinho e macio, fui abusado pelos outros, não jogava bem futebol, nunca, e passavam a mão em mim, eu podia ter aderido, faltou mesmo vocação, coisa do ser, algum gene, acho cada vez mais que isso da homossexualidade é genético, lá vem de novo a mania da ciência, a pessoa nasce com esse amor, será? Não sei, pode ser adquirida, por exemplo, se eu tivesse sido colocado num colégio interno, como minha mãe nos ameaçava, a mim e ao Celso, se tivesse sido internado, talvez, pela insistência dos mais velhos, pela convivência, pelo carinho que se vai cultivando inconscientemente com um e com outro, um protetor mais velho e delicado, talvez tivesse dado, com carinho talvez tivesse gostado, talvez tivesse aderido, pode ser assim, eu acho que senti algumas vezes esse agrado sutil, não creio que seja só genético, talvez a propensão, a maciez das carnes, as minhas eram, quando menino, fui cobiçado. Meu pai resistiu, era contra colégio interno, acreditava na educação do lar, e talvez tivesse a intuição do que poderia ter sido comigo, que nesse ponto faltava à mãe.

Fui menino. Não era um menino triste, ao contrário, toda a minha lembrança é de uma alegria pueril extravasante que carreguei pela vida, a alegria de existir. Caráter do ser. Mas devia ter sido sensível, gordinho e delicado no meu contentamento; contam que, menininho, eu chorava quando ouvia o pregão do amolador que passava quase todo dia de manhã, cantando um anúncio de duas notas longas, a segunda meio tom abaixo da primeira, como se fosse um dó e um si, longos, dizendo amô em dó e ladô em si, bem longo, resultando um som de tristeza, que me fazia chorar. Minha mãe contava.

E a mãe, como não falar da mãe quando se observa em reversão o ser da gente. Quantas vezes senti o calor da cama da minha mãe pela manhã depois que meu pai saía e eu vinha, pretextando uma dor qualquer, querendo aquele regaço tépido e cheiroso, tinha um cheiro próprio a cama de minha mãe. Ainda posso senti-lo. Mas também aí não dá, não é isso que quero fazer aqui, contar minha vida mais íntima e meus segredos cruciantes. Quero falar sobre as delícias e as penas de viver: vale a pena?

Tive essa mesma pergunta feita antes em outra pauta, essa questão de valer a pena fazer isso ou aquilo decisivo na vida, uma coisa qualquer mais arriscada, vale a pena arriscar a vida? De volta para a Caixa em 67, Heloísa já não estava, tinha se casado, que saudade, veio 68, eu assisti a toda aquela sedição de rua, indignado, rubro de raiva com a truculência da polícia, fui à Candelária, vi a cavalaria em toda a estupidez covarde, de sabre em cima dos meninos, que afinal eram os meus irmãos de ideias, bem, vou falar um pouco disso depois. O fato é que fui chamado, convocado para a guerra deles, e não fui. Medo. Fundamentalmente, medo. Não só, reconheço, eu já desconfiava então das revoluções; hoje sou contra mesmo, e acho bem convincentes as minhas razões; mas naquele tempo ainda duvidava. Mesmo assim, meio na dúvida da adequação ou correção do caminho, eu poderia ter aderido e aceitado o risco. Bem, já estava casado, amava Rachel, Rebeca e Rafael já existiam, claro que essa condição era uma âncora, não é assim enrolado em deveres e afetos que um se engaja num compromisso revolucionário de grandes riscos. Mas podia ter ido, porra-loucamente, sei lá, ou, mais provavelmente, mesmo não indo à guerra podia ter me deixado enlaçar um pouco mais, fiquei só de longe, colaborando, contribuindo através do Fred, era uma forma de ajudar sem me afundar demais no movimento. Mas o fato é que respondi à pergunta e disse não, não valia a pena, não fui, fiz a opção de viver, não arriscar. E como fiz certo! Mas só hoje vejo assim tão claro, no momento foi uma escolha incerta, com uma certa culpazinha no sapato, diretamente condicionada pelo medo.

Uma vez topei com o Laerte olhando jornais estrangeiros expostos na banca em frente ao Clube de Engenharia. Meu velho amigo do tempo do ISEB, agrônomo, companheiro de ideais, funcionário do Ministério da Agricultura, homem bem-humorado e divertido, usava um terno bege-claro e tinha um cabelo basto e liso, bem-penteado e brilhante, sua natureza era alegre e extrovertida, ficou surpreso quando o peguei pelo braço, olá, tudo bem, pergunta inútil e inoportuna, vi logo nos olhos dele que não estava bem, era outro, o terno era cinza e tudo nele mostrava cinzentamente que nada estava bem, e eu sabia por que não estava, em dois segundos acordei do desligamento produzido pela surpresa e me lembrei do filho, e me arrependi de tê-lo saudado alegremente. Eu sabia do Michel, eu o conhecia, tinha tido oportunidade de vê-lo várias vezes, conhecia seu ar ensimesmado, tão contrastante com a alacridade do pai, e sabia das suas ligações, é a tal história, a gente sabe, e ele, Laerte, sabia que eu sabia, fiquei hesitante e não perguntei nada, claro, só o convencional, como você vai, foi o bastante, olhos nos olhos, os dele se encheram de lágrimas e não conseguiu responder, saiu um soluço no meio das palavras "acho que não vou ver meu filho nunca mais", e atravessou a avenida, o sinal abriu e ele foi para o outro lado, não me deu tempo de dizer o que eu não saberia dizer, não me deu tempo de chorar uma lágrima com ele, sumiu no meio do povo.

Óbvio que o medo faz parte da vida, é um dever do ser, tem de ser considerado, sim, e deve aparecer no retrato. Lembro-me de quantas noites, na cama, acordado no meio da noite, ouvia bater lá fora uma porta de automóvel mais pesado, como uma camionete, um camburão, e pensava, tremia, será que vieram me buscar? Eu era um colaborador, dava uma mensalidade ao Fred, meu nome podia estar gravado em algum caderninho perigoso, podiam pensar que eu talvez conhecesse algum código da organização, podia ser preso e torturado para revelar, tinha todo dia a informação de alguém que estava passando por esse horror, pessoas conhecidas minhas, meu amigo Rubens Paiva, amigo desde a Câmara, e depois de vizinhança, de praia, da casa da Almirante Pereira Guimarães, bem defronte da de Dona Ismênia, tão amiga de minha mãe, pessoas tão desvinculadas quanto eu, torturadas para revelar o que não sabiam. Passou. Essas são as escolhas importantes da vida da gente, o tal do ser ou não ser, que realmente é genial.

Não só essas, desse tipo, o casamento é a mais crucial, oh, o engajamento com uma mulher para viver junto a vida, que coisa grave, pelo menos naquele tempo era assim, para toda a vida, claro que tem de haver tesão, amor, mas, longe de bastar, viver junto é toda uma dedicação, na saúde e na doença, cuidar dos filhos, como eu fui relapso, como Rachel assumiu quase tudo sozinha, eu na competição política procurando vias, exibindo talentos, isso é da essência do ser político, como foi, como não foi, tendo a me condenar sempre pelo lado da criancice, da cupidez e da bisonhice. Ou da idiotice. Mas claro que valeu a pena o casamento!

E a política também valeu a pena: amassa muito a estrutura do ser, força a flexibilização moral, a ductibilidade, mas é necessária e alarga a compreensão, enche o ser de fluidos vigorosos e obriga a entrada pelo ser dos outros, pelo ver dos outros, e multiplica as perspectivas. Só a política; talvez o teatro, a representação dos outros.

O ser de outra maneira está sempre na esquina: e se Isabela também se apaixonasse e de repente sugerisse uma fuga a dois pro fim do mundo? Arrebatado como estava, eu iria? Eis. Se Dona Hilde me dissesse, naquele tempo do canto, você já está sendo esperado em Wiesbaden, o maestro Praten te aguarda, é para ir agora, em dez dias você começa a ensaiar. Meus pais certamente me ajudariam com a passagem e a primeira estada, eles faziam gosto no meu canto: eu iria? E Rachel? Já namorava e noivava, era praticamente um abandono; eu iria? Uma vez eu fiz uma opção dessas, mas não, não assim tão drástica; eu tinha retorno garantido, isso muda muito a coisa, completamente. Estava enfarado da Caixa, depois que fui deputado e voltei, impedido de me reeleger, humilhado funcionalmente porque já era um cara notoriamente de esquerda, inimigo dos militares, vigiado, lotado num posto de principiantes sem poder ascender porque era fichado no SNI, obrigado a ficar contando os tijolos das construções financiadas. Resolvi pedir uma licença e trabalhar numa consultoria de arquitetura e urbanismo, sabia que valorizavam meu saber financeiro, ia ganhar bem mais e, quem sabe, depois dos dois anos de licença, pedir demissão definitiva, jogar fora a estabilidade de funcionário e ganhar dinheiro no mercado. Decidi e fui, mas sabendo que tinha retorno, não era um salto no espaço, um abandono, e até voltei antes dos dois anos, vi o quanto era chato ter um patrão, um dono da empresa, que decidia a favor de um idiota que propunha uma solução errada porque era amigo antigo dele. Vi quanto era bom ser um servidor público.

Mas não foi um bom exemplo de ousadia, porque não havia risco. Tenho outro, entretanto, este melhor. Eu já era senador, tinha sido eleito em 74, também no impulso da sorte: o candidato do MDB teve um AVC no meio da campanha e ninguém no partido aceitou substituí-lo, tal era a força política do candidato da Arena, imbatível, tinha sido governador, era senador e presidente do Senado. O velho Amaral Peixoto me chamou e insistiu em que eu aceitasse, haveria televisão gratuita pela primeira vez, eu ia me sair bem e tinha chance. Tenho para mim que ele acreditava no que me dizia, pelo menos em boa parte, ele não era um enganador. Eu aceitei e ganhei a eleição mais improvável do mundo. Mas não; eu me enganei, não é esse o caso a referir; nesse também não havia risco, se perdesse a eleição voltava para a Caixa, tive direito a licença para me candidatar, a estabilidade não estava ameaçada. O caso é outro, aí sim, deu-se oito anos depois, eu já tinha uma carreira política, foi feita a fusão dos estados, e o Chagas Freitas, que eu tanto havia combatido, tinha ganhado o controle do MDB do novo estado, vencendo o velho Amaral. Ele me oferecia a candidatura à reeleição para o Senado, que parecia certa, numa chapa com o Miro para o governo, mas era uma aliança que contrariava muito o que eu pensava e havia dito anteriormente com muita ênfase: sobre a política atrasada de clientelismo escroto que ele, Chagas, fazia; principalmente sobre o conluio dele com os militares, até o ponto da vilania de retirar a polícia do Riocentro na noite do atentado, para dar liberdade de ação aos criminosos. Não dava. Política é assim mesmo, me diziam todos, aceite, é a sua reeleição garantida, é a continuidade da sua carreira. Realmente, era a carreira em risco. Mas não dava, e eu fiz a opção, aí sim, bem arriscada, de não aceitar aquela oferta e sair arrasado. Saí do MDB e fui para o PDT recém-fundado pelo Brizola, que tinha só 3% no Ibope. Loucura, todos disseram, você definitivamente não é político. Loucura, eu também pensei, mas eu sou assim e quero ser político assim, um incorrigível ingênuo, infantil, e fui com o Brizola. Admirava-o como líder e confiava na maturidade dele de então, tinha uma grande e antiga afinidade com os trabalhistas, desde Getúlio Vargas. Fui, abençoado por mim mesmo. E Brizola cresceu explosivamente e se elegeu governador, e eu me reelegi senador na cola dele. Sorte, sim, mais uma vez, fui pelo caminho certo por inocência pura, mas por opção de muito risco, aí sim, não por sabedoria, aliás nenhuma.

Eu disse de um futuro depoimento sobre João Goulart; também farei um sobre Brizola, acho que merece, pela grandeza, um depoimento longo sobre a nossa convivência e sobre o juízo maior que tenho dele. Maior em 61, menor em 64; maior de novo em 82, quando me liguei. Aqui, porém, não vou falar tudo, só um fato, como fiz em relação a Jango: um episódio apenas. Eu me havia desavindo com ele, quando ele deixou o governo, Darcy perdeu a eleição, e eu continuei na Prefeitura. A convivência se tornou impossível, pela interferência constante dele, e eu resolvi deixar o partido. Fui bastante maltratado depois da separação, fui considerado traidor, e essa foi uma das razões, apenas uma, não a mais importante, mas uma das razões da falência, a oposição cerrada, absoluta, da Câmara, onde o PDT tinha metade dos vereadores e recebeu ordens de me destruir. Pois quatro anos depois de deixar a Prefeitura tão machucado, resolvi me candidatar a vereador, como exemplo de humildade e dedicação à política e à minha querida cidade que eu havia administrado. E, no meio dessa campanha difícil de vereador, muito marcada pelo fracasso na Prefeitura, num comício em Jacarepaguá, vieram me dizer, espantados, Brizola está vindo aqui, está chegando. Era impossível, ninguém tinha tido iniciativa nenhuma de reaproximação. Sem acreditar, vi Brizola chegar, cumprimentar Rachel carinhosamente, apertar a minha mão, subir numa mesa e dizer que ali estava para reconhecer, publicamente, que no nosso desentendimento tinha havido razões e culpas de ambos os lados, mas ele achava que as culpas dele tinham sido maiores do que as minhas, e vinha pedir apoio para a minha candidatura. A grandeza do homem, eu quase caí da cadeira, chorei de emoção ao abraçá-lo.

Mas volto ao que falava sobre essas encruzilhadas que definem a vida, melhor, definem o nosso ser. Eu ia largar da Beatriz, já havia superado a paixão, gostava muito dela na cama, ainda, só ela ainda me dava tesão, eu já velho, tomando Viagra mas tendo com ela aquele incrível prazer senil. Mas ia deixá-la, apesar disso, por opção meditada, ela me provocava e me humilhava, negava-se a sair comigo muitas vezes, dizia que não iria mais porque eu não a amava, amava minha mulher que estava no Rio, era absolutamente sacana e eu já estava entupido de raiva, das baixezas dela, não aguentava mais, tinha ódio, ia tomar a decisão, uma opção que não era fácil, pelas amarras da carne, tanto que eu tinha decidido e não tinha ainda consumado. Mas ia, pela minha paz interior, por amor e respeito a Rachel, ia.

A vida da gente tem curvas, ascendentes e descendentes, tem também curvas no mesmo plano, levógiras e dextrógiras, eu acho que a curva da raiva é ascendente, cresce com a sanha da luta durante a vida, os obstáculos, os concorrentes, e as sacanagens do inimigo, sim, os inimigos que vão surgindo, dizer que não tive inimigos é uma grande lorota de alguns amigos. Sim, tive amigos, é uma das faces ameno-róseas da vida feliz. Mas a porfia é uma caceteação permanente, não sei se é só chateação, há um certo júbilo na luta, volúpia meio sádica própria do homem, dos seus hormônios, das pulsões de Freud, a tal pulsão de morte que nunca me convenceu, mas é sempre um espinho espetado até você vencer, vencer a guerra, que é longa, não a batalha, e não é só na política, mas na política é mais, é muito mais, é permanente, mas o cara que pretende se destacar em qualquer porção do mundo tem que pelejar, ninguém dá nada de graça a ninguém. Vais ser artista, cantor, compositor, escritor, jornalista, jogador de futebol, o escambau, vais ter que te virar nas cotoveladas pra tudo que é lado, pra tirar de cima de ti os que querem te sacanear e te passar pra trás. Ah, a humanidade. Até cientista, parece que não há gente mais ciumenta e agressiva na competição que cientista querendo pódio, matemático, o cacete, a gente é que não sabe, parecem santos.

Enfim, a vida e suas curvas, a da raiva sobe com a velhice, sobe muito, quando você começa a encarar a decadência mas ainda não quer se entregar, putz, Beatriz explorava essa minha fraqueza, me dava conselhos de saúde todo dia, me dava castanhas-do-pará, dizia que era para prevenir Alzheimer, Parkinson, e ainda dar tesão. Arranjava lubrificantes que aqueciam, que ativavam a circulação no pênis, como Vick Vaporub, aquilo me irritava e ela sabia, e por isso mesmo fazia, com o propósito, ela tinha o propósito, e eu acabava gostando na prática, vinho era muito bom mas só meio copo, no máximo um, senão provocava o adormecimento, tirava o tônus, que filha da. A gente caminhava junto no Parque generoso de Brasília, os gansos, os patos, eu ia lá por causa dela mas sempre descobria novos refrigérios naquela área verde bem-cuidada, e ela exibia lá sua juventude nas roupas esportivas, malhas justas de juventude inteiramente falsa, ela já era bem passada, entrada nos 40 e qualquer coisa, mas caminhava num ritmo que eu não podia sustentar, entremeava com umas corridas e eu não conseguia acompanhar, tudo aquilo era pensado e programado, pra me sacanear, e eu subia nas árvores de raiva, bafejava fogo feito dragão.

Ela elogiava os meus discursos, o meu trabalho em geral no Senado, dizia que me admirava mas tinha sempre uma picadinha de cobra pra dar, mostrando façanhas de outros senadores mais poderosos, adorava contar casos do Antônio Carlos Magalhães, até como ele a cortejava, um favor que prestou a ela quando a mãe adoeceu, ela era da Bahia, a mãe morava em Salvador e votava em Antônio Carlos, toda a família, ele tinha arranjado emprego para um irmão dela. Para ela mesma, Beatriz, não; ela era jornalista formada e tinha entrado no Senado pelo serviço de comunicação num concurso, ouvi dizer que tinha dado para o Santeiro que dirigia a Rádio. Bem capaz. Com certeza tinha dado para o Antônio Carlos também. O que se dizia dela era quase tudo assim, explorava a gostosura para conseguir o que queria. Alma de puta, e de puta besta, não a profissional do sexo, digna. Só que comigo ela extrapolou, sentiu a idade dentro dela, no próprio corpo, a corrupção das carnes começando, observou aquele senador velho e idiota, e pensou, vou casar com ele, puta que pariu se não foi isso.

Não sei; às vezes acho que não foi; acho que era raiva que eu tinha da curva da vida que me havia jogado naquele alçapão; raiva que eu atirava em cima dela; tenho mesmo muita dificuldade em cogitar sobre ela, sobre a verdade dela, sobre o seu caráter, sobre o meu embeiçamento caduco, ademais há outras fontes que mostram uma pessoa diferente, depois conto.

E peço desculpas com muito sentimento pelo rude dito acima, não era minha intenção fazer esse tipo de comentário e não é meu costume usar essas expressões de sordidez. É um resto da raiva que me vitimou, uma raiva destrutiva que agora não tenho mais, nesta cama de paz. Por isso mesmo vou mudar de pensamento, ao encontro da serenidade que é o meu mundo de agora. Estou em outra, a gana, o apetite, o desejo, a ambição, tudo isso passou, são parentes da mesma linhagem destrutiva da raiva, da cólera que vem das recusas da vida. Passou. A vida paralisada no tempo e no espaço, esta vida não recusa mais nada, todo minuto, todo olhar é um ganho. Ganho que compensa as perdas vitais que se acumularam, da raiva senil, de tudo isso que se esvaneceu e que deve ter causado o meu mal, a apoplexia, o AVC. Passou.

Que desejos tinha eu quando menino? Só para recordar: crescer, ser rapaz, homem, perder os medos de menino, dirigir automóvel, emagrecer e ficar alto, musculoso, bonito, resumo de todas as ânsias comuns. Tudo isso tem a ver com mulher, e o menino ainda não sabe. A bicicleta, o time de botão, a coleção de selos, a turma da rua, nada dessas inocências que foram importantes no momento contou na verdade final apurada. As meninas ficaram mais guardadas nas circunvoluções. A menina no colégio, já no quarto ano, a Regina, não era bem um desejo, era uma atração misteriosa, alguma coisa indefinível, nem vontade de sentar ao lado dela eu tinha, ao contrário, tinha vergonha, como me lembro, só ficar olhando de longe, nem me masturbava ainda. Ana Maria, ainda antes, no segundo ano, também era só de olhar pra lá e pra cá, nem de longe era desejo, aí porém havia uma certa alegria infantil, bem alegria e bem infantil, que era minha e que era dela, eu sorria, ela sorria, a franjinha dela é inesquecível, dançar com ela, redondinha, no palco foi um acaso abençoado, uma escolha da professora, não fui eu que pleiteei aquele casório, caiu do céu, e foi momento de pico de prazer, incrível, por ela, pela companhia dela permitida e aplaudida, de mãos dadas, e por mim também, pela valorização da minha pequena pessoa, mas não foi um prazer desejado, cozinhado, aconteceu e pronto.

Da juventude para a frente, na mocidade a coisa é outra, a gana cresce e é quase sempre de mulher. A juventude é uma luta aberta e incessante pela aparência, a roupa, o cabelo, o corpo; pra quê? Pra que sim, pra competir e conquistar pela aparência. Depois, vêm outras coisas: há pessoas que têm a ambição do luxo e do dinheiro, claro, principalmente quem passou privações na infância, natural. O que eu não sei é se essa gana de dinheiro é pelo dinheiro mesmo, dizem dos judeus, eu duvido, dos neuróticos, sim, acredito, maníacos, mas acho que quase sempre é pelo poder que o dinheiro dá, claro que é, e também para ter as melhores mulheres, ser importante bastante para possuí-las. Eu tinha ambição de importância, claro, de ser gente admirada, como cantor, como cientista, naquela época ainda não como político, a vaidade vai crescendo, essa bravura que é tão forte e exige tanto da gente, acho que Freud deu pouca importância à vaidade, mas no fundo do bem fundo acho que ele teve razão, é tudo dirigido para as mulheres, para o sexo. Não tenho muita certeza, mas sei bem que tive naquele tempo um período de plenitude, de completude e complacência: foi o primeiro ano do casamento, foi Rachel, a realização do amor até o comprazimento se cumprir completamente. Que bom. Depois começou a restauração da gana, da fama e das mulheres. E quando não se consumava, no mais das vezes, afinal eu era casado e não queria me descasar, quando não se consumava vinha aquele ímpeto raivoso do rei desobedecido. Só no caso de Isabela foi diferente, em vez da raiva o desespero e a depressão, o caso de Isabela foi realmente todo diferente.

E é assim a vida, o empuxo da gana e a detonação do ímpeto, frequentemente a raiva, testosterona, uma coisa masculina. Não vou aqui ficar repetindo isso que todo mundo sabe e revivendo as iras. Só uma lembrança pontual que repontou agora, da juventude que estou procurando refazer: era aí pelos anos 40 e tantos, entrando pelos primeiros 50, minha memória não é capaz de precisar datas mas tão somente de reviver cenas daquelas domingueiras do Aníbal Machado na bela casa cheia de gente intelectual da rua Visconde de Pirajá. Eu tinha um propósito naquele tempo, de enriquecer minha formação cultural, muito focalizada na ciência e na matemática. Queria alargar minha visão das coisas e minha cultura geral para ser um homem de amplo saber e de espírito. Para que fim? Bem, não era para compreender melhor a vida, ganhar sabedoria e ser mais feliz; não, nada disso, era para aperfeiçoar a minha imagem e o meu conteúdo competitivo, ser mais admirado, era isso, juventude. Comecei a ler um pouco de filosofia a partir da matemática: reli o *Discurso sobre o método*, e a *Ética* de Espinosa; o primeiro porque era obra de um grande matemático, Descartes, um dos maiores de todos os tempos; o segundo porque se desenvolvia através de teoremas demonstrados e corolários, muito difícil de entender, era verdade, mas tinha uma estrutura geométrica que me agradava. Comprei para ler os *Principia mathematica*, de Whitehead e Bertrand Russell, três volumes do que havia de mais importante na filosofia da matemática. Não cheguei a ler, manuseei bastante e guardei na estante aquelas belas e inteligentes lombadas azuis, para um dia me dedicar a elas. Assim fiz com vários livros, que eu considerava imprescindíveis para a minha formação cultural e científica: comprava-os, para tê-los à mão e estudá-los um dia. Lembro-me de um lindo volume, de capa dura, cor de tijolo, de uma física teórica que tinha todo um capítulo sobre as transformações de Lorentz, as famosas equações de Lorentz que eu precisava dominar para ser um físico de respeito. Também uma matemática avançada para físicos e engenheiros de Sokolnikov, cujo primeiro capítulo, de cálculo do valor de séries mais complexas, cheguei a terminar. Dei esses livros científicos todos para um sobrinho que tinha gosto e talento, e nunca mais soube deles, se foram abertos e lidos.

Pois comecei também a ler romances como antes não fazia; imaginei que um homem culto devia conhecer bastante literatura, saber falar sobre literatura, e comecei pelos autores brasileiros: li José Lins do Rego e Jorge Amado, leitura que me deu muito prazer, muito mais do que a filosofia. Tentei com esforço uma outra faixa de erudição, escutando as fugas de Bach, que também tinham uma estrutura matemática. Forcei um pouco e acabei gostando, mas não tanto quanto a leitura dos romances. Comecei a ler Dostoievski, *Crime e castigo*, oh, que tempo atraente, o daquela leitura; tive a convicção da importância decisiva da literatura para a boa formação cultural. E foi então que Marcelo me falou das tardes de domingo no Aníbal Machado que entravam pela noite, num ambiente onde se respiravam cultura e erudição, especialmente literatura. Ele era frequentador e se dispunha a me apresentar. Fui, e logo senti o ar da intelectualidade, nos óculos grossos dos homens, nas roupas livres e frouxas das mulheres, nos gestos largos de todos e nas conversas em diferentes rodas, cujo sentido geral eu apanhava e, calado, ia aprendendo aquela nova linguagem que não era a minha. Fui lá umas dez vezes, mas as lembranças mais vivas que guardo, que afloram espontaneamente, são as da segunda vez e as da última que lá estive.

Essa segunda noite foi aquela em que vi Maria Sílvia e logo me senti arrebatado por ela, uma figura etérea feita do material humano mais delicado que pode compor um corpo de mulher jovem, uma fada de pele alvíssima e olhos cristalinos, e de curvas deliciosamente femininas num todo que era de esbeltez mas que tinha carnação palpável e sedosa. Apaixonei-me de cara. Era uma relação difícil, dadas as diferenças profundas dos nossos mundos: o dela o da literatura, era filha de um escritor gaúcho reconhecido, e eu um moço dedicado à matemática e à física, preparando-se para o vestibular de engenharia, estava ali como iniciante, primário mesmo, moço que gostava de cantar e queria aprender sobre artes e livros, mas estava ainda no ciclo da ciência e via nisso a atividade mais elevada e digna do ser humano.

O amor, entretanto, é ladino por natureza, e eu tinha aquele cacife próprio para o caso: tinha uma bela voz e uma musicalidade espontânea que era mesmo dom de nascença, que me deu prazeres enormes pela vida afora, e me fez estudar canto depois e sentir, muito mais tarde, a grande frustração de não ter sido um cantor profissional, minha vocação indubitável. Pois bem, claro que arranjei um jeito de cantar lá pelas tantas e sentir bem o interesse dela a partir daí, assim como as atenções da grande sala cheia de artistas e escritores postas em mim, o vozerio normalmente acentuado se fazer silêncio de encantamento e depois os aplausos verdadeiros. Eu tinha esse instrumento natural de sedução, tão antigo e efetivo, que lembrava Orfeu. Cantei muitas outras vezes, obviamente, mas passei a ir lá todo domingo mais para namorar Maria Sílvia do que para sorver novos ares naquele ambiente libertário; para vê-la, sentir a doçura da sua pele e beijá-la no livre meio escuro exterior, no acesso à garagem. Foram oito ou nove vezes que fui, e acabei conhecido da casa. Ela não ia sempre, faltava muito, para meu enfado, minha impaciência, eu ficava pouco tempo nessas noites, calado e tímido, só olhando, porque era mesmo um mundo muito distante do meu. Ia lá com o Marcelo, que tinha acesso à casa e, ele sim, era do meio, cultivava tendências literárias e seu pai era diretor da Rádio Nacional.

Lembro-me também, com nitidez, oh, se me lembro, da minha última presença naquelas domingueiras. Foi numa noite em que um jovenzinho, franzino e abusado, cujo nome nunca soube, vestido de calça cinza e camisa azul, com um suéter branco, parecia um dançarino, não sei por que pensei que era, pela leveza do corpo, pela desfaçatez de caráter, tinha um ar leviano de Fred Astaire, algo ele tinha que agradava a Maria Sílvia, e resolveu disputá-la comigo. Disputar não diz bem, quis tomá-la da forma mais atrevida, desrespeitosa, inteiramente desregrada, puxando-a pela mão para tirá-la de mim, logo enlaçando-a pela cintura como se fossem dançar, oh, meu Deus! Puxei-o eu e o peguei pelo gasnete, tive que fazê-lo por uma ordem interior, tenho ainda nas mãos a memória da consistência frouxa da garganta dele, minha tenção era jogá-lo na rua, por cima do portão que era alto, o que faria com facilidade, dada a diferença de nossas dimensões corporais. Mas ele soltou um uivo tremendo, sufocado, começou a estrebuchar, e aquilo convocou os sentidos dos convidados mais próximos, que acorreram. Ele devia ser bastante conhecido da casa, embora jamais o tivesse visto, devia ser prezado da própria Maria Sílvia, que se empenhou no seu socorro. Eu não era tão considerado, ficou claro, era apenas o rapaz que cantava Noel e Caymmi, e algumas canções italianas e francesas. Livraram o fedelho das minhas mãos e eu fiquei numa situação insustentável, não tentei explicar nada aos olhos severos que me fitavam, não encontraria as expressões corretas para aquela assembleia de poetas e teatrólogos. Ia gaguejar mas saí de cara para o chão sem dizer palavra. E nunca mais voltei nem vi Maria Sílvia. Naquele tempo se prezava muito a vergonha. E, depois da raiva, a vergonha caiu firme e forte em cima de mim.

Lembrança pontual e chega; não quero fazer um livro de memórias, já disse, só uma recordação aqui outra ali para tentar compor o ser, o retrato do ser. O que é isso, afinal? Bah, como os gaúchos. Gosto do Rio Grande do Sul, moraria em Porto Alegre, isto é, antigamente, quando era moço, hoje o frio me assusta, velho sente muito frio, precisa do sol do Rio. O sol do Rio ou o Rio do Sol e do Mar, que deleite eu sinto no ar, tenho o nervo do Rio.

Com Beatriz também houve muita raiva, já disse, fico repetindo de velhice, desculpem, só que foi uma raiva mais dura, de osso envelhecido. Também me lembro bem de como tudo começou, numa entrevista em que ela me procurou, como repórter da Rádio Senado, ela era metida a jornalista, logo no início do meu terceiro mandato, em 95, para "ouvir quem tinha coisas interessantes para dizer", que filha da. Naturalmente, eu logo percebi o que ela queria, mas não, não vou contar detalhes, ela não merece, não tinha caráter nenhum, era interesseira. E linda, claro, todo o vigor da criação, aquelas pernas femininas, morenas, perfeitas, mostrando a carnação sobre o estofado claro do sofá, os pés deleitosos nas sandálias brancas de salto fino, oh, que graça, eu vi logo.

Mas podia, sim, deixar de lado essa mulher e registrar aqui outro ponto de lembrança, para pincelar no meu quadro do ser, afinal fui e sou político, podia contar o episódio com Petrônio Portela, ainda no primeiro mandato, aí por volta do fim dos 70, acho que já era no governo Figueiredo, Petrônio era o líder no Senado, era respeitável pela inteligência e pela seriedade, ambicionava ser o primeiro presidente civil na abertura, foi traído pelo coração, antes de ser asfixiado pelo pulmão, era um político obstinado e de grande finura, um neurótico, na verdade, tinha um pulmão só e ainda assim fumava mais de um maço por dia, não conseguia se desvencilhar daquela fumaça, que era mais terrível na secura de Brasília, ele tinha no seu gabinete um aparelho que umidificava o ar, não adiantava nada, morreu infartado pela fumaça. Mas tinha virtudes e era respeitado, enfrentava com dignidade os discursos arrasadores de Paulo Brossard; sem resposta, claro, porque era impossível responder, mas com precisão das palavras, com dignidade e honradez.

Pois um belo dia me chamou para me convidar a entrar na Arena. Ali na sua sala, na frente daquele aparelhinho que soltava um jato de vapor frio, os olhos atentos detrás dos óculos. Disse-me que eu era muito bem-visto no governo, pela minha honestidade, pela minha personalidade moderada e, principalmente, pela defesa cerrada que eu fazia, quase só, das empresas estatais. Disse que se identificava muito comigo naquele ponto que considerava bastante importante; disse mais, que não podia garantir, se comprometer, mas que, por essas qualidades, e pelo meu peso político, um senador do Rio, eu seria seriamente cogitado para ocupar um ministério da área econômica. Disse ainda mais, que na véspera havia acertado com Amaral Peixoto o ingresso dele e do genro, que era prefeito de Niterói, na Arena, fato ainda não conhecido de ninguém, e que tinha grande significado para mim, que, no fundo, era um liderado do velho Amaral, liderado pelo respeito e pelo afeto, apesar de meus ideais socialistas. Pois eu, na hora mesmo, ele me deu uns dias para pensar, consultar, mas eu, na hora mesmo, recusei, agradeci muito a atenção, a consideração especial, que eu realmente valorizava muito, não escondi que me envaidecia, mas recusei, na hora, sem nenhum arrependimento posterior, e continuamos tendo uma relação respeitosa e afável, lamentei verdadeiramente a morte dele; teria sido um bom presidente. Acho relevante esta pincelada de ser no meu quadro.

Curioso, sei que meu pai passou por uma situação parecida, podia ter sido governador do estado do Rio e não foi por uma razão de consciência dura, condições que teria de aceitar e não podia, a nomeação de um secretário de Segurança, sei, me lembro bem do relato dele na ocasião, chegando em casa após a recusa, num terno branco de linho amassado, com um olhar inesquecível que revezava a centelha do júbilo e a sombra da decepção, me lembro especialmente do sentimento de orgulho no peito do eu menino, pelo caráter do meu pai, será que esse tônus se transmite? Será que ficou lá dentro aquele orgulho? Bem, não posso saber, aqui de longe, parado, só vou lembrando.

Essas coisas todas passaram e deixaram marca, é evidente, mas passaram, não tenho nenhuma saudade, aquele gáudio de ser senador, de ter sido eleito, aclamado nos últimos dias da campanha, bela campanha, a primeira, de 74, eu era o centro, a caminhada final pela avenida Amaral Peixoto em Niterói, uma chuva de flores das janelas, me lembro bem, dia sim, dia não na televisão, quase cinco minutos, durante dois meses, falando, falando o que eu pensava, sem ler, de improviso, e ao vivo, naquele tempo não se permitia gravação, falando direto e convencendo, as pessoas me diziam você convence porque se vê que você acredita no que diz, e eu acreditava mesmo, com inocência, que a democracia tinha de ser restabelecida, mas sem raiva dos militares, que também tinham acreditado no que tinham feito em 64, tinham recebido um enorme apoio da classe média nas cidades e dos fazendeiros no campo, tinham sido convocados mesmo por essa gente em manifestações gigantescas, tinham extrapolado depois até coisas abomináveis e deviam estar procurando um jeito de descalçar aquela bota suja que começava a tresandar, isso eu não falava diretamente, claro, deixava implícito. Eu falava do desenvolvimento, estava de novo na Caixa, e na justiça social principalmente, a Caixa era o banco social, desenvolvimento com justiça, com redistribuição da renda, distribuição também como fator de desenvolvimento, planejamento e ação do Estado para o desenvolvimento, falava com convicção, acreditava que era possível.

Bem, já disse, política aqui não tem importância, importa só pelo relevo que teve nas opções da minha vida e consequentemente, nos traços do ser e do retrato. O ser foi e é assim, eu acreditava fundo no que dizia, a minha vida que é a mesma sempre foi certinha e sem graça, largamente banal, fui certinho demais, ACM, o homem dos dossiês, uma vez disse isso, fui um político irrepreensível e anódino, um escorregão só, infantil, que ninguém soube, no caso do coronel. Não sei se foi o único, dei passagens do Senado para amigos e parentes, e agora, por exemplo, estou aceitando o pagamento dessas despesas pelo Senado, injustamente, ainda estou pensando o que fazer, vou discutir com Rachel.

Passei pela fanfarrice de senador recém-eleito há quase 30 anos, cheio de prosa, meio contida, é verdade, pelo senso de vergonha que nunca perdi, graças a Deus, e acabei nesta vida imóvel, só vendo, escutando e mexendo um pouco a cabeça e a cara, o braço direito, a perna direita, emitindo alguns sons, não palavras mas grunhidos cuja entonação podia muitas vezes ser compreendida por Rachel. Esta mesma vida que eu ainda quero apesar de estatelado, só pensando no que seria se tivesse ficado cego, meu Deus! Ou surdo, quase agradecendo, querendo imaginar como seria sem esses sentidos maravilhosos, se quereria continuar vivendo. Aí acho que não. Qual será o limite, oh, que besteira.

Acho que minha maior perda é a da caminhada da manhã, o corpo foi feito para caminhar e cheirar as veredas. Se pudesse, se ficasse bom de repente, iria a Vassouras a pé, aqui do Rio, acampando pelo caminho. Tenho uma afeição especial por Vassouras, aquela praça soberba e serena, colorida com o bom gosto natural do século XIX, a bela igreja encimando com os galos vermelhos, aquele clima ameno, os casarões e a lembrança do amigo Manoel Bernardes, a gente entrava na casa dele, na rua ao lado da igreja, e descia uma escada, todo o espaço da casa ficava em plano abaixo da rua.

Sempre gostei de caminhar, meu exercício de longe favorito, e Rachel também, que união a nossa, uma vez fomos a pé de Mendes a Vassouras, uns 20 e poucos quilômetros, pelo caminho da antiga linha de trem, passando por Triunfo, voltamos de táxi. Caminhávamos muito em Itatiaia, ficávamos lá em cima, no hotel do Simon, de noite naquela lareira, e de manhã cedo saíamos pela mata adentro caminhando, abrindo trilhas emocionantes. Gosto também de regatas, coisa que poucos apreciam, só os aficionados, eu sou um, como gosto também de corridas de cavalo, maravilhoso espetáculo de movimentos. Vou lembrando tudo isso, mas não quero ficar tecendo quimeras, não vou mesmo voltar a caminhar, minha vida agora é esta e pronto. Cadeira de rodas, talvez muletas, quem sabe. Quero-a assim mesmo, tenho ainda a consciência, o pensamento, sou. Quimera por quimera, eu queria reencontrar minha mãe, esbanjar carinho com ela, como nunca fiz quando podia, e ela queria, tenho certeza, eu saí do ventre dela, e ela era uma pessoa carinhosa, as mãos dela eram naturalmente carinhosas, sedosas, eu é que não correspondi, por isso ou por aquilo, por inibição idiota, sempre pensando em mim mesmo e nos meus projetos, nas minhas ambições, e hoje tenho esta saudade do tamanho de um bonde, este vazio da falta dela. Não acredito nessa coisa de consciência pré-natal, intrauterina, quando o cérebro da gente ainda não está formado, mas se eu forçar a barra, se cavar e cavar e cavar fundo na lembrança, tenho a impressão de que consigo ter a sensação daquele aconchego macio e quentinho da barriga dela. Claro que é fantasia, claro, mas às vezes consigo sentir, a gente consegue tudo na imaginação.

Hoje estiveram aqui uma fisioterapeuta e uma fonoaudióloga; não eram bonitas, vão fazer o meu tratamento a partir da semana que vem, antes mesmo de me mandarem para casa. E de repente eu não sei se quero ir. Gosto do ar e desta vista da mata aqui da casa de saúde, o problema é o gasto, coberto com dinheiro público que poderia ser empregado em gente que merece mais. Devo ir, lá em casa tem a varanda, as árvores em frente, mas claro que não será a mesma coisa, o que eu mais gostava era de caminhar no Jardim Botânico, era sócio, podia entrar antes das oito, às sete, às vezes às seis, uma delícia, os tucanos, os sabiás e as maritacas, os macacos, os jacus, as saracuras, quantas vezes pensei naquele privilégio da civilização, poder caminhar ali dentro do seio mesmo da natureza, sem as asperezas de um matagal, sem os riscos de encontrar uma fera ou de ser traiçoeiramente picado por uma serpente, ó meu Deus, vou ter saudades, Rachel já disse que me leva de cadeira, sem eu pedir, ela adivinha o que eu quero, e o que vou querer, sim, vou precisar, nós moramos bem perto, ela pode fazer isso e vai gostar, muitas vezes ela ia comigo caminhar, só não ia todo dia porque gostava de acordar um pouco mais tarde e logo tomar o café; e eu caminhava cedo, em jejum.

*

O mês de dezembro é aquela correria no Senado, para aprovar um projeto urgente, algumas indicações de embaixador, ou de direção financeira, principalmente para aprovar o Orçamento. Correria, sessões duplas, uma em cima da outra pela noite adentro, eu era membro da Comissão de Orçamento, muito trabalhosa, trabalho que eu sentia estéril do ponto de vista do interesse nacional, não se discutiam as grandes prioridades, os programas de substância já estavam feitos pelo Executivo e pouco se alterava, nada, o que se discutia ao infinito era o capítulo das emendas parlamentares, do jogo político estreito na busca dos votos paroquiais, uma vez fui relator do Plurianual, aliás foi o primeiro PPA, bonito, começou com discussões em cada estado, com representações da sociedade, eu fui pessoalmente a vários desses encontros em vários estados, depois participei de reuniões dentro do Ministério do Planejamento, Sebastião, meu velho amigo, era o coordenador no Ministério, foi um trabalho bonito, mas que encargo danado, demasiado para a minha idade, a fase final, no Congresso, foi penosa, só para ouvir e negociar com deputados, como tem deputado, bancada a bancada, os interesses deles, Beatriz me elogiava o trabalho, enaltecia a minha disposição, só de sacanagem.

Ela resolveu passar o Natal e o Ano-Novo na Bahia, com a mãe; quase todo ano ia a Salvador. Iria de carro dessa vez, via Barreiras, um puta estirão, tinha comprado um carro novo, vermelhinho, bonito, queria gozá-lo na estrada, o filho Álvaro já dirigia havia mais de um ano e ia revezar com ela no trajeto, sairiam de madrugada e iriam direto, a estrada não estava ruim, tinha sido recapeada. Falou num primo professor que tinha insistido muito para que ela fosse, olhe a sacanagem pra cima de mim. Foi. E não voltou. A 100 quilômetros de Salvador, já cansado, já de noite, o menino acelerou demais, possivelmente cochilou e saiu da estrada numa curva, bateram numa árvore e os dois morreram na hora, estavam na frente; a empregada, Maísa, que estava no banco de trás, quebrou-se toda mas sobreviveu para contar.

Tive logo a notícia, já estava no Rio, mas Olegário me ligou de Brasília para avisar. O corpo foi levado para Salvador e enterrado lá, com a família. Não fui; não senti nenhum impulso para ir, mas claro que a notícia tisnou forte o meu Natal, não doeu propriamente, mas enlutou. Por tudo. Estava saturado dela, torturado mesmo, decidido a terminar tudo no ano próximo, logo no início, jurado para mim mesmo, e, entretanto, foi um pedaço da minha vida que se finou, um pedaço de final de vida ranzinza e velha, mas um pedaço. Entretanto, também, ora, caiu como uma solução, pensei assim logo depois, ou senti assim, não sei, não me lembro. Ou não, nunca consegui ser um cínico, machuquei-me, ela tinha doçuras, tinha virtudes também, quando o professor falou dela tempos depois um soluço incontrolável me sacudiu. Depois eu conto.

O Natal, uma semana depois, foi igual: a ceia lá em casa, a árvore acesa, arrumada num pinheiro natural pela judia inteligente e delicada, as músicas evocativas, tudo, o vinho, o bem escolhido, pernil, as castanhas, os filhos e os netos, Celso e Isabela também com filhos e netos, Isabela envelhecida, implacavelmente murchada, e ainda assim bonita no todo da figura, numa popelina cor-de-rosa, que mulher, que carinho eu sinto por ela, a gente trocava olhares de cumplicidade durante toda a vida, sem ninguém perceber, quantos pares farão isso pelo mundo, o amor de homem e mulher em toda parte. E o carinho de Rachel depois que todos se foram, ficamos abraçados muito tempo, não sei quanto, fomos nos sentar na varanda, lado a lado, mão na mão, coração no coração, olhando, olhando, a praça, a sombra escura das árvores, sentindo o silêncio. Ela sabia.

Eu pensei, claro, em Beatriz a tarde toda, dia 19, o dia da notícia, ela costumava me ligar de Brasília naqueles dias 20 e poucos para mandar um beijo, mandava para Rachel também, e nossos filhos, Rachel agradecia, sabia de tudo e fazia que não, a alma iluminada. De noite, naquela noite, não sonhei, mas dormi sentindo o peso de Beatriz, seu corpo já se desfazendo, aquele ônus, não era tristeza, era um gravame, até quando? Até hoje, na verdade, por isso escrevo sem saber dizer o sentimento, tive ódio, queria me livrar dela e ela ficou dentro da minha alma como um encanto, esses mistérios que tanta gente já tentou em vão deslindar e descrever, oh, não, não vou bordejar por aí, fica maçante, vou direto.

A primeira vez foi num hotel que dava frente para o Parque da Cidade, onde a gente caminhava. Eu normalmente caminhava em volta da quadra, mas muitas vezes combinava com ela, pegava um táxi e ia ao parque. O hotel foi exigência dela, que não entrava em motel, que nunca iria ao meu apartamento na quadra dos senadores, e que não ia receber um namorado em casa morando com o filho. E teve outra exigência, foi de reservar dois quartos, um para mim e outro para ela, e nos encontrarmos no dela. Ela me recebeu cheirosa de penhoar branco meio transparente e, por baixo, uma camisola, também branca, bem leve, curtinha na saia, deixando ver as coxas acima do joelho, ó meu Deus, não vou contar, nem é preciso, os seios na medida certa, ela tinha feito plástica. Complicado o esquema todo, mas foi um vero encantamento de amor, valeu, na linguagem jovem de hoje, ela não fez nenhum gesto malposto, nenhuma palavra de vulgaridade, ela não era vulgar, não tinha nenhum detalhe desagradável no corpo, dedos dos pés tortos, bicos dos seios murchos, manchas na pele, tatuagem, nada, nenhum sinal de desmazelo nos cuidados femininos, unha malpintada, depilação malfeita, coisas comuns até em mulheres jovens e meio desleixadas, nada disso, valeu, valeu completamente, ela tinha um toque especial de dignidade. E sempre fizemos assim a partir de então, pelo menos uma vez em cada semana, o hotel era grande mas já éramos evidentemente conhecidos, dava pra ver nos olhos dos empregados, naquela gentileza de todo hotel de categoria, só faltávamos naqueles dias em que Rachel vinha a Brasília.

Ela me capturou definitivamente naquela primeira vez. Isso jamais tinha me acontecido. Isto é, com aquela força de imantação. Ela tinha aqueles atributos físicos, já disse, mas acho também que tinha poderes, com certeza, poderes vindos da Bahia. Ofereceu-me um vinho logo que cheguei, eu não queria tomar muito, sei que qualquer álcool adormece o sexo, mas ela disse que aquele era especial, e era mesmo, um vinho siciliano, mafioso, tomou também, para provar que não estava envenenado. Mas tinha um espírito qualquer aquele vinho; não só não adormeceu como me deu uma vitalidade sem precedente. Atribuí, na hora, à beleza dela e aos seus suspiros, mas depois vi que não era só, havia outros poderes, penso em algum espírito no vinho. Ou alguma oração baiana, não sei, não sou versado nessas frequências de alta energia.

Outra passagem, posterior, veio fortalecer essa minha crença. Era o julgamento da acusação sobre Antônio Carlos, de ele ter violado o painel da votação secreta na cassação do Luiz Estêvão. Eu era o relator do caso, que coisa mais difícil, que desprazer, mas era dever partidário que eu pensava tirar com rapidez fundado na falta de provas, e absolver o homem que, afinal, me tratava muito bem. Beatriz tinha me dito que a sessão havia sido gravada, porém não a votação secreta, mas eu punha em dúvida essa farolagem dela. Entretanto, mesmo que a sessão tivesse sido ilegalmente gravada, a acusação que tinha de ser julgada era de violação do segredo da votação, sem nenhuma evidência. Eis que, todavia, a prova apareceu nítida, de repente, com o laudo técnico de uma empresa especializada de São Paulo, que afirmou com uma precisão microeletrônica a ocorrência da violação do segredo dos votos. Ora, em cima de mim, não tinha jeito. Beatriz me disse em voz soturna, cuidado, duas vezes, cuidado, voz sinistra e sabedora das coisas, e eu escorreguei um comentário de que o caso estava difícil para ele, não disse que meu parecer seria pela cassação, mas ela captou, percebia tudo da minha alma, filha da, e no dia seguinte eu recebi no hotel uma caixa estranha, não abri, entreguei-a à segurança do Senado, não vi mas soube depois que era um boneco todo furado que tinha o meu nome. E ela soube da caixa. Como? Era segredo da segurança, mas ela sabia de tudo no Senado. Foi quando fiz a ligação com o que ela tinha me dito antes sobre a gravação da sessão que tinha sido secreta, sem a presença de nenhum funcionário, como se ela tivesse escutado o meu discurso, para comentar: foi brilhante, decidiu a votação. Evidentemente era encenação, lisonja dela para cima de mim, mas eu realmente tinha feito um encaminhamento difícil pela cassação, na cara do Luiz Estêvão, um discurso que recebeu elogios, inclusive do Antônio Carlos, que presidia a sessão. O comentário dela tinha duas mensagens sacanas dirigidas a mim: primeiro, ela sabia de tudo, tinha acesso a tudo, a sessão tinha sido gravada, inclusive a votação secreta, contra a proibição estrita, e ela tinha escutado o meu discurso, contra toda a lei, porque tinha um acesso especial ao Antônio Carlos, que controlava tudo. E ainda mais um torpedo maroto, aquele comentário mostrava que Antônio Carlos sabia da nossa ligação e deixou que ela escutasse o meu discurso gravado ilegalmente, que ele mesmo classificou de brilhante. Senti o demônio em várias faces.

Rachel dava um curso de música e de violino na favela Dona Marta, numa casa da Prefeitura que ficava embaixo do morro, aquele morro sinistro para mim, que o tinha visitado 15 anos antes, no dia da chuvarada e do desabamento que matou uma família. Violino e violão, claro que dez alunos de violão para um de violino; havia entretanto uma menina que aprendia violoncelo, era a aluna preferida dela, a mais talentosa, dizia, modestinha, magrinha, graciosa e tremendamente musical, pensava em ajudá-la para a frente, ela não podia interromper sua formação, seria um crime de lesa-música. De lesa-humanidade também. Por essas, Rachel só ia a Brasília uma vez por mês. Mas ela gostava de Brasília, tínhamos morado lá quando eu fora deputado e senador pelas vezes anteriores; os filhos eram pequenos, cresceram lá, estudaram lá, Rebeca e Rafael tinham-se graduado na UnB, Renato e Roberto haviam nascido lá, e as lembranças eram boas, mas nesse último mandato os filhos já estavam estabelecidos no Rio, com netos, e ela tinha aquele compromisso no Dona Marta. E é assim, o demônio se infiltra nas brechas do destino. A paixão por Beatriz teria talvez existido mesmo com a presença de Rachel, mas não o aprofundamento do caso como foi.

Como eu compreendo, e de certa forma compartilho, esses escândalos sexuais de homens importantes pelo mundo afora. Sinto com eles a circulação forte do sangue inoculado pelo demônio, o sangue endemoninhado, mais vermelho, que puxa pela respiração, ingurgita o sexo e a alma, compreendo como ser humano masculino e fico solidário no linchamento moral que sofrem pelo escândalo, sofrem porque não conseguem arrostar o demônio. Eu sofri menos porque não temi o escândalo.

O demônio é sagaz e bruxo, talentosíssimo, transforma-se em qualquer avatar, inventa histórias e até cria fadas. Um dia, meses depois de tudo, numa conversa à beira-mar de Salvador, ouvi a história que um dos presentes contou com afeição demorada, vagarosamente, um homem de cabeça já esbranquiçada, era um professor de sociologia da universidade, bebericando uísque com água de coco. Falava de uma mulher que conhecera menina porque era sua prima, longe, mas da família, que aliás morava ali bem perto, na Praia do Farol, onde estávamos. Percebi uma desconsolação na sua fala, ele puxou o assunto por necessidade de falar, talvez soubesse de alguma coisa a meu respeito. Conectou com a vizinhança da mãe dela quando comentávamos a beleza da paisagem, eu tinha um quadro de Presciliano Silva, paisagem bem impressionista do farol, que vinha de minha mãe, apreciadora da pintura dele, o professor ia se casar com aquela mulher que era bem mais jovem do que ele, viúva, e tinha morrido tragicamente num acidente de carro vindo de Brasília. Ela era funcionária do Senado e vinha para se casar, depois de propostas renovadas dele, por anos a fio, em demonstração de amor e fidelidade.

A palavra dele caiu como uma descarga elétrica no meu espírito, que ali estava indefeso, relaxando na fresca da noite após a palestra que eu havia feito na Universidade Federal sobre as relações da ética com a política. Como assim? Casar? Quem era?

Oh, eu devia conhecê-la, disse, eu desconfiei que ele sabia, chamava-se Beatriz, era funcionária antiga, muito competente, muito bonita, com uma história bonita também, que começara ali em Salvador, onde havia se casado com um médico e partido, os dois jovens, para Brasília, seguindo o pai dela, que fora chamado pelo irmão, seu tio, para ajudá-lo na empresa de construção que havia começado como uma pequena empreiteira na implantação da nova capital e se tinha transformado numa empresa importante. Foram os dois, recém-casados, fazer a vida naquela cidade nova e desafiante, aí pelos anos 70 e tantos. O pai tinha morrido anos depois, também de forma trágica, atropelado por um ônibus na W3, onde residia com a mulher, dois filhos e o casal filha e genro, numa daquelas casas jeitosas que davam as costas para a avenida. Era uma família bonita e muito unida, o pai e a filha se adoravam, nasceu o netinho que foi o encanto da casa.

Fui provocando a extensão do conto e ele contando com gosto e melancolia, como a mãe, que não se acostumara em Brasília, não gostava da cidade, desencantada com a viuvez, tinha resolvido voltar para junto da família em Salvador, trazendo o filho menor, enquanto ela, Beatriz, e o marido, que adoravam Brasília, ele se dando bem profissionalmente, médico crescendo em conceito e clientela, tinham resolvido ficar, com o irmão mais velho, que estava empregado na empresa do tio.

Bem, o resto da história eu sabia, tinha sabido por ela mesma e por muitos testemunhos, a luta dela para salvar o marido, derrubado por um câncer de fígado galopante, a luta, a dedicação dela, a movimentação dos amigos para conseguir dinheiro e ir aos Estados Unidos fazer uma operação e um tratamento novo, todo aquele drama vivido, ela de um devotamento total até o fim. E depois, chorando a perda sem consolo, a resolução de estudar e nisso se jogando para salvar a alma do fundo do poço. Estudou letras na UnB e conseguiu ser estagiária e depois funcionária contratada na biblioteca do Senado, sempre elogiada, para, mais tarde, fazer um concurso para a Rádio Senado e passar brilhantemente. Ele contava enternecido, dirigindo-se diretamente a mim, orientado por algum espírito, talvez uma notícia vaga, como se quisesse me convencer das qualidades da noiva desaparecida, o professor, obviamente ainda apaixonado, eu escutava apalermado. Conhecia boa parte da história mas era como se não conhecesse, como se fosse outra a história narrada por ele com aquele sentimento. E a história era verdadeira, sim, desde o princípio, depois eu confirmei tudo, o devotamento comovente ao marido, e depois ao filho, junto com os estudos, o filho que havia morrido com ela no desastre dirigindo o carro. Eu tive que dizer que a conhecia, sim, e concordar em que ela era muito querida, muito respeitada e valorizada no Senado, a partir do próprio presidente, Antônio Carlos Magalhães. Ah, sim, ele sabia, a família era ligada ao ACM desde que ele fora prefeito.

Não dormi aquela noite em Salvador. De uma dor passada que reacendeu, de confusão de sentimentos, sei lá, fiquei a ruminar aquela história sem parar, havia então o tal primo que chamava por ela, só não me disse que era para casar, que era muito mais velho, um professor, coisa mais louca, ela ia me comunicar que se havia casado, putz, ela era mesmo demoníaca, fiquei em ataranto a noite inteira, perplexo ainda por muitos dias depois, custando a compreender a composição e o significado dos diversos capítulos daquela história, capítulos da realidade dela, e a entrosá-los com os outros mais recentes vividos comigo ou fantasiados por mim. Sim, eu conhecia a história, faltando só alguns detalhes últimos, mas não tinha tido a percepção da síntese, do sentido humano, e agora, de repente, a história toda era bela e verdadeira. Seria? Ou poderia ser aquilo tudo mais uma façanha do demônio dela e do devaneio meu? Pensando agora revejo a figura daquele homem que parecia bom, correto, ele tinha um olhar fundo e magoado, um velho professor da universidade. As faces surpreendentes do fenômeno humano, do ser humano, de pasmar.

Não sei se quero ir para casa, haverá enfermeiras se revezando, claro, mas não será como aqui, onde tenho tudo pronto a qualquer hora do dia ou da noite, a gente se acostuma às facilidades, às mordomias, como era no Senado, no gabinete, no aeroporto, até mesmo no apartamento. Essa questão do direito à vida me toca e me emociona: do direito ao tratamento caro que evita a morte e produz a cura, esse direito que não é e não será de todos, porque não há recursos, será só de alguns, mas quais alguns? Os que puderem pagar? Haverá uma fila de urgências, como nos transplantes? Não, não haverá. Por quanto tempo será injusto? Quantas décadas? Ou séculos ainda? Oh, essa questão vai percorrer e sacudir o mundo, vai ser dominante na política da segunda metade deste século. Mas sei que terei de ir para casa, encerrar essa mordomia, não só pela questão do gasto que o Senado paga como pela própria recomendação médica, falam em alta no meio ou no fim da próxima semana, vai depender do Doutor Paulo.

É bom o nosso apartamento, dá frente para a praça do Jóquei, na parte onde ela fica estreita, vizinha ao Jardim Botânico, eu gosto de lá, só reclamava muito dos mosquitos, um inferno que não me deixava dormir de noite, cada picada era uma coceira de ralar, é um dos flagelos desta cidade, historicamente, não só pelas doenças, a antiga febre amarela, terrível, a dengue de hoje, mas também pelo incômodo noturno das picadas e das coceiras, que perturba, e prejudica o sono, a maioria das pessoas se incomoda com o zumbido, para mim é a coceira, devo ter qualquer pequena alergia e sinto uma coceira exasperante. Pois aqui, no meio desta mata olorosa, não sinto mosquito nenhum, é uma das coisas boas desta casa de saúde.

Da nossa varanda, no sexto andar, vê-se um bom trecho da pista do Jóquei. Em menino, gostava muito de corrida de cavalo, tinha um tio que era sócio do Jóquei, era proprietário de cavalos, lembro de um que chamava Albardão, e eu sempre ia aos domingos com ele assistir àquele espetáculo brilhante e estuoso que é uma corrida de cavalos de raça, uma das mais patentes mostras da beleza da vida animal. Assisti a vários Grandes Prêmios Brasil, no tempo em que era um acontecimento da cidade, as arquibancadas ficavam lotadas e as mulheres se exibiam com todo o capricho. Mulheres lindas, por certo, só que eu ainda não havia desenvolvido por inteiro esse cuidado no olhar para elas. Lembro-me de ter visto as duas vitórias de Albatroz em dois anos seguidos, com a camisa ouro e as costuras azuis dos Paula Machado. Foi bicampeão, cavalo nacional que deixava no chinelo os argentinos e uruguaios, sempre favoritos. A gente que frequenta desenvolve afeto por alguns animais, e Albatroz era uma das minhas querências maiores. Havia também um cavalo uruguaio, Monterreal, tordilho alto, sobranceiro, e um argentino, Cumelén, alazão brilhante, entre os preferidos. Entre os preferidos havia também um cavalo uruguaio, Monterreal, tordilho alto, sobranceiro, e um argentino, Cumelén, alazão brilhante. E havia as antipatias, um zainozinho chamado Secreto, não sei por quê. E me lembro da bela vitória de Tirolesa, de ponta a ponta, a primeira égua campeã, camisa verde e preta em listras verticais, dos Seabras, acho. E de outros ganhadores também, cujo nome esqueci, lembro Pólux, um tordilho mais escuro, parecia um rato, camisa cereja e boné branco, que emoção de beleza eram aquelas corridas maiores, a tensão e o burburinho reinantes na arquibancada durante aqueles 3 mil metros de corrida. Eu jogava, sim, umas pulezinhas, e ganhava muitas vezes, mas não era aquele ganho que me exaltava, eram a figura e os movimentos olímpicos dos animais em contenda.

Há mulheres que trazem, no gesto, na fala, no traje, a elegância natural e luminosa. Quem tomou nunca o sol por natural? No Jóquei se viam mulheres assim, de longe se percebia que eram assim, só de ver de longe, eu era menino, não sabia ainda discernir bem sobre as curvas do corpo feminino, mas notava essas coisas da elegância, já distinguia uma mulher bem-vestida, e hoje, rememorando, classifico-as assim não só pelas roupas que usavam mas pelo jeito de mexer os braços e as mãos, pelo jeito de olhar e mover a cabeça, de fumar um cigarro, coisa rara naquele tempo, sou capaz de me lembrar de detalhes que, menino, me atraíam. Me atraíam e me inferiorizavam. Era realmente um desfile de elegância máxima, findo aquele dia, as mulheres já começavam a pensar no próximo ano, o primeiro domingo de agosto, tempo frio, próprio ao traje mais apurado.

Assim era Célia, a minha secretária na Prefeitura, não exatamente elegante como as mulheres do Jóquei mas distinta. Isso, distinta no todo. Eu a vi pela primeira vez no dia da posse, era professora do município, requisitada para o gabinete do prefeito, eu a vi, o olhar e os gestos, eu a chamei, conversei 15 minutos com ela, ouvi-lhe o timbre da voz e das mãos, tinha estudado no Sion, via-se logo, a cor da face, a centelha dos olhos, nem mesmo cheguei a reparar nas curvas do talhe, coloquei-a na chefia do meu gabinete, tudo era com ela no acesso ao prefeito, eu confiava plenamente. E ela jamais abusou dessa delegação. Foi meu enlevo, naturalmente, naqueles anos pesados de consunção. Era casada, o marido vinha buscá-la diariamente ao fim do expediente, era um cara meticuloso no desvelo, tinha consciência do seu tesouro. Foram quatro anos alimentados pelo vigor daquela paixão frustrada. Quatro anos de imaginação erótica inspirada por Célia. Os vícios vergonhosos são muito pesados na composição do ser, tenho de registrá-los por isso mesmo com honestidade: era uma coisa que eu tinha, quando estava apaixonado eu preferia me masturbar pensando no meu amor do dia a trepar com qualquer outra de carne acessível. Isso é do ser do homem, o macaco também se masturba mas não tem a invenção da cena de amor. Sim, tenho também de dizer,

Rachel foi a minha maior paixão, sem frustração nenhuma, a mais constante e profunda, quase posso dizer a única. Foi mesmo. A inflamação por Isabela talvez tenha sido mais abrasadora, eu via Isabela nos encontros de família, beijava sua face de fada, e de noite, em casa, lembrava-me dela e tinha de me retirar para uma sessão de imaginação celeste com ela. Pensando bem na perspectiva abrangente de hoje, o encanto maior da minha vida inteira foi Rachel, sem dúvida nenhuma, completamente dominante, fico repetindo por imposição da verdade da minha vida, o amor de Isabela foi ansioso, chegou a ser doloroso, sempre dolorosamente insatisfeito.

Freud escancarou desvãos muito escondidos da alma humana; que revolução; cravou um dos marcos mais importantes da filosofia e da ciência do homem; iluminou o tabu escuro e esconso do sexo. Antes dele ninguém podia falar honestamente de sexo; era sempre uma fala tortuosa e desonesta, hipócrita. Sexo é artigo gravemente proibido em todas as religiões, exceto, dizem, no hinduísmo, eu não conheço nada do hinduísmo. E ainda hoje, depois de mais de uma geração de práticas e ensinamentos freudianos, não se fala com verdade confortável sobre sexo; há sempre um pejo, um embaraço a ser vencido. E entretanto é a face mais sublime do ser humano: é a nascente, o princípio divino do amor e da procriação. Tivemos cinco filhos, oh, a chegada preciosa de cada um deles, não se sabia naquele tempo se era menino ou menina, a ternura envolvente, o carinho de cada concepção, o ventre redondo de Rachel, como me lembro desse maior regalo da minha vida; como me lembro do corpinho do prematuro se mexendo na incubadeira, corpinho que eu vi enternecido, torcendo por ele, e que viveu três horas só, como me lembro do amargo no coração diante da incubadeira vazia. Poderíamos ter hoje seis, uma bela família, Rachel abortou ademais uma gravidez de três meses, logo depois de Rebeca e Rafael, sem explicação, depois um médico diagnosticou brucelose em nós dois, para descrédito de outros médicos, assim mesmo fizemos um tratamento com vacinas durante meses. Pois da gravidez seguinte nasceu o prematurozinho de sete meses que não resistiu, o corpinho foi enterrado em Brasília e os ossinhos depois catados cuidadosamente por nós dois, postos numa caixinha e trazidos para o Rio, para junto dos outros do mesmo sangue.

Meu trisavô teve 13 filhos, que regozijo, que glória; meu bisavô, 11, era a família na sua expressão de clã, a fecundidade plena do amor, e não chegavam a ver o corpo despido das esposas, só o rosto em quarto escurecido, que riqueza de imaginação, carinho e sentimento, o amor de compartilhamento da vida. Freud dilacerou essas vestes sufocantes sob o anátema de um mundo de severos repressores. Que caráter! Consumiu sua vida, essa luta extenuante; não lhe deixou espaço para outras atenções, para dissecar, por exemplo, a vaidade humana, esse outro monstro da nossa alma.

Está bem, não quero incomodar e vou mudar de assunto. Falei de Célia e vou aproveitar o gancho para dizer da minha gestão na Prefeitura: não deixa de ser um traço importante no desenho do meu ser, foram o tempo e o lavor que mais me dão satisfação hoje na recordação de tudo que me foi a política. Foi uma antecipação de toda uma evolução mundial do sistema democrático em direção à democracia participativa. Uma antecipação realizada no Rio de Janeiro, Brasil, no meu Rio de Janeiro, muito antes dos orçamentos participativos do PT de Porto Alegre, a implementação dos Conselhos Governo-Comunidade que instalamos em todas as regiões da cidade para chamar à participação as organizações da sociedade, as associações de moradores, que atingiram um nível de presença e motivação que nunca mais se repetiu. Uma participação deles em toda a gestão, não só na elaboração do orçamento mas também na crítica e na orientação do dia a dia da administração.

Foram dois tempos distintos, o primeiro, mais longo, de prazeroso afã, de colheita de êxitos, do funcionamento desses Conselhos, da criação da Secretaria de Cultura, oh, o Rio não tinha uma secretaria de cultura! A criação da Secretaria de Desenvolvimento, uma novidade municipal, prefeitos cuidavam só do urbanismo, nunca da economia da cidade, do emprego dos cidadãos; o programa dos polos de indústrias da ciência e da tecnologia, a vocação industrial do Rio; a criação da Secretaria de Transportes e da CET-Rio: o trânsito da cidade era administrado pelo estado; a instalação da Procuradoria: os interesses da Prefeitura eram defendidos pelo estado, oh, quanta coisa estimulante, febril mesmo, que força positiva nos movia, a mim e aos que trabalhavam junto, os concursos para contratar milhares de professores e médicos faltantes e melhorar esses serviços, como isso foi depois explorado! E o outro tempo, o segundo, dos seis meses finais, da crise financeira, da falência declarada pelo próprio prefeito, ante o garroteamento implacável do Banco Central, desejoso de exemplar e exibir hipocritamente a repressão a um caso relevante de dívida descontrolada, que na verdade era de todos, para mostrar seriedade no combate à inflação. O tempo da desforra dos conservadores que não aceitavam aquelas prioridades diferentes, o tempo do linchamento político da mídia, oh, que prato, a prefeitura socialista falida! Foi duro, eu que sei, menciono pelo que isso tem de acrimônia no interior do meu ser, do meu retrato, justamente no que eu acho assim o meu maior cometimento. E também o meu maior comprazimento na política, naquela sala do discreto e charmoso palácio, antiga embaixada inglesa, com fundos para o Morro Dona Marta, que muitas vezes eu subia por uma trilha de uns 250 metros, a respirar no meio da mata depois do almoço. Mas não quero falar sobre política em si, já disse, quero reconstituir o meu ser, tão somente, o meu retrato honesto.

Como bem papas e purês, puseram uma carninha de frango bem desfiada, senti o gosto, que bom, o homem não é exatamente um animal carnívoro mas aprecia bastante uma carne bem-preparada. Acho que o animal humano é eminentemente frugívoro, buscava frutos nas árvores como os macacos, o homem gosta sobretudo de frutas e raízes, os cereais são pequenos frutos e o pão é o pão, e a batata, e o aipim, e a cenoura, raízes, mas saboreia bem uma carne, como eu gostei do sabor daquele primeiro franguinho desfiado, cozidinho, revivi o apetite! Não perdi o gosto nem o olfato, sinto o perfume da mata. Mas ainda estou de fraldão, Rachel disse que também vou ficar livre disso, não sei, normalmente eu evacuava duas vezes por dia, e estava tendo, sim, dificuldade de urinar por causa da próstata, não sei como essas coisas vão se normalizar, Rachel diz que sim, sempre animadora, amorosa. Não deixa de ser confortável este fraldão, o problema é a vergonha no mudar e me limpar, mesmo nas mãos de profissionais, quem vai fazer isso em casa? Acaba sendo Rachel. Não, isso não, vou precisar de ter uma enfermeira permanente, melhor, um enfermeiro. Bem, não vou pensar nisso agora.

Sempre me alimentei bem, na qualidade, coisas saudáveis; isto é, não sempre, quando eu era menino e jovem não se prestava atenção nessas coisas, já se falava, sim, em frutas e verduras, vitaminas, minha mãe era atenta, mas nada de colesterol, nada contra gorduras saturadas e excesso de carnes vermelhas, a banha era de porco, nada de antioxidantes, licopenos e betacarotenos, linhaça era cataplasma. De uns 25 anos para cá é que a qualidade da alimentação evoluiu e a saúde dos povos melhorou, a média de vida subiu, foi um grande avanço da humanidade, aprender a comer e largar de fumar. Aprendemos lá em casa e por este lado eu não teria AVC nenhum. Mas é assim, a velhice, a raiva, a decrepitude natural das artérias e da própria vida pode custar um pouco mais a chegar mas chega, apesar da boa alimentação, a falência dos órgãos, fulano morreu de falência generalizada dos órgãos, isto é, de velhice. Claro que essa minha paralisia é isso, e vai chegar o momento final, Rodolfo, chegou o seu momento de falência, será que vou ser avisado? Ando tão perto. Medo?

Antigamente esse aviso era recebido ou intuído pelos familiares próximos, que corriam a chamar o viático, o sacramento preparatório da morte, para garantir o livramento do inferno, o horror eterno a que estavam condenados os que morriam em estado de pecado, de pecado mortal. A vida dependia disso, do cuidado de não morrer sem o arrependimento dos pecados. Quantos séculos! Só a Idade Média são mil anos. Há versões distintas da lenda do Fausto: na peça de Marlowe ele vai para o inferno, o demônio vem buscá-lo num final asfixiante; na ópera de Gounod, ele se arrepende e vai para o céu; não sei o que diz o original de Goethe. Eu sei que não tenho pecado mortal, isto é, pecado contra a natureza, matar um ser da sua espécie por exemplo, a morte do casal, do coronel e da moça não foi obra minha, Deus me livre, meus pecados são veniais, não desejar a mulher do próximo é um mandamento mal redigido, devia ser não tentar comer a mulher do próximo, porque o mero desejo está além do seu controle volitivo. Bem, convenhamos, Isabela, eu tentei possuí-la, mas não consegui, Deus não deixou, esse pecado eu pratiquei pela metade e já o superei, prescreveu, confessei-o muitas vezes na varanda e devo ter sido perdoado, não devo pegar mais que uma pequena estada de purgatório, foi um pecado de amor puro, tenho minhas razões a alegar em contrição, estou preparado.

O suicídio é o mais grave de todos, não tem classificação. Pecado mortal, claro, viola o principal mandamento da natureza, da Criação de Deus. Mas, não, gente, vamos convir, o suicídio é uma forma absoluta de loucura e o demente não tem livre-arbítrio, não pode ser responsabilizado. Não há suicídio sem loucura extrema, pela definição mesma do estado de loucura, que é a perda dos sentidos da vida. Nem vale a pena insistir ou discutir isso, peço desculpas. A Igreja o condena tão veementemente que nega os encaminhamentos sagrados aos suicidas, que absurdo. Os judeus também. Burrice crassa, como tantas outras que cometem as religiões. Evidentemente o suicídio não se classifica no infernal, teologicamente falando, e deve levar a alma ao limbo, o lugar dos recém-nascidos que ainda não têm consciência quando morrem. Como o Joãozinho.

Eu nunca tive depressões doentias, dessas que levam a pessoa a pensar em suicídio, sempre fui um cara muito normal, é do meu ser, já disse da sem-gracice do meu quadro. Rachel, sim, pessoa interessantíssima, já teve profundas depressões, não sei o que passava pela cabeça dela, acho que não chegou a pensar no pior, mas precisou recorrer a tratamento médico demorado, os judeus em geral são muito sujeitos a essas doenças da alma. A psicanálise, no início, no tempo de Freud, foi chamada de medicina de judeus.

A referência à loucura me traz a figura de Suely, mulher louca de pedra, personagem atraente para um romancista. Não sei nada sobre ela, encontrei-a quando descia, de manhã bem cedo, a Marquês de São Vicente, vindo da casa de saúde lá no alto, onde hoje estou, onde meu sogro, pai de Rachel, havia sido operado de próstata e eu ficara de acompanhante na primeira noite. Ia a pé para casa, aproveitava para fazer minha caminhada diária antes do café, sentia-me bem, como me sinto sempre que caminho pela manhã. Ainda não eram sete horas, ela andava vagarosamente na minha frente, usava calças jeans e uma blusa verde folgada, uma combinação de cores esdrúxula para mim, chamou minha atenção de longe, o verde era luminoso, fui chegando perto naturalmente, no meu passo normal de marcha matinal, passei por ela, era loura bronzeada, formosa, olhei e ela olhou, sorriu para mim, ó meu Deus, de graça, era bela de rosto e de talhe, a blusa verde, folgada, deixava ver o seio solto e branco pela cava da manga quando ela movia os braços. Perguntei se podia ajudá-la, o passo dela era curvo e estranho, parecia embriagada, perguntei e ela disse que podia acompanhá-la até sua casa. Passávamos em frente à entrada lateral da PUC e indaguei onde morava, era na praça Sibelius, não era longe, nem dali onde estávamos nem da minha casa, para onde eu ia, eu disse que sim, que acompanhava, e ela me deu o braço, uma coisa bem ousada e inesperada, eu nem sabia seu nome, fomos andando sem dizer nada, só perguntou se eu gostava de bacalhau quando passamos em frente ao restaurante especializado, respondi que sim e quis saber se ela fazia um bom bacalhau, se gostava de cozinhar, só para iniciar conversa, tudo lento, ela falava lentamente, respondeu que detestava cozinha, sua respiração parecia ofegante, e vez por outra ela apertava meu braço, como se quisesse experimentar a força, cruzamos com uma senhora de amarelo que olhou fixo, como se a conhecesse, mas passou sem dizer nada, nenhum cumprimento. Chegamos ao final da rua, em frente à praça do Jóquei, sem falar quase nada, e ela então disse que gostaria de ser jóquei de corrida, era uma emoção, não sabia por que mulheres não podiam montar cavalos de corrida, bem, fiquei sem saber o que comentar mas concordei sobre a emoção da corrida, devia ser, perguntei se gostava de corridas, se vinha ao prado, não, nunca tinha vindo, mas queria ser jóquei, bem, ela era assim, prosseguimos no silêncio, tomando a direita em direção à outra praça, a dela, até ela dizer é aqui, quer entrar um pouco? Eu, que pensava em me despedir, meio espantado com aquela mulher excêntrica, de repente vi que era muito bonita, que tinha uma boca que era um convite, braços belíssimos, olhos profundos e curvas femininas, me lembrei dos seios brancos e soltos, de repente, tudo isso notei, claro que já havia notado mas compreendi toda a figura dela ali de repente, até o hálito quente no suspirar, e não pude resistir ao chamado, já mobilizado pela ideia de me aproveitar daquela instabilidade dela, que tinha muito de languidez, alcoolizada, isso também eu via, aproveitar para uma entrada de amor rápida e saborosa. Rachel me esperava mas não tinha hora marcada. Subimos ao terceiro andar pela escada, ela abriu a porta, tinha a chave, entrou e já foi tirando a blusa e os sapatos, os seios eram do tamanho mais delicado, lindos, muito alvos no contraste com os ombros amorenados de sol, fiquei absolutamente transido, quando ouvi uma voz feminina firme e comandante que veio do quarto: Suely?!

Eu me virei e saí bem depressa sem dizer nada, bati a porta, desci as escadas, estava de tênis, deslizei como um cisne pelos dois lances, e ganhei a rua aliviado, fui tomar meu café em casa, com Rachel que me esperava. Em paz, que bom. Degustei as frutas ainda em ligação com o ocorrido, que pareceu uma vez mais coisa de demônio, o iogurte com cereais, fui sossegando, e o café bem forte, oloroso, dei notícia rápida do pai, sem comentário nenhum, tudo em palavras curtas e uma cara que certamente não era normal, tinha de refletir sobre a cena estapafúrdia que ainda restava dentro de mim. Rachel percebeu, obviamente, minha perturbação, bonita que ela era, fez só uma pergunta, se estava tudo bem, eu disse sim e ela não insistiu, Rachel era assim.

Sempre foi assim, sabia de Isabela, sabia de Beatriz, sabia de Célia e de outras paixões menores, acho que não soube de Heloísa, que foi logo no começo, mas era sábia nesse saber, só não sabia que eu ia às putas e ia com amor, aí era demais. Eu não contava tudo para ela, claro, ela intuía, nunca lhe falei sobre o caso da entrevista com o Maciel, isto é, do que havia por trás, a entrevista ela viu e gostou muito, ficou tão contente com a repercussão, eu não tive coragem e nunca contei nada. Quer dizer, tudo isso são ilações minhas ante as expressões da face dela que eu conheço tão bem. Claro que nunca falamos explicitamente sobre essas minhas infantilidades, como ela classificava, com razão.

Celso, não; nunca soube de nada, eu também conhecia os mapas da face dele; afinal, éramos irmãos. Uma relação incomum, talvez requintada, essa que tínhamos. Isto é, temos, estou vivo e ele também. Ele veio aqui, ficou olhando, disse uma palavra de incentivo e se foi. Uma relação de intimidade revestida, quero dizer, intimidade no fundo, de quem conhece as profundezas que vêm da infância, mas revestida de um respeito adulto pelas fronteiras um do outro, que nos impedia de indagar sobre as coisas do recesso de cada um. Alguma coisa desse imo nos dizíamos, Celso me confessava suas preferências nas qualidades femininas, isso há uns 30 anos, eu também relatava minha incursões à rua Alice, falei-lhe do rendez-vous menor e mais sofisticado que havia bem no alto da mesma rua, mulheres lindas e educadas, muito mais que as da grande casa cor-de-rosa conhecida, mais embaixo, em que todo mundo ia e que já era muito boa e famosa. Ele não conhecia a outra, superior, e eu nunca perguntei posteriormente se ele foi lá. Enfim nos conhecíamos face a face, ele me livrou a cara duas vezes em brigas da meninice na Tonelero, eu, menor, provocando, e ele tendo que intervir e sair no braço para me proteger. Marca a relação.

Enfim, disso tenho certeza, Celso nunca soube da minha flama por Isabela. Nunca viria de cobranças diretas em cima de mim, mas no seu olhar eu perceberia, no seu gesto, eu conhecia bem, que coisa boa, meninos, dormimos tanto tempo no mesmo quarto, eu via ele tocando punheta num tempo em que eu ainda não tinha esses deslumbramentos, brincávamos lado a lado em casa e na rua, em casa não tanto, ele não gostava de selos nem de rádio, na rua, sim, todo dia, com a turma da rua, futebol de rua, principalmente, mas também jogo de botão, campeonato de botão, e muitas vezes nada, só conversa mole de ficar juntos, duas, quatro horas a falar qualquer tolice ou nada, só assobiando, comentando as meninas da rua, que também brincavam mas separadas, faziam roda entre elas, só mais tarde deu-se o encontro dos grupos, para furor do pai de uma delas, que era louco e apostrofava da janela contra o barulho que fazíamos em frente à sua casa, preferida porque Berenice, a filha dele, era a mais bonita da rua.

A rua era o mundo; a rua e as casas, nenhum edifício, só casas na rua Tonelero, íamos às casas uns dos outros jogar botão, ouvir um jogo no rádio, o rádio do Pedro era o melhor, nós éramos Botafogo, eu e Celso, Pedro e Raul eram Flamengo, Luiz Fernando, Fluminense, Sabá era Vasco, Ulisses, América, era assim mas nunca saía briga por causa disso, as brigas só ocorriam por ofensa grave, quando um fazia comentário sobre a irmã do outro, uma vez saiu a briga mais feia, entre Pedro e Luiz Fernando porque Pedro foi chamado de judeu sujo no calor de uma discussão boba qualquer. Luiz Fernando acabou no chão de um soco que pegou em cheio e tirou sangue do nariz, tivemos todos de separar, Celso foi o principal separador, era respeitado. E os dois nunca mais se falaram, nunca mais, foi briga profunda, continuaram a aparecer no grupo de rua, ali lado a lado reunidos com os outros mas sem trocar palavra entre eles, nunca mais. Engraçado, nos campeonatos de botão tinham que se enfrentar e jogavam um contra o outro, era o Fla-Flu, sem dizer palavra, sem se olharem, quando havia alguma dúvida na jogada, olhavam para os que estavam ao redor, à espera de um veredicto, que ambos acatavam, ética de meninos. Honra.

Honra, todo mundo sabe o que é isso, mas é um sentimento que se vai dissolvendo no pragmatismo moderno. No pragmatismo e na filosofia, na inteligência dos limites razoáveis do gesto humano. Já comentei sobre as reações ao adultério de anos atrás. Mais forte ainda era aquela honra absoluta dos nobres e dos cavalheiros, quantos morreram por honra, verdadeiros suicídios obrigados pela honra. Só o tenente Gustl se salvou. Vaidade, claro, muito bem envernizada, até chegar a ser condição necessária de vida, absolutamente necessária. Galois, o grande matemático francês, talvez o mais genial de toda a história dessa ciência, sabia que ia morrer no duelo, era um suicídio, tinha certeza da sua inferioridade e da impossibilidade de sua sobrevivência, e foi assim mesmo, obrigado pela honra, e morreu no duelo ao amanhecer, aos 20 anos! Durante toda a noite anterior, febrilmente, escreveu a sua teoria dos grupos, abriu todo um domínio novo na álgebra abstrata, deixou seu testamento científico para a humanidade, como um grito de angústia do menino. Quantos meninos morreram estupidamente em guerras, por obrigação de honra: soldados tinham de ser bravos, milhões de belos jovens, ingleses, franceses, alemães, morreram sem saber por que razão, na guerra de 14. Desde as eras mais antigas era assim, e os meninos tinham de ir para a frente das batalhas, não podiam ser covardes.

II

Cheguei em casa, finalmente, cheguei, pedi que parasse na porta e olhei o mundo em volta, respirando, eu me lembro da respiração, depois, no hall, devagar fui entrando, numa cadeira de rodas empurrada por Rachel, Everaldo ajudando solícito. Uma das vizinhas, do andar de baixo, Hilda, nos viu na portaria e foi gentil, comemorou muito, mas deixou que nós subíssemos sozinhos no elevador. Emoção extraordinária, minha casa, meu agasalho, minha atmosfera, senti o retorno à velha vida, o velho e o novo, minha mulher me trazendo numa cadeira de rodas, Maria Carmen fez uma festa, era um dia belo, e era de verdade uma vida nova que ali começava, no mesmo apartamento, o espírito da casa, os objetos, o velho Santo Antônio da entrada, de quatro gerações, o cheiro da casa, os móveis, o menino sentado lendo, gracioso, em mármore branco, do tio-avô, posto sobre o móvel do som, e os quadros, os que eu mesmo tinha comprado e ganhado, ocupando a parede maior, todos modernos e belos, e os três clássicos que vinham de minha mãe, num canto especial da parede, o farol de Presciliano, o ipê glorioso de Armando Viana, e a marinha preciosa, bem pequena, a joia, de Castagneto, tudo aquilo parte muito importante da casa e da nossa vida. Levaram-me à varanda, era um dia claro, senti uma emoção de nunca antes, a respiração, as árvores, aquela mesma varanda de sempre, e tão outra, eu não saberia dizer o choro manso em palavras. Rachel, sábia e sensível, deixou-me só por um tempo.

Era uma nova vida ligada na passada pelo fio forte da memória, e dos objetos, das coisas do dia a dia, do ser, o mesmo, a conexão maior ali, a nossa casa, morada, que coisa mais importante na vida da gente, o mesmo espaço impregnado de tantas declarações e expressões, velho e novo, precioso fio que percorre o ser, ali estavam o meu e o de Rachel na memória das paredes e dos móveis. Era para recomeçar, uma vontade nova, uma disposição plácida de choro brando e contente, de normalizar e aceitar as regras da nova vida, uma renúncia às pulsões antigas, às vibrações fortes do outro tempo que ainda estavam impressas ali nos objetos, o vaso de cristal cheio de rosas, Rachel sabia que eu gostava, o capricho dela, a poltrona onde tantas vezes Isabela havia sentado, que diferença isso faz. Nenhum episódio mais daquele tipo, nunca mais, nenhum como o da louca, sim, estou me lembrando do encontro estapafúrdio com Suely, ali pertinho, quase podia ver de onde estava, procurei-a depois outras vezes, isto é, não uma procura de verdade, com o propósito de achar, como subir e tocar a campainha, perguntar por ela, não, foi um passar e repassar em frente ao prédio dela que não era longe do meu, para abrir oportunidades ao acaso. E o acaso não se manifestou novamente, ainda bem, muito bem, ficou a imagem do seio branco, belo, entrevisto sob a cava e visto por inteiro sem a blusa, ia tirar as calças quando a voz mandona a interrompeu.

Coisas outras, tantas, nunca mais. Entretanto, sou. E estou em casa.

Na varanda, olhando parado a Criação. A procriação incessante. Volto sempre a pensar por que não se fala com mais naturalidade sobre as coisas do sexo, tão vitais à espécie, a coisa mais prazerosa que Deus nos deu. Claro que há uma questão cultural, um refinamento transcendental que segue o aprimoramento humano, a superação da brutalidade e a afinação dos instintos, o respeito à mulher, que não tem nada a ver com a proibição religiosa que quer castrar a sensualidade. Tem a ver, sim, com requintamentos análogos de outros instintos, a arte da culinária, por exemplo, a arte da perfumaria. Mas o que a religião fez foi a absurda demonização do sexo. Chegou a haver pena de morte para crimes sexuais, apedrejamento de mulheres, que horror.

Só homens entre si falam de sexo, comumente de forma leviana, como uma depravação divertida e permitida entre machos. Até a umbanda mostra o demônio na forma de uma mulher carnuda e pintada, quase desnuda, como uma prostituta, coitadas, só a Babilônia deu um reconhecimento digno às prostitutas. Mesmo o sexo que não tem pecado, que é abençoado no altar, marido e mulher não se exibem em público. Pudor, acho certo, de bom gosto, mas é da civilização, não é coisa da natureza, ou não, será que nas cavernas o homem já tinha recato, não fazia sexo na frente dos outros?

Talvez, quem sabe? Nunca ninguém discutiu nem pesquisou isso. E os índios? O que dizem os antropólogos? Realmente, há muito mistério a desvendar nessa seara, Freud abriu a primeira cortina mas a devassa tem de ir mais fundo. Fico repetindo esse assunto porque acho muito relevante, penso muito nisso, às vezes acho que talvez seja mais um caso dessas astúcias da natureza, criar um certo mistério para fruir mais a beleza, apurar os sentidos e espicaçar o desejo, sofisticar pelo esmero o desejo para aguçar-lhe os impulsos e o prazer, esconder o corpo da mulher, sugerir formas através das vestes para dar mais asas, mais belas, à imaginação. Favorecer a procriação nesses meneios, todas as espécies animais têm rituais de acasalamento, às vezes muito bonitos, penso mas não concluo, não é nada disso, acabo pensando que é tudo besteira. Só sei que o sexo não tem nada a ver com as restrições de outro tipo de vergonha, que vem das coisas realmente feias, desagradáveis aos sentidos, por exemplo, defecar é feio e por isso mesmo é vergonhoso. Eu tenho uma vergonha enorme das minhas fraldas sujas, não consigo banalizar essa coisa. O sexo, ao contrário, é amor e só tem beleza, nenhuma sujidade, a flor é o sexo das plantas, a árvore da frente, ao lado das amendoeiras, dá uma flor belíssima, muito colorida, evanescente, dura um dia e fenece, fica marrom.

E o sexo é carregado de mitos por isso mesmo, por ser envolvido em mistério. Na meninice havia o mito do rendez-vous de normalistas, caríssimo e dificílimo, quase inacessível, era preciso conhecer a senha para ter com meninas, alunas de verdade, vestidinhas com aquele uniforme, de saia azul-marinho e meias brancas, deixando ver os joelhos, meias brancas compridas moldando as pernas gostosas, coxas entrevistas, todas virgens, você podia fazer de tudo com elas menos desvirginá-las. Os meninos da rua contavam tudo com um realismo convincente e suculento, só que eles também só tinham ouvido contar, um primo, um amigo do irmão mais velho, ninguém tinha ido nunca lá para conferir. Mentira de garoto.

Outro mito era o das aeromoças: não havia quem não desejasse comer uma aeromoça, a mulher jovem, bela e livre. Mais tarde, quando eu estava no CPOR, o Sérgio, um companheiro de infantaria, me disse uma vez que na semana anterior tinha passado uma tarde com uma aeromoça da Panair e tinha trepado e gozado 12 vezes! Incitado pelo mito. Ouvi aquilo sem acreditar na contagem, mas assim mesmo com uma inveja danada, de nunca ter trepado com uma aeromoça.

Foi também um tempo bom, o do CPOR, essa coisa da ambiguidade que nós todos temos, a disciplina militar é uma coisa odiosa, principalmente para o jovem, mas a gente acaba gostando, sentindo que faz bem, que enrijece o corpo e tempera a alma. A estreiteza dos tenentes instrutores, evidente para quem já estava na faculdade, a brutalidade disciplinada, com exceção de um ou dois mais educados. Lembro de um que não era mau sujeito, nada machão arrogante, que se referiu uma vez a indivíduos acelerados, querendo dizer celerados, e eu o corrigi na hora, estava bem na frente e aquilo saiu, me escapou da boca, ele ficou de olhos arregalados e eu pedi desculpas, que besteira eu tinha feito, e ele, em dez segundos, seguiu adiante na instrução. Na juventude, tudo é impulso.

Na varanda essas outras paragens da vida decorrida flutuam junto com a paisagem e a aragem. Vou olhando, fruindo, e vou pensando, horas e horas, minha vida nova, sim, cheguei em casa, não é um sonho, que emoção, deixaram-me logo ali para contemplar e chorar um pouco. Assumir o ingresso num tempo completamente novo de lembrança e de serenidade, outra etapa do mesmo ser, o ser é fásico, nova fase com o consistente fio de ligação com as outras. Assumir que ainda sou, não morri, mas mudou a natureza do meu ser. Morri a minha primeira vida, a mais forte, a vida justa, participei uma vez de uma discussão sobre o conceito de morte injusta, aquela que vem contra a natureza que fez a vida, qualquer vida, que tem sempre a forma de uma curva de auge e declínio, a morte injusta é aquela que corta a curva no seu tramo de subida ou no auge. O contraponto é o conceito de vida injusta, a que prolonga excessivamente o tramo de descida, faz o declínio tornar-se assintótico ao eixo da morte, esta que estou iniciando aqui à custa de algumas vidas justas que se perderam por falta dos recursos que eu gastei no esforço médico para vencer a natureza. Deixa pra lá, já discuti isso. Não sei com certeza quanto perdurará esta nova, derradeira fase. A ligação com a anterior, a fase justa, sou eu mesmo que penso e lembro, bem presente, basta olhar em volta e respirar, eu mesmo, havia passado por um longo e confuso desfiladeiro e estava ali do outro lado, ainda num resto da confusão, numa paisagem que era nova sendo a mesma, numa atmosfera diferente que era feita do mesmo ar, com formas estremes na minha frente, ali na varanda, repetindo, repetindo em cores novas, claras e esbatidas que coisa estranha. Podia ter morrido, dava até para pensar que tinha morrido e estava do outro lado, mas não, era a mesma vida, só que outra. Injusta. Um certo desassossego na serenidade da consciência.

Há uma transcendência, existe, inalcançável pela nossa mente mas existe, agora me vem essa certeza, é o que dá sentido à vida, a vida geral que sobrepuja a de cada um de nós viventes, como se a vida de cada um fosse também a dos ascendentes e descendentes, a mesma vida sempre recriada por essa vontade transcendente, é o que anima a vontade de viver dos seres vivos, esse impulso que é incontrolável, está além da nossa vontade consciente, é uma vontade transcendente. Que passa de um para o seguinte e a morte não aniquila.

Heleno tinha morrido na semana anterior, Rachel me havia dito ontem, ou anteontem, ainda na casa de saúde. Sim, como muitos amigos, quantos, a gente vai envelhecendo e perdendo os amigos, sobrando só. Injustamente. Heleno era um cara puro e mais moço do que eu. A vaidade era apurada e a alma pura, ele se via com as qualidades de um ser olímpico e tinha de ser puro e belo tanto quanto um deus, Apolo, não Baco, era bonito, sim, e tinha aquela espécie de beleza apolínea, e cultivava aquela beleza com capricho, quando discursava, alisava os cabelos cacheados de tempos em tempos, e discursava muito, adorava a própria voz e a própria fala, era político baiano como diz o folclore, e era baiano de verdade, senador pela Bahia eleito improvável de 74 como eu. Adversário implacável de ACM, tinha sido prefeito de Jequié, uma cidade importante mas longe de propiciar uma candidatura ao Senado que equivalia, naquele momento, à de governador, porque era a única majoritária em todo o País. Um caso semelhante ao meu, ninguém queria o risco da derrota, a Arena tinha dado uma lavada quatro anos antes. Como foi o caso do Quércia, prefeito de Campinas, do Itamar, prefeito de Juiz de Fora, e do Marcos Freire, prefeito de Olinda, aquela eleição projetou muito senador da oposição desconhecido, o Gilvan, um médico de Aracaju, Agenor Maria, um pequeno agricultor do Rio Grande do Norte, eu, um engenheiro da Caixa Econômica, ex-deputado bisonho, vários, o Leite Chaves, do Paraná, um advogado do Banco do Brasil que tinha um discurso chamejante e ganhou na televisão, foi a primeira eleição com televisão.

Heleno era a pureza clássica materializada, vaidoso da beleza e da pureza, esmerado na elegância do vestir, dos gestos de pôr e tirar os óculos, no trato dos cabelos, marido de uma mulher bonita e também elegante, Dona Josefina, de origem nobre, gente do cacau de Ilhéus, recatada o quanto convinha e apreciada por todos os colegas do marido. Rachel a admirava sinceramente, tinha até certa dificuldade reverencial na conversação com ela, Rachel que não é disso. E, entretanto, eu vi o beijo dela no general Euler, no aeroporto, quando ele chegava a Brasília.

A vaidade é uma das maiores forças que comandam o ser do homem, existe também nos animais de evolução mais avançada, a vaidade tem um paralelismo qualquer com o amor, Freud não estudou isso, mata-se também por vaidade ferida. Heleno não iria até lá, mas queria ser candidato a vice-presidente na chapa do general. Tinha credenciais, de fato, era o mais radical dos senadores na oposição ao regime, traçava hipérboles grandiosas nos seus discursos, que eram mais brilhantes e contundentes que os de Alencar Furtado, o primeiro atingido pela nova fase de cassações no período Geisel. Mas ele escapou, empalidecia a cada aparição de fotógrafos no plenário para tirar fotos, esperando que o focalizassem, o que significaria que acabava de ser cassado como se esperava. E não foi, e então pensou em ser o vice como trampolim para a candidatura presidencial na eleição seguinte, que seria direta, se o Euler fosse o presidente. Mesmo derrotado Euler teria aberto a fissura colimada, a próxima seria uma eleição de verdade, a ditadura se esgarçava. E a vice-candidatura projetaria o marido em todo o País. Daí o beijo de Dona Josefina na face, diria no canto ou quase no canto da boca do general Euler. Sensual, eu vi, com certeza muitos outros viram, mas comigo ninguém comentou, faltou só o fotógrafo malicioso. E Heleno nem assim foi o vice. Foi Brossard. Quem sabe por causa do beijo da mulher de que o general pode não ter gostado, isto é, pode ter gostado do beijo em si mas não ter gostado do gesto. Provavelmente, digo. Assim é o ser humano, o ser moral, como era o general Euler, gostaria até de falar mais sobre ele, uma referência merecida e completamente esquecida, como a dos vencidos. Mas, como disse, aqui não quero falar de política. Só lembrar que a candidatura daquele general de grande prestígio e vida irrepreensível abriu uma brecha, a primeira brecha notável, no monolítico esquema militar. Era o propósito. Perdeu, mas o vencedor, o general Figueiredo, foi realmente o último: a brecha se alargou e desmanchou o sistema imbatível.

Aqui, na face do ser, o fato importante é que depois daquele beijo passei a olhar com certo desejo Dona Josefina, e fiz com ela fantasias nos meus devaneios, não vou exibi-las. Heleno morreu e desde há muito eu nunca mais vi Dona Josefina. Estou aqui sem sentir nenhuma falta, sobrevivendo, começando outra vida. O mesmo ser que lembra. Em paz. Um pouco tisnada pela ideia da injustiça que me beneficia. Mas feliz. Ainda assim.

A religião também flexibiliza a Ética quando admite o perdão do pecado; é a humanização da religião que o fanatismo, uma doença grave, rejeita. Salvar a própria vida é um dever tão gritante que pode gerar aceitabilidade para um caso de injustiça como o meu, é a tal vontade transcendente. O que é mais condenável: um gasto injusto que não tem outro interesse senão salvar uma vida velha ou um beijo na boca de um general bem casado com o fim de fortalecer a candidatura do marido? Ou, ainda, uma revista fazer uma investigação sobre a vida privada de uma pessoa com o propósito de levantar um escândalo comercialmente rendoso?

Ah, deixa pra lá, essa discussão não tem fim e eu não vou continuar me flagelando com um pensamento perverso. Rachel já me imunizou. Já que fui salvo, cumpre viver esta outra vida com os encantos que ela tem.

Como outra vida?

Eu me perco frequentemente no pensamento, desculpem uma vez mais a repetição, velho repete muito, também já disse. Mas quero dizer que não é vida nova como se costuma dizer em metáfora quando alguém toma um novo rumo de correção na existência, aqui é realmente outra vida, bem diferente na essência, um ego muito diluído e resignado, aceitando condições antes inaceitáveis, sujidades, quase outro ser, diria, completamente raspado na vaidade e nas suas exigências, beleza, têmpera, pureza, honra, como Heleno. Talvez um ego mais calejado no sofrimento, e compreensivo, flexível, frouxo. Frouxo. Ou não é nada disso, mais provável, é outra coisa, é o ego que se desmilinguiu, perdeu a fala e os movimentos, a comunicação essencial, a própria lucidez, e virou vegetal, só contemplativo, e ainda achou graça nisso. Injustamente. Humanamente. Transcendentemente.

O homem é racional, é isso é aquilo, mas é essencialmente um ser social, que convive e fala, comunica-se abundantemente e se relaciona com outros. Toda a vida humana, seu caráter, seu sentido, suas motivações, atribuições, regulações, toda a vida humana é intrinsecamente social e comunicativa, que depende dos outros, que fala aos outros, que só se faz junto com os outros, em atenção e afeição aos outros, em comparação com os outros, em competição com os outros, que são o inferno e o paraíso. O sentimento moral, a noção do bem e do mal, a razão moral, que existe, é social, existe com os outros, a razão moral e a razão política, balizamentos da civilização, como li e pensei sobre isso, que tempo, que atenção lhes dediquei, tudo isso tem a ver com os outros, mais com os circunstantes, claro, próximos, mas no fim com todos os outros do mundo, mesmo os mais distantes, a ideia de justiça passa necessariamente pela universalização, tem de ser igual para todos. Isso. A vaidade está sempre ali, diante dos outros, atropelando os demais sentimentos, aqueles mais nobres, que ficam menores diante da força do ego, o eu enorme perante os outros, na comparação e na competição, mas também na mistura com as belezas e afabilidades da relação, da união com os outros, necessariamente, no complexo ser-junto, o eu e os outros. O próprio sentimento do tempo, que se liga aos movimentos da interação com os outros, todo o núcleo que determina a vida do homem é eminentemente social, e desaparece sem a existência dos outros. Robinson Crusoé só foi ser depois da chegada de Sexta-Feira. Isto é, não é bem assim porque ele trazia a memória de uma vida social anterior, uma convivência com outros que estava na sua cabeça e nos seus hábitos, Sexta-Feira foi uma alegria de reconciliação com aquela vida que ele trazia na alma. E é mais ou menos assim que estou agora, vendo os outros e lembrando minha vida de antes. Escuto-os, vejo-os, todos, melhor os mais próximos de antes, presentes, os de antes mas também os que chegam agora, vejo-os todos com mais carinho e atenção, poucos, esses outros meus de agora, sinto-os com mais afeto, só vendo e me comunicando pelo ver, pelo jeito de ver, é uma comunicação, pelo gesto que posso, facial, manual, sem fala, sem transa no sentido antigo, sem transar palavras, quase fora da sociedade, praticamente fora, só me oferecendo precariamente, somente olhando na pele as pessoas mais queridas, a vida é mesmo completamente outra, claro. Existe entretanto o ser, o mesmo, este que teimo em retratar, mas um ser que virou uma curva fechada, desceu uma rampa abruptamente e entrou na assíntota da morte. Alguns gostos mantidos, tenho ainda o paladar e continuo gostando das frutas da manhã e de um frango com quiabo e polenta no almoço, deleito-me e percebo a importância primordial desse sentido. Tenho olfato também e adoro o cheiro de uma árvore ou arbusto que tem no Jardim Botânico e eu não sei qual é, sei os lugares em que se concentra o seu odor especial, que não é de flor, não é uma dessas essências que se usam nos perfumes, é diferente, um cheiro forte e impregnante, como medicinal, mas saboroso, um cheiro de erva, como se fosse um mastruço, nunca identifiquei a árvore ou o arbusto. Tenho a audição, ainda que esgarçada, muitas vezes não entendo o que as pessoas falam, mas isso já vinha de antes da quebra, ouço bem a música, sou músico, cada vez mais enamorado de um compositor preferido no momento, Vivaldi ou Rachmaninof, Wagner ou Stravinski, Mozart ou Haendel, tenho um fone diretamente no ouvido, que Rachel alimenta com CDs que vou indicando se quero ou não. Mas os sentidos mais ativos e sensíveis desta minha nova vida são aqueles do amor e da contemplação, o tato e a visão, as mãos de Rachel, o rosto de Rebeca, o abraço e o beijo de Rafael, de Renato, e a visão límpida da Criação, a paisagem e o ar, as pessoas, as manhãs, os sorrisos.

Levam-me a passear toda semana, toda quarta-feira. Ao Jardim Botânico vou quase toda manhã, mas me levam a outros passeios, ao Parque da Cidade no alto da Gávea, antigo refúgio dos Guinle, ô gente de bom gosto, local de lembranças ginasianas, íamos lá matar aula, passar a manhã flanando entre os riachos e os gramados bem-cuidados, uma pequena represa, os caminhos hoje completamente asfaltados, até o reservatório dos Macacos, vendo o pequeno museu, uma casa branca de pé-direito alto, simples e delicada, janelas verdes com alizares de cantaria, com elegantes e esguios pilares de ferro na varanda de entrada, sustentando o balcão do sobrado, abrindo-se para um pátio coberto por arborização portentosa, antiga residência do marquês de São Vicente comprada por um Guinle-chefe, agora mostrando objetos interessantes do passado, o trono de D. João VI, pinturas e esculturas, íamos de bonde até o fim da rua do nome do marquês e subíamos a pé até o parque.

Levam-me à Floresta da Tijuca, em qual outra cidade se pode passear no meio de uma verdadeira floresta daquelas, almoçar e tomar um vinho nos Esquilos, na casa do barão d'Escragnolle, sede da fazenda de café, desmatada e depois toda reflorestada pelo major Archer com seis escravos, incrível, quanto devemos a esses seis escravos, seus nomes deviam estar inscritos lá no portal; da última vez chovia, e, na entrada da casa, quando saíamos do carro, passou tranquila uma família de quatis em procissão, uns sete ou oito, molhados de chuva e olhando para nós. Levam-me a Niterói, pelo Aterro, pela Ponte, pelas gaivotas paradas no ar do vento, pelas praias da baía, oh, a formosa Guanabara, que encanto vista lá do alto da ponte, navios na espera e barcos de todos os tamanhos, a serra ao fundo com o Dedo de Deus, que portento, descemos e seguimos bordejando-a, vejo os prédios de arte de Niemeyer, os mais belos, o museu voador e a nova estação de Charitas. Vamos até a Fortaleza de Santa Cruz, ombreando com o Pão de Açúcar na guarda da entrada da baía. Que vista tiveram portugueses e franceses deslumbrados ao chegarem! Levam-me à imensa Sernambetiba, ah, o mar, o Rio é o mar, o ar do mar, a música, a gente do mar, as cores do mar, a água do mar tem virtudes vivificantes, vamos até o Recreio, uma longa restinga, depois à Grota Funda, aquela subida para descer em Guaratiba, lá tem a casa de Burle Marx, nosso gênio multiforme, como os do tempo do Renascimento, que faziam arte e ciência, toda espécie de arte e toda espécie de ciência, assim era Burle Marx, pintor, músico, cantor, compositor, e biólogo, botânico, profundo conhecedor da flora brasileira. Uma vez eu ia para Diamantina e encontrei-o à beira da estrada a catar plantas nativas da região. Seus jardins são verdadeiramente obras de arte, composições de materiais vivos, com enorme bom gosto, frutos de um talento artístico extraordinário, e que são perenes, como os quadros e as esculturas de verdade, não são como essas fraudes artísticas, chamadas de composições, arranjos espertos e bobos de vários objetos, colocados numa sala de exposição falaz, e logo depois desfeitas, finda a exposição e a atenção dos idiotas. Numa outra ocasião nos convidou para um almoço naquele belo sítio onde cultivava as plantas de valor estético que ia descobrindo Brasil afora, vi pela primeira vez um herbário e uma carpoteca organizados com o cuidado dele, artista e cientista. Pois mostrou-nos tudo naquele almoço, seus quadros, suas esculturas, tocou piano, cantou, encheunos de alegria e beleza, de boa conversa, e de bom vinho também, bebeu tanto, ele mesmo, que depois de tudo, no meio da tarde, afundou-se numa poltrona e adormeceu profundamente, enquanto os convidados se retiravam discreta e divertidamente.

São quatro ou cinco roteiros que se revezam, eu vou na frente, vendo e contemplando, vou respirando, levam-me também a Tinguá, uma preferência minha dos tempos de campanha, o vilarejozinho no sopé da serra, onde tem a reserva biológica, perto do primeiro reservatório de água que abasteceu a cidade, aquele dos seis dias de Paulo de Frontin, que engenheiro, que pureza ali, um recanto silencioso, um belo recanto tão afetuoso e simples que permanece afastado e preservado do urbanismo infernal da Baixada; o problema é que esses bairros desatinados de Nova Iguaçu têm de ser atravessados para se chegar à estradinha bem-feitinha de Tinguá; por isso vamos pouco lá, que pena.

Levam-me também a lugares especiais que eu escolho, recantos da minha vida, a pequena vila de casas que ainda existe na rua Tonelero, onde moravam Laurinha e Belinha, bem defronte à nossa, que ficava no número 104, entre Mascarenhas de Moraes e República do Peru; as ruas sem saída que começam no fim, ou melhor, no início da Tonelero, a Guimarães Natal e o Parque da Chacrinha, onde havia uma pequena favela, Amâncio morava lá e brincava conosco, Porsina a nossa lavadeira também, e a Otaviano Hudson, toda uma região de nossas correrias de infância; de lá partiam as corridas de bicicleta que iam até a Siqueira

Campos, mais movimentada. A subida da Mascarenhas, que era Otto Simon, até lá em cima; a Conrado Niemeyer cheia de terrenos vazios; a pracinha do Inhangá, onde havia uma loja de conserto de bicicletas; o Morro do Caracol, que hoje tem um nome de general, que sai da Barata Ribeiro em frente à praça Arcoverde e sobe em caracol: no topo havia uma esplanada, com um matagal e uma terra virgem com um pó que brilhava como ouro, parecia uma mina de ouro. Peço também a Quinta da Boa Vista, onde fazíamos nossas marchas e exercícios do CPOR; o quartel, ali pertinho, ainda existe, com a guarita onde fiquei em pé de sentinela algumas noites, só que não é mais do CPOR. Outros locais da juventude já não existem mais, os cinemas, Rian, Ritz, Metro Copacabana, o Colégio Mello e Souza, a calçada de Copacabana que é completamente outra, é calçadão, restou a ponta do Leme, aquela curva do Forte Duque de Caxias, e o Posto Seis, os Marimbás, as canoas descansando na areia da praia também desapareceram.

Rachel dirige ao meu lado, e um dos enfermeiros, Cassio ou Renato, bons, retos, vai atrás em vigília, às vezes Rebeca também. Rara é a vez que me convencem a almoçar nos meus restaurantes de outrora, o Albamar, o Bar Lagoa, o Mercado de São Pedro em Niterói, a Colombo, eu não gosto de ficar levando comida na boca em público, eu me envergonho, prefiro ficar nos passeios, cadeira de rodas não é vexame nenhum, suscita simpatia, não pena.

É plana mas é larga esta minha nova vida, e bastante clara, tem muito ar. Tem serenidade também e tem até doçura, comunhão com essas atmosferas que eu percorro, com o amanhecer e com o anoitecer, as viradas do mundo, meu mundo agora é tão pouco habitado, sem iras nem atritos, é comunhão com o cosmo, com as plantas e os bichos, temos duas gatas macias que se aninham no meu colo, uma é branquinha, é comunhão com os frutos em geral e as folhas coloridas, as árvores, é comunhão com o ar e com a própria luz do dia iniciante e declinante, bela.

Sou eu, sim, desculpem a chatice, ser chato agora faz parte do meu ser, aliás, ora, sempre fez, fui um cara sem nenhum tique interessante, uma vez a mulher de um velho amigo meu, bêbada, sentou-se ao meu lado numa festa, era um banco de ferro no jardim, eu estava sozinho tomando uma fresca, e ela disse você é um cara chato, todo certinho, bonitinho e chato, bobo, assim na minha cara, olhando firme para mim, eu no princípio pensei que ela estivesse brincando, depois vi que não, que era a sua opinião verdadeira, falava sério, bêbada mas veraz, emudeci e tive que me levantar, ir para outro lugar, sem saber o que dizer, eu nunca soube o que responder numa situação dessas. Bem, agora ainda mais chato, repetitivo, tenho de assumi-lo, cerceado nos movimentos e ilimitado no pensamento e no devaneio; fora do mundo dos comuns mas vendo e sentindo o mundo de Deus, a Criação, que inclui as mulheres e os homens, a vida que fala, sentindo ainda com apuro e gostando deste mundo, quem sabe gostando até mais, Rachel, Rachel, com certeza.

Mais feliz? Quase posso dizer, se não fosse abdicação em demasia. As alegrias da meninice não se comparam, os projetos da juventude, as porfias da maturidade, as disputas eleitorais, a graça da mulher e dessas coisas da vida em flor e em fruto, a conversa animada com amigos, com uísque, com vinho, posso tomar vinho e uísque moderadamente, que bom, mas a comparação não se faz com esta revivescência de outras pautas, não é possível dizer que era mais ou que era menos feliz, as expressões só têm o mesmo nome, são bastante diferentes na semântica. As épocas têm semânticas próprias, as épocas da História e as nossas épocas. A linguagem corrente é feita para a vida ativa, como a filosofia. Expressões se adaptam à velhice e à mudez, carícia, manhã, comunhão, vergonha têm outros significados. Eu nunca me dediquei à filosofia da linguagem porque ela não tem proximidade com a política, mas sei que é importante, muitos filósofos falam mais dela do que das outras, a partir da centelha de Wittgenstein, que eu nunca estudei. Nem vou mais estudar. Quanta coisa ficou por fazer. Mas esta outra vida de agora precisa de outra linguagem, que cada um, em cada caso, vai criando, é o que eu faço, não é uma linguagem universal. Vi filmes espíritas, interessantes mesmo para quem não crê, e nesses filmes aparecem imagens da convivência após a morte, plácida e diáfana, mas sem fala, ou quase sem, imperturbável, como se a fala na linguagem da vida ativa perturbasse, imagens que têm parecença com a minha vida de agora, pálida e feliz. Mas as palavras da vida positiva, que eu uso no meu quadro para ser compreendido, não conseguem expressar este outro mundo, daí o impasse, as repetições enfadonhas, a descrição almejada que não avança. A música, sim, consegue, a música tem esse alcance infinitamente maior, eu escuto e ouço a musicalidade da minha vida atual, ouço, ela existe, só não consigo transcrevê-la numa pauta. Ouço CDs e os trabalho na cabeça inventando novas melodias e cadências, e até consigo traduzi-las em movimentos de leve na laringe como fazia e como gostava no tempo que cantava; e acho que sou capaz de representar muita coisa do que vejo e do que sinto em melodias criadas, eu as invento dentro de mim no momento próprio, faço movimentos de cabeça em consonância, o problema é que não posso registrá-las, como disse, fazer-lhes a notação musical para desenvolver uma harmonia vocal ou instrumental, pedir a alguém que faça a harmonia e o contraponto. Bem, posso me dizer, você também não é capaz de escrever fisicamente tudo isso que está pensando e recordando, e entretanto o está fazendo, mesmo na linguagem inane. Bem, não sei, o pensamento evola e se escreve gratuitamente por si mesmo, enquanto a música tem de ser tocada, cantada, ah, que gosto, e me vêm lembranças preciosas da minha fase de cantor, oh, por exemplo, um dueto que cantei com uma soprano alemã, Hanelore, no meu auge musical, um dueto que é uma graça, o do Papageno e Papagena da *Flauta mágica*, ela foi a Papagena mais bonita e graciosa de todo o mundo em todos os tempos, e ela estava ali perto da saleta, no ensaio, toda vestidinha de verde, e eu ali, logo ela veio, e cantamos pa, pa, pa, eu e ela, no camarim do Municipal que era do maestro Praten, amigo da minha professora, que me escutara antes no Vogelfänger, num dia de mercê da minha voz, e chamara Hanelore, vem aqui cantar com ele, e o maestro dizia *"schön, schön material"*, minha professora radiante, eu iria para Wiesbaden estudar, nunca mais vi Hanelore, amei-a tanto, o maestro com certeza era também apaixonado por ela, que momento aquele.

A maior parte das coisas que vejo e que sinto hoje não sei dizer, até mesmo as coisas que penso e vão se pondo em frases e palavras neste texto não sei se estão corretas, isto é, se correspondem ao sentimento ou à ideia que tenho, provavelmente não, acabam baldadas e aborrecidas, pela incapacidade de representarem isso que seria realmente novo e diferente para os que vivem a vida positiva. Os próprios objetos, o jarro com as flores, o sofá com as almofadas, o menino sentado de mármore, os quadros na parede, e até mesmo os automóveis e as pessoas na rua, todos têm outro significado, postos em outro espaço-tempo, e parecem ter perdido sua cor afirmativa e seu peso categórico, parecem mais leves, sei lá, vaporosos, sei lá, de traços menos definidos, parecem assim aos meus sentidos esbatidos, mas não é exatamente isso, eu é que não sei como dizer apropriadamente e simplifico a expressão usando vocábulos aproximados da vida ativa. Tem importância? Tem, muita, porque eu gostaria de poder transmitir, comunicar bem esta nova realidade. Os espíritas, as pessoas que acreditam, dizem que os mortos, lá num outro mundo ou região, querem e não conseguem se comunicar com os daqui, com seus entes queridos que ficaram, não perdem o sentimento nem o instinto da comunicação mas a capacidade. Eu, ainda vivo, não consigo também expressar o que percebo, desenervado, sem locução.

Como gostaria de ver e de sentir minha mãe. Ora, vejam, essa coisa tão banal e entretanto tão diversa do sentimento que eu tinha antes. Claro que não é nada de proximidade maior com ela que tenho agora meio morto. Não é; ela morreu há quase 20 anos e eu não acredito em sobrevivência da alma, não acredito que eu esteja virando alma e ficando mais perto dela. Não é isso. É saudade mesmo, mas diferente, sim, da antiga, uma coisa em outro plano, uma saudade além do tempo, como se sempre tivesse sentido, desde sempre tivesse tido essa lembrança e sentido essa saudade mesmo sem pensar nela. Nesse compartimento mais antigo do seio do ser aparece a presença dela, minha mãe, e vem sempre de dentro de novo a toda hora; chego a sentir coisas de que não me lembro, nem posso me lembrar, por exemplo, me vem a sensação de estar sendo olhado por ela, olhos pretos, brilhantes, que ela tinha, eu no colo dela, ela sorrindo e pedindo a mim que ria para ela, ri para a mamãe, como se eu fosse um bebê, é um sentimento, não pode ser uma lembrança. E entretanto.

O pai é diferente, essencialmente é uma figura forte, mesmo quando é doce como o meu. Eu queria também pegar e beijar a mão grossa dele, com aquelas veias salientes como as minhas, dizer num gesto o que não consegui nunca dizer diretamente na fala, o meu amor por ele. Nem ele para mim, eu captava só pelo olhar. Beijei sua mão antes de tomar posse como deputado; tinha tirado o lugar dele e ele me abençoou, com certeza dolorido. A minha mão tem as mesmas veias, a mesma conformação da dele, que aliás era a mesma da do trisavô que vejo no retrato. Sim, vocês perceberam que essa ideia do retrato do ser eu tirei do quadro pintado que tenho do trisavô, o fundador, que tem uma história edificante. Muitas vezes fiquei tempos largos olhando o retrato dele, seu olhar, seu gesto, e adivinhando seus sentimentos, imaginando o seu ser. Não só fundador da família, ele foi uma figura extraordinária, um empreendedor competente e avançado, que veio menino de Portugal fazer a fortuna no Brasil, como se fosse demais na família, o décimo primeiro filho ou décimo segundo, aí pelo meio dos 1800. E fez, se fez. Em Campos, que naquela época era uma cidade extremamente progressista. Própria para se ganhar dinheiro. Meu pai ainda era campista, como eu conheço aquela gente, seu jeito especial de cheirar o ar e de falar. Quando me elegi senador, depois prefeito, minha mãe me disse você vai ser tudo o que seu pai queria e não foi, eu senti uma culpa. Pesada. Mas ela gostou, minha mãe, era de família mineira, grande e antiga, bem diferente. O avô, pai dela, já falei bastante dele, o positivista, sua casa não existe mais, acho que não resta uma casa sequer na rua Siqueira Campos. O outro, pai do pai, o médico da tese da sífilis, foi também político, deputado federal na República Velha, campista, liderado de Nilo Peçanha, morreu cedo, antes de eu nascer, mal de coração, tenho para mim que derivado de desgosto da política, que é cruel, a perseguição implacável de Pinheiro Machado, o senador gaúcho que mandava no Brasil, e que determinou a intervenção no estado do Rio e a perseguição a Nilo Peçanha e a todos os seus liderados, meu pai contava essa história que viveu na meninice.

Com meu pai eu queria conversar, e longamente, não apenas dizer coisas de afeto que nunca lhe disse, porém, mais, conversar sobre a vida, a minha vida e a dele. A dele foi muito bem traçada e preenchida, faltou só a última etapa, coitado, ele avaliou mal e perdeu a eleição para senador, que seria o coroamento, seguido da quase certa eleição para a presidência da União Interparlamentar, trabalhada pelo prestígio internacional que granjeou. Até essa funda frustração final, que o machucou, a vida dele foi toda bem construída, lastreada na vocação inequívoca do engenheiro, do executivo, que ele era, deixou nome, fez obras relevantes, estradas importantes, foi um executivo organizado e competente, foi inovador, construiu a primeira estrada brasileira feita com terraplenagem mecanizada, isso pelo meio dos anos 30, antes era tudo feito na enxada. Ele trabalhava com os dados da realidade, um sonho aqui outro ali, bem dimensionados, só para embelezar a trajetória reta de traço firme e forte que ele mediu e seguiu. Ele foi. Foi verdadeiramente.

A minha vida, posta ao lado da dele, teve uma aparência mais bonita, uma fachada clara de aquarela talentosa, condecorações, eu fui sensível e tocado pela beleza, fui um músico e um desenhador de sonhos, uma aparência bela e um escuro oco de conteúdo, uma vacuidade intrínseca. Não fui engenheiro, com diploma e tudo; não cheguei a ser músico, que podia ter sido, e não fui político, mesmo com votos e tantos anos de mandatos. Aprendi isso com Beatriz, já muito tarde, aprendi muita coisa com Beatriz. Nem com meu pai nem com minha mãe, eu era menino, só aprendia regras, letras e contas; nem mesmo mais tarde com Rachel, que eu escutava tanto: era imaturo em demasia àquele tempo; só com Beatriz, já velho, galguei a encosta da maturidade, ela me ensinou com sua astúcia e seu talento. O político tem uma missão precípua: fazer o bem da sociedade, na qualidade da vida, na paz, na liberdade, na emancipação e no bem-estar, no sentimento de autoestima e otimismo, fazer a História da Nação, sua grandeza, ela me mostrava com o exemplo do Juscelino, que ela havia estudado, ela estudava, tinha mestrado. Podia ter ideologia, sim, Getúlio teve, foi o maior de todos, mas não só ideologia, política também, jogo político, sobretudo, e muita composição de forças, isso só se constrói com muito realismo, fechando um olho, ciscando pra dentro, a expressão dela, trazendo para suas hostes também as forças do mal, somando tudo, assim é a política, muito cálculo, muita figuração, representação de palco, eu não sabia nada disso, aprendi com ela, tinha sido pequeno e bisonho por isso mesmo. Se tivesse seguido o canto, largado Rachel à margem para ir a Wiesbaden, teria sido grande, era a minha vocação, não a política. Sonhador não cresce na política. E sonhador não muda o seu ser sonhador. Até um cientista eu poderia ter sido, um bom cientista, sonhador de hipóteses a pesquisar, outra vocação jogada fora. Mas política é outra coisa, tem que ter ambição e pé no chão, muita ambição e a ciência realista do jogo das vaidades e dos interesses, para arregimentar as forças de todos os lados a seu favor. Idealismo, está bem, pode ter, o grande ideal de fazer seu povo feliz, sua nação grande, mas fazer você, o líder, você na frente, preenchendo sua ambição.

Eu escutava, mas pensava que ela dizia tudo aquilo para me convencer a mudar de vida, mesmo velho, mas ainda em tempo, ainda em tempo de mudar a diretriz do derradeiro tramo da vida e realizar meu verdadeiro ser, mudar de esposa para começar, sim, com ela eu teria força, apoio e estímulo para mudar radicalmente minha vida e realizar meu verdadeiro ser, por exemplo, ser um escritor, se eu quisesse mesmo, já que a ciência e a música tinham ficado inalcançáveis pela idade, podia ser um excelente escritor, fazer ensaios políticos e filosóficos, até literatura mesmo, tinha talento e sensibilidade artística, eu escrevia muito bem, tudo isso ela me dizia, e eu pensava, ela não diz mas quer que eu me separe de Rachel e me case com ela, e isso nunca, nunca eu farei.

Mas ela realmente nunca me disse isso explicitamente, eu é que deduzia, inferia, fazia minhas hipóteses, criações minhas. Ela falava de tal modo que ficava entendido que sabia das coisas e podia me ser decisiva no crescimento e na realização, ela sabia, ela era competente e sábia. Tudo isso era pensamento meu. Mas nunca me disse que Rachel não era, que Rachel era um estorvo, que com Rachel eu jamais conseguiria essa realização plena. Ela jamais disse, nem sequer insinuou. Eu era quem deduzia.

Fico hoje muito pensando nisso tudo, dando voltas à cabeça, minha cabeça ficou cheia de voltas, aventando a hipótese de que talvez eu mesmo criasse muito do conceito distorcido que fazia dela, ou que queria fazer dela, e que não corresponderia à verdade, talvez, quem sabe, eu, com a minha cupidez, querendo que ela fosse cobiçosa e mercantil, para me dar por dinheiro ou vantagem, criasse na mente comportamentos aviltantes dela que ela não tinha, esses de que ela queria se aproveitar da minha ingenuidade, de que queria que eu me separasse de Rachel para casar com ela, ela nunca me ameaçou com a gravidez, comunicou somente, nem me acusou de ser o pai, eu era que criava as ameaças. Ó meu Deus, hoje penso que muita coisa do meu relacionamento com ela pode ser criação minha, do meu desejo, da minha concupiscência senil, da minha maluquice, eu realmente estava variando de exaltação, princípio de caduquice que agora se revelou inteira, fico pensando, fico pensando. O caso do homem de terno escuro com cara de matador que viera ao meu gabinete se oferecer, eu fiz tanta elucubração a respeito dele enviado por ela, e entretanto não elaborei a hipótese de ele ser um cara da Baixada, e de ter conhecimento e até envolvimento com as ameaças que cada vez mais pesavam sobre o Marquinho, o padre me avisava preocupado, e indiretamente sobre mim também, como seu principal apoio e sustentação. Bem, eu gostaria de conversar tudo isso com meu pai, escutar seu saber prático acumulado. Que ideia essa, que bela ideia, nunca tive esse tipo de conversa com ele mas, oh, como gostaria de ter, de escutar o seu bom senso amigo, a solidez do seu bom senso.

Os pais são a origem da gente e a formação da gente, o primeiro e mais forte apoio para a vida, e nunca ninguém conseguiu conversar com eles igualados na velhice; como seria bom conversar sem o embaraço das barreiras de geração, igualados na condição de vida, eles conhecendo a vida deles e a nossa, o dobro da nossa vivência. Outro dia, no Jardim Botânico, Rachel me falou muito sobre a mãe dela, Dona Judith, que pessoa extraordinária, que tinha uma proximidade enorme com as plantas, uma afinidade indescritível, acariciava e falava com as plantas, tinha um jardim na casa de que ela mesma cuidava, e como cuidava, como amava aquele jardim, como ele era bonito, tinha uma figueira no meio das plantas que dava figos suculentos, ela os encapava com saquinhos de pano para que os passarinhos não os devorassem. E o Jardim Botânico, ah, era o lugar do Rio que ela mais apreciava, pelo conhecimento que adquiria das plantas classificadas, morava na Tijuca, perto da Usina, ia muito mais ao Alto e à Floresta pela proximidade, mas gostava mais do Jardim Botânico pela ciência, fazia a longa viagem passando pelo Centro mas ia ao Jardim ver as plantas, vez por outra conseguia mudas no Horto. Era musicista também, tinha um alaúde que tocava frequentemente, que beleza de instrumento, cantava, era bem afinada, me pedia sempre que cantasse, que cantasse com ela, uma mulher bonita, de uma beleza com profundidade no olhar, no falar também, como Rachel, Dona Judith era mesmo a mãe de Rachel, como eu gostava dela. Como gostava do professor Jacques, o pai, um erudito que tinha uma humildade natural, um linguista que sabia tudo em mais de dez línguas, tinham vindo da Holanda, no meio dos anos 30 ambos, pressentindo o vendaval, curioso é que já se conheciam lá mas só se casaram aqui, Rachel era carioca. Não tinham saudade forte da Holanda, em nenhum momento pretenderam voltar; revisitaram o país em 1956, Rachel me contou, sentiram os velhos aromas e se certificaram de que eram já brasileiros, tropicalizados. Rachel tinha direito a passaporte holandês, à cidadania europeia, e jamais cogitou de buscá-lo. Nossa terra é muito forte, na verdade, pela exuberância, pelo sol e pela luz, pelo sabor, sei lá, pelo suor, o fato é que essas coisas se introjetam na alma, a gente como que vive precisando delas. É possível, sim, ser judia e ser carioca, brasileira, a vida com Rachel sempre teve esse laço forte com a nossa terra. Nós nos unimos muito pela terra, pelo endereço fixo no Rio, mesmo nos anos em que moramos em Brasília, e principalmente nos últimos em que fiquei na detestável ponte aérea.

Sei que o Rio não é mais o mesmo, ora, fui assaltado três vezes na rua e uma vez em casa, isso é particularmente magoante para quem foi jovem nos anos do auge da cidade, antes de Brasília, eu e Rachel vivemos isso, saíamos à noite todo sábado em aventura. É aflitivo mas não abalou nossa fidelidade. Vivemos bons anos em Brasília e não nos desligamos do Rio. E os últimos tempos que vivi lá, pesados para mim, vocês já sabem, desfizeram aquela imagem afável da Brasília nascente, quando tudo era espaço e desafio, e tudo era interessante.

Meu Deus, como eu detestei aquela mulher, desculpem voltar a esse assunto gasto, como a amei, ela foi a graça da minha vida nos últimos anos, com que pureza de coração eu a amei, foi um sentimento tão forte que se tornou insustentável, e desencadeou toda essa onda maléfica, que a matou e me deixou neste estado inerte. Isso mesmo, eu creio nessas coisas de mistério indevassável. E hoje, sem nenhum rancor, penso nela em associação a um certo sentido de justiça, o que aconteceu conosco, com ela e comigo, veio em resposta de justiça superior, não de Deus, de Justiça como entidade superior criada simultaneamente à humanidade. Nós mesmos nos fazemos essa justiça, por uma lei insondável da própria Criação; Deus criou tudo mas só contempla, repito, não está preocupado com nenhum de nós em particular, nem com o tigre, nem com o cavalo ou com o porco, nem mesmo com essas árvores frondosas e acolhedoras que vejo da varanda. E vejo Beatriz no meio disso tudo com suas duas faces. E aqui na lembrança amena prevalece a mais bonita, suave, bela, pura, como uma santa, coisa estranha e cristalina.

Penso muito no amor, seus conceitos, o amor erótico e o amor amigo, eros e filia dos gregos, dos romanos, que a Idade Média transformou em amor pecaminoso e amor puro, o amor da ansiedade e o amor da felicidade, o amor que exige, toma, prende e até mata, e o amor que dá e compartilha, Beatriz e Rachel dentro do meu ser. Isso mesmo, somente dentro do meu ser. Isabela foi do primeiro tipo e se transformou no outro, acho que aquele beijo foi decisivo, como que realizou o anseio em boa parte e demonstrou a impossibilidade, iluminou e amornou a ansiedade, fê-la uma cúmplice amiga como é hoje, curioso.

Sempre curioso, o amor, cheio de sanhas e graças, coisa esquisita, a graça da vida, Beatriz, eu disse, foi a graça da minha vida ultimamente.

O caso do Marquinho é outro exemplo, bem diferente do meu mas ainda assim com analogia de ser humano na busca perene do erotismo. Posso imaginar o desassossego dele com aquela mulher forte mergulhada numa necessidade insaciável de amor sexual; ele gostando de início, mas evidentemente receoso, pelo marido e também por ela, depois saturou, o erotismo satura, chegou a querer acabar mas não teve coragem. Medo da reação dela. Pediu-me que o substituísse no gabinete por um amigo, Aremildes, que lhe dava metade do salário, só para não ter de ir mais à Câmara, poder fugir. Mas continuou indo esporadicamente durante uns meses, para tentar afastar-se dela aos poucos. Foi difícil, ele me confidenciava os transes que ela tinha, como apertava o corpo dele, magro, frágil, com as pernas gordas, poderosas, numa chave de rins dolorosa, enquanto arfava ruidosamente e suava em abundância, e pouco depois queria repetir. Acabou tendo que sumir, mudou-se do Morro da Providência para Belford Roxo, só eu sabia, andei vendo a mulher esgazeada, em vestidos sedosos estampados, cintados no seu corpo volumoso, andando por uns tempos perto do meu gabinete, perguntando insistentemente aos outros pelo Marquinho. Coisa deveras esquisita. Vez por outra me lembro dele, que não tenho mais visto.

Mas retorno: se Deus não está nem aí para nós, não existe pecado. Corrijo, não é assim. Isso é tedioso, desculpem, já foi discutido milhares de vezes, por mim mesmo e por gente muito mais sábia. Mas vai e volta, tem uma força inexplicável de assediar a nossa mente, o bem e o mal, o pecado. É que Deus está tão presente e tão forte que requer muita precisão no que se diz do indizível que Ele é: não é que Ele não ligue nem um pouco para nós, afinal somos a ponta da evolução de toda a Sua Criação, que segue Suas Leis, somos o estágio mais avançado desse processo ordenado por Ele, e isso deve Lhe interessar com certeza, só que Ele não é uma pessoa com os nossos sentimentos e afetos, não é nada semelhante ao que nós podemos inteligir pela nossa mente, Ele é em Si não apenas um ser indizível mas inintuível por nós, deve contemplar e Se regozijar dessa evolução tão bela, mas não como nós o fazemos, ou faríamos, deve contemplar a Seu modo, sem interferir em nada, sendo simplesmente, sendo, sem alterar Suas próprias Leis para fazer os chamados milagres, isso realmente não existe, definitivamente, seria um desrespeito às Leis divinas. O milagre, se existisse, seria um desrespeito a Ele mesmo. Há outros pontos do dogma cristão que são inaceitáveis para a grandeza d'Ele; isso do temor a Deus é uma indignidade do homem: o homem é que teme outros homens cruéis e déspotas, e acaba fazendo a imagem de Deus semelhante à desses déspotas; o temor a Deus é incompatível com a grandeza d'Ele, com o amor d'Ele, é coisa de homem mesquinho, que quer ser adorado e temido e imagina que Deus seja pequeno como ele, é uma ofensa a Deus!

Bem, mas se é só contemplação, sem interferência nem julgamento, o bem ou o mal são unicamente para nós, não para Ele, mas são, para nós, são efetivamente, existem, o que não existe é esse negócio de pecado perante Deus, e essa coisa de punição de Justiça Divina, nem aqui na Terra nem depois da morte. Engano das profundezas. Olha só que coisa complicada. Baita engano. Existe, sim, o pecado, mas o pecado criado junto com a nossa espécie, o pecado dentro da nossa mente criada por Deus no processo evolutivo, por isso chamado pecado original, a noção de bem e mal existe dentro de nós, e age dentro de nós, produzindo dentro de nós mesmos a punição e o regozijo, ressaltando dentro de cada um a noção de pecado contra a Criação, o pecado contra o amor que é um bem nosso, o pecado contra a Humanidade, que é a parte mais importante da Criação, o assassinato, a pena de morte, a crueldade, a malevolência são pecados contra a Criação Divina, pecados graves, o suicídio é pecado contra a Criação, ou melhor, no caso do suicídio é preciso considerar que a pessoa já está esboroada e aturdida, sem vida, não pode pecar. Mas tabagismo, alcoolismo, uso de drogas, essas coisas são pecados contra a Criação, como é a poluição. A violência e a fraude, a soberba e o egoísmo desmedido, a traição, a maldade, a gente sabe o que é a maldade, como a concupiscência, a fornicação demoníaca, são pecados contra a Humanidade, a parte nobre da Criação. E são punidos todos esses pecados por nós mesmos, muitas vezes sem a nossa consciência; a punição vem por dentro, o mal-estar, a infelicidade e o castigo por autoinfelicitação inconsciente. Não sei interpretar o caso dela, Beatriz, não conheço as circunstâncias do acidente, e hoje não sei se ela pecou ou simplesmente viveu com honestidade sua vida possível, a ambiguidade persiste, a face feia pode muito bem ser criação minha e não dela, é o mais provável, pecado meu, no fundo escuto a voz reta e o relato daquele professor baiano, o primo que ia se casar com ela grávida. Mas o meu caso é evidente para mim, a raiva daquela fraude que era minha, de minha responsabilidade, uma fraude que deve ter sido muito maior do que o meu conto indica, acredito, revendo tudo a partir do que disse aquele professor. Hoje vou me lembrando, assinalando aqui e ali, desculpem, não vou mais falar disso, ficar repisando como velho caduco, o fato é que mereci, aquilo tudo me infelicitava permanentemente e provocou o derrame. Sem dúvida. Mereci e tenho que aceitar.

E aceito. Não tenho vergonha nenhuma dos enfermeiros; e não teria também se fossem mulheres. Não tenho mais ego de competição, de confronto, não tenho mais vaidade. Mas não é o caso; esse tipo de vergonha não está ligado ao ego vaidoso, a vergonha de exibir as sujeiras naturais é de outro tipo, espécie de pudor essencial, um certo sentido de dignidade que também se me esbateu, estou entregue, às baratas no dito do povo, completamente entregue ao fluxo natural do chamado der e vier, desço boiando lentamente pelo rio da vida no seu trecho final e remansoso, Rachel nadando ao meu lado, bonita. Como ela foi e ainda é bonita. Minha mãe eu também sinto aqui do lado, também vai comigo na correnteza soberana.

Não, de novo e a cada novo dia tenho que rever, não é bem isso, é difícil a descrição das coisas e dos sentimentos desta nova fase, na verdade eu teria muita vergonha de parecer sujo ou escrofuloso, de cheirar mal, por exemplo, preferiria, aí sim, não mais viver; como é importante esse sentimento de dignidade, o último reduto, o mais íntimo do amor-próprio humano essencial. Mas não tenho mesmo nenhuma vergonha dessa mera operação rotineira e lesta de troca de fraldas porque já aprendi a me render a essa porção da realidade, à qual incorporei Cassio e Renato, como o faria com uma enfermeira mulher, só não queria que fosse bonita. É a humildade do inelutável, à qual me submeto, o ser humano se submete às realidades mais infames, como viver numa masmorra entre ratos e fezes. Eu decidi e aceitei a minha para continuar vivendo. E aqui, estatelado, fico pensando sem parar.

A vergonha seria muito maior, gradação de desonra, se Rachel, ou Rebeca, ou Rafael, Roberto, se algum deles descobrisse tudo da minha ligação com Beatriz, fraudulenta e mais suja do que as minhas fraldas. E por que, pergunto, se também pertence ao sistema da natureza, o impulso do sexo? Diferente, respondo, escondido, intrinsecamente torpe, eu me deixei cair numa armadilha torpe, permiti-me, deixei-me, velho e bobo, quis conscientemente, não fui obrigado pela realidade. Caí quando poderia perfeitamente não ter caído, ter resistido em nome da civilização e do caráter, do amor de Rachel que sempre foi maior, não adianta invocar a condição de senilidade, a fraqueza natural decorrente. Não, esta condição só aumenta a vergonha e a responsabilidade, faz parecer maior a baixeza, cupidez, vileza. Está bem, ela morta e eu aqui na minha masmorra própria por destino inteiramente cabido. Esse reconhecimento não deixa de ser um alívio. Estou pagando, e isso ajuda a degustar o sumo fresco que ainda resta, Rachel, a manhã, a chuva, o arvoredo, a respiração, a vida que resta, bela, meu pensamento.

Por que me vem tão recorrente esta ideia de punição? Por que nunca me havia ocorrido em relação aos outros episódios de cupidez que tive pela vida? Por que não a tive e não a tenho com relação à mais delituosa paixão que me atravessou? Pergunto, mas respondo também, com firmeza, tenho tempo para meditar e especular à vontade e encontro respostas, minha vida agora é só dessas atenções. Chato para os outros que me ouvem, este cantochão sem luz, vanilóquio, mas penso e respondo: Uma coisa é o pecado contra a moral convencional, que pode ser condenado e punido pela própria sociedade, é pecado contra a sociedade no julgamento dela, com o desprezo dela, com a desconceituação, até com penas legais, mas que não ofende a Criação, obedece aos impulsos dela. Outra coisa é o pecado contra a Criação, a contravenção que se pratica contra a natureza, que sabe o que faz e reduz a fabricação de hormônios e gametas, a capacidade de ereção e de ejaculação do homem, para que ele cesse de procurar mulher na idade do recolhimento, quando suas células sexuais, e as da mulher, já não são mais apropriadas para a procriação. Insistir na faina libidinosa nessa fase, na busca incitada por meios artificiais, pílulas eretivas, próteses penianas, injeções de testosterona, para manter a virilidade que a natureza nega, isso sim, é vergonha e pecado natural, sujeito a punições naturalmente merecidas. E, mais, fraude contra o ser humano em geral, e ainda contra alguns em particular, Rachel, meus filhos, imagine se um novo filho meu tivesse nascido dela. E eu mesmo, fraudando a mim mesmo com aquela mulher desqualificada, oh, não, não devo falar assim, isso é outra fraude minha, desqualificar

Beatriz levianamente para reduzir minha culpa, eu é que queria e forçava a barra, ela não, não vou insistir nisso, ao contrário, vou restituir-lhe a beleza que era dela, não só de corpo mas de alma, beleza pura, morreu quando ia se casar com o primo professor, meu Deus!

Desacatei a idade do recolhimento e agora afronto a idade da morte. Com outros artifícios científicos pagos com dinheiro público. Conversei o assunto com Rachel, não podia deixar de fazê-lo. Foi difícil minha locução e acabou sendo curta, ela não precisou me cortar, falei do direito natural à luta pela vida e disse que não estava bem convencido. Foi longa a resposta dela, uma longa e paciente busca de razões que começava mostrando que eu não havia exigido aquele atendimento nem usufruído de nenhum privilégio pessoal, um privilégio de classe, sim, porque todos os senadores tinham aquela franquia. Mas nós vivíamos numa sociedade de classes, muito injusta, sim, sempre lutamos contra ela, mas vivíamos sua realidade e de nada valeria meter a cabeça na parede. Eu usufruía conscientemente de várias outras benesses injustas próprias da minha classe, o salário alto, os empregos no gabinete para meus amigos, as passagens gratuitas, a mordomia no aeroporto, como havia desfrutado de muitos privilégios por toda a minha vida, de educação, de alimentação, de cultura, de herança, pelo meu nascimento, era a lei da nossa sociedade. Era uma afronta, sim, à justiça e à equidade, mas que não tinha a minha complacência nem a dela, quantas vezes os senadores tinham decidido benefícios injustos em causa própria, contra o meu voto, benefícios que eu acabava recebendo também porque seria idiotice não receber depois de aprovados. Quem não aceita a sociedade em que vive deve ser eremita, se mandar do mundo. Nossa sociedade era assim, nós queríamos mudá-la e não tínhamos desistido da ideia nem do projeto, isso que era importante, lutávamos para mudar mas não adiantava, para essa luta, o repúdio estúpido a um privilégio que me era devido pelo sistema vigente e que tinha também o seu lado humano, como eu bem havia apontado, o dever de fazer tudo para sobreviver. Nós não aplicávamos o nosso dinheiro sobrante para obter rendimentos sem trabalho? Era injusto, mas. Bem. Rachel era iluminada. Nós não vivíamos, graças a Deus, numa daquelas sociedades que cometiam crimes de horror, infanticídio de meninas, como os chineses, infanticídio de crianças malformadas, como os gregos da antiguidade, infanticídio de ambos os sexos, como os nossos índios, infanticídio de literatura infantil, como naquela abominável história de João e Maria que se contava para as crianças na nossa época, que horror, o abandono à morte dos velhos, como os antigos japoneses, que filme belo e hediondo aquela *Balada de Narayama*; se vivêssemos nessas sociedades teríamos horror a essas práticas mas teríamos que conviver com elas, mesmo lutando contra elas. Oh, que brecha ela deixou, pra quê? Podíamos conviver e não praticar essas barbaridades, foi um mau argumento dela, que percebeu e se calou, mas estava bem, ela já me tinha convencido, isto é, eu não estava completamente convencido mas tinha entendido o recado de amor que me bastava, e o meu caso era evidentemente muitíssimo diferente daquelas barbaridades, ela podia encerrar que eu ia relaxar, oh,

Rachel, versada no amor, que chama branca e brilhante ela tinha, fiz com a mão o gesto de que podia parar, joguei-lhe um beijo, não precisava fazer mais esforço, estava bem, eu compreendia e aceitava, e relaxava.

Então, assim também eu aceito e me conformo, Beatriz morreu prematuramente por motivos que não alcanço e eu vivo esta pós-senilidade, invalidado pela minha própria cólera libidinosa instigada quimicamente por injeções fraudulentas. Aceito, em paz. E, reconciliado, me regalo com o que ainda me é oferecido, o ar que vem das folhas e o amor das pessoas queridas. Vivo a comunhão que vem do alto das manhãs.

O amor erótico é muito mais sutil, vigoroso, criativo e fascinante do que o fraternal; por isso mesmo tem sempre naturalmente o centro das atenções de todas as artes, mas o amor de compartilhamento, da filia, o amor dos velhos casamentos, o amor de unificação dos seres, dos dois seres que se fazem um, não apenas uma só carne mas um só ser, é mais bonito, certamente é mais belo, é o amor do paraíso.

Rachel. Sim, com certeza. Mas no amor por Isabela também não houve pecado nenhum, nem contra a Natureza, nem contra a Humanidade, nenhum dano pessoal, éramos jovens sadios e não houve fraude, ou pelo menos nenhum ser humano foi aviltado ou agredido, nenhuma mentira precisou ser pregada, bastou o silêncio, só nós dois soubemos dele, foi um segredo fechadíssimo, um amor que não houve para o mundo, só houve para nós, para o nosso mundo, e ela se sentiu amada e acariciada na alma, meu amor só lhe fez bem. Até hoje, isto é, até ontem, qualquer encontro nosso, informal, familiar, nos dava prazer, genuíno e fundo, a nós dois, só, eu sentia. Hoje não gosto que ela venha e me veja neste estado. Ela percebe e vem muito pouco mas deixa no ar a suavidade do seu sentimento, Celso vem sozinho no mais das vezes. Envelhecido, mas de cara ainda saudável, ele ali e eu olhando, ele é dois anos mais velho, e vai me enterrar, eu fico olhando, ele não sabe de nada do que eu estou pensando, vai ser o recordista dos Santos Pacheco. Agora, entretanto, não tenho mais por que esconder: eu beijei Isabela uma vez; pedi um encontro por telefone, disse que tinha algo muito importante a lhe dizer e apanhei-a numa esquina de Copacabana, levei-a de carro pela ladeira do Novo Mundo, que sai de Botafogo, e fomos até um largo que tem no alto da subida, perto de um batalhão da polícia militar. Era um tempo em que não havia essa preocupação de hoje com assaltos e banditismo. Parei o carro, disse-lhe uma vez mais do meu amor maior, e beijei-a, uma vez, duas, ela deixou, ela gostou, ternura e tesão natural, mas pediu que voltássemos, pediu de coração, temendo que aquele namoro se incendiasse. E eu entendi. Atendi. Mas ficou na boca, ficou na memória, ficou na alma aquele beijo, aqueles dois beijos de amor que me abonançaram para sempre. Sem crime nenhum. Foi o que manteve nossa relação em estado de afeição contínua, de amor fraterno, nenhum rancor de não a ter possuído.

Revendo tudo em condições tão propiciadoras, o único caso de amor extra do qual não me arrependo foi esse, com Isabela. Todos os outros foram ligeirezas eróticas, maquinações febris inteiramente corporais, químicas, de puro hormônio, cheias de mentiras e sem percussão na alma. Bem, tiro fora Heloísa, sim, era ainda muita a juventude de nós dois, havia ainda uma brisa de pureza. O mais, maquinações que me faziam mentir para Rachel, descaradamente, inventar encontros profissionais, seminários fora do Rio, jantares de cerimônia, tudo para me encontrar com outra mulher e namorar, ora, que falta de caráter, que coisa mais feia e fraudulenta. Pode ser também que eu sinta inocência com Isabela porque não a tive na cama, não preenchi a sofreguidão hormonal, ficou só o beijo, pode ser, hoje penso tudo com muito mais calma e lucidez. De qualquer maneira, o namoro com Isabela teve também outro atributo importante: a duração, que diz muito da verdade, a duração de um sentimento, especialmente nesta época de urgência e transitoriedade, de descartabilidade, de leviandade, a duração faz a sedimentação do sentimento na alma, e fica lá aquela camadinha alva. O de Isabela e, evidentemente, o amor por Rachel, muito mais ainda, duração de toda a vida, o maior, nosso casamento foi civil, não teve religiosidade explícita, mas foi profundamente religioso nos corações, contrito e inabalável, e festivo mesmo sem marcha nupcial, festivo na candura.

Penso agora com mais decantação, com mais elementos de vivência. E que vivência. Qual outra geração da humanidade viveu revoluções tão intensas? Bem, teve a primeira, a revolução agrícola, da formação das cidades e da civilização, sim, com certeza, foi talvez a maior mudança de todas, mas se operou em muitas gerações, milhares com certeza. A outra, a revolução do Renascimento, e logo depois, emendada, a do Iluminismo, a das insurreições que acabaram com o absolutismo, que se ligou com a revolução industrial, foi realmente a maior dentro dos registros históricos, mas também atravessou muitas gerações, centenas com certeza. A nossa foi uma só geração que viu o que eu vi, a revolução da mulher e a dissolução da família, e a derrocada da religião no Ocidente, a liberação do sexo, a explosão da ciência; meu Deus, que mudanças mais radicais no correr de uma só geração, a minha, que vivência, não sei como expressar esse espanto. Não sei o que dizer das gerações que virão, ninguém sabe, a comunicação mundial instantânea, a manipulação genética, ninguém pode imaginar, por isso os religiosos que restam lembram o fim do mundo.

Penso, penso sem parar, por imobilismo do corpo e por espanto crescente com o que vou elucubrando. Penso para trás também, naturalmente, com alguma tristeza, muita, de não ter mais a leveza do corpo e a ligeireza da alma. Não só da juventude, mas da minha vida madura também, não perdi nunca o humor da juventude até os últimos tempos. A jovialidade do ser, e do falar, a meninice do responder brincando, como se a pergunta fosse outra, do fazer um trocadilho, uma blague. Como foi a festa? Um arrasta-pé muito rastaquera. E o clube? Igual aos clubes mas com um corpo de funcionárias excepcional. E o vinho? Misere nobis; ora pro nobis.

Sim, passou. O que que passou? Fico confuso, passou tanto vento leve e pesado. Por exemplo, a vida do coronel Lobato e da moça, filha do ministro. Ele, deputado, muito bonito de figura e muito votado, famoso por isso tudo, o elegante coronel, tinha um prestígio enorme no Ministério de Minas e Energia, todo mundo comentava e a imprensa farejava ligações especiais, ele tinha sido presidente de Furnas, mas continuava o dono da bola em todo o setor, e eu o vi, isto é, os vi, ele e a moça, dentro do carro, saindo da garagem do hotel, do mesmo hotel aonde eu ia com Beatriz, em frente ao parque, ela também viu, só não sabia que a moça do lado era filha do ministro porque não a tinha visto, como eu, no gabinete tempos antes, inconfundível, muito bonita, e claro que os dois tinham estado numa cama do nosso hotel, oh, que prato para a imprensa, e eu contei ao Maciel, que mau-caratismo formidável, putz, contei porque queria me cacifar para ter uma entrevista grande, destacada, coisa de político, acabei tendo a entrevista, que vitória, a revista estava interessada, investigando, são cruéis e patifes, o pessoal dessa imprensa é completamente desumano na competição, estava investigando as tramas do coronel para publicar com os detalhes da comprovação, atrás de um caso sensacional para agradar a leitores imbecilizados, atrás de faturamento, é ético? Não, mas é assim no mercado. E o desastre foi que a investigação antes da publicação chegou ao conhecimento da mulher do Lobato, não se sabe como, uma megera louca, imbecilizada, a mulher do coronel, contratou um detetive e dias depois tocaiou e matou os dois no quarto do hotel de luxo, que puta escândalo! Que malignidade a minha! Quando tive a notícia, senti meu chão se abrir como um alçapão. Achei imediatamente, não sei por quê, que o escândalo ia me atingir. Talvez porque tivesse sido provocado por mim na minha vilania política. Não me atingiu, não tinha por que me atingir, foi só a sensação imediata da minha própria condenação. Senti durante alguns minutos. O réu, de pé, ouvindo a sentença de morte, deve sentir esse desfalecimento. Depois pensei melhor, eu não tinha nada a ver com a loucura da mulher do coronel, ninguém ia saber de nenhuma ligação minha com o caso, fui respirando aos poucos, recobrando a lucidez. Ficou o peso na alma, este ficou, até agora, até para sempre, tenho que confessá-lo aqui, falo do meu ser.

Não contei a Beatriz que eu tinha denunciado ao Maciel, mas claro que ela soube, isto é, não soube mas com certeza intuiu, sabia que eu sabia, tínhamos flagrado juntos, sabia que eu conversava muito com o Maciel e que o caso tinha sido descoberto pela mulher por causa de uma investigação da revista, viu minha entrevista, oh, ela inferiu, claro, mas não falou nada comigo, era assim, falsa. Ou falso é este meu julgamento.

Maciel era um desses jornalistas que vivem dentro do Congresso farejando notícias e fazendo a vida política do País, escrevendo a versão que é a verdade política. Simpático, afável, insinuante, me consultava toda semana, me chamava de bruxo para me lisonjear e espicaçar minha imaginação, para me fazer desenvolver hipóteses que servissem a suas versões. É uma simbiose criativa, já que os políticos dependem deles, a entrevista me valeu mais do que mil discursos na tribuna.

Passou. Mas ficou pesando no pensamento e no próprio ar que me circunda. Pesado. Tudo parado, só a mente pedalando. Não é que o mundo seja sem graça agora, vejo os biguás da lagoa em bandos no céu, voando em V, enormes vês, migrando da Barra para a Rodrigo de Freitas pela manhã, para a enseada de Botafogo também, e no sentido inverso à tarde. Vejo os cavalos correndo nas tardes de sábado e domingo, as corridas noturnas não vejo porque durmo cedo, mas tem dias que vejo os aprontos na madrugada, que coisa mais bela e emocionante, uma corrida de cavalos soberbos, as cores vivas das camisas dos jóqueis, atletas de pequena estatura, correndo grandes riscos, espadachins equilibrados em cima do dorso em velocidade, em movimentos ágeis excitando os animais na atropelada. Fruo. O que passou, passou, mesmo se o ar fica pesado, agora é o transcurso da etapa transcendente, sem sexo e sem tempo, viro a página, agora que contei a coisa neste retrato, viro a página já sem peso, sim, como os anjos. Aproveito.

Aproveito os ossos que ainda tenho, a estrutura fundamental do corpo, os músculos se vão estiolando e sumindo, os órgãos se vão mantendo como podem. Rachel me trouxe umas figuras, uns desenhos de árvores, de paisagens, de animais, que continham, se bem observados, contornos de rostos e pessoas escondidos dentro dos traços da paisagem. É para você olhar com atenção e descobrir esses contornos humanos emaranhados no meio do desenho principal. É um teste de Alzheimer, um teste de funcionamento da mente, e eu passei, consegui ver as coisas ocultas, meus neurônios ainda estão bons.

Rachel. É o que de mais precioso me resta, sempre foi, desculpem a repetição senil. Fico mirando, observando o jeito de ela escovar os cabelos com devoção, o cuidado especial com a beleza merecida, o cabeleireiro de 15 em 15 dias, o esmero com os pés, outro ponto de beleza distintiva, Doutor Scholl a cada mês, caprichosa, toda, não vejo velhice nela, caprichosa mas simples, cremes hidratantes da pele alva, os olhos não carecem de cuidado algum, emitem radiosidades sem esforço, oh, Rachel, como ainda é bela, não tem a vaidade menor, vulgar, tem o sentimento maior do dever estético, um dever humanístico e moral, revela-o em cada gesto, o jeito de pousar a cabeça sobre a mão apoiada na mesa, com a unha do dedo mínimo por entre os lábios, Rachel tem os lábios finos, não são carnudos, sensuais, e, entretanto, que gosto tinha o seu beijo e tem ainda. O sexo, oh, tenho de rememorar, desculpem, o jeito calmo e profundo de se entregar ao gozo, o amor terno e benigno que gerou nossos filhos, seis filhos fertilizados e concebidos dentro dela. Como me lembro bem da chegada de Rebeca, a primeira, não sabíamos que era uma menina, ela fez questão de tê-la pelas mãos da Simone, uma amiga judia, da mesma geração, profissional iniciante aqui no Rio, provavelmente ainda carente das habilidades para um bom parto, mas amiga, confiável, meio bruta, depois ela reconheceu, e até trocou de obstetra para ter o Rafael e os outros, inclusive os dois perdidos, mas Simone era amiga desde o Colégio Franco-Brasileiro.

Sim, Rachel, ainda, sempre. Desde há muito era quem cuidava da casa e dos dinheiros, do patrimônio, tudo anotado criteriosamente num caderninho, eu ganhava bem e nós não gastávamos muito, Rachel comprava imóveis na planta, com seus amigos judeus construtores, de confiança, Rachel comprava ações na bolsa, ganhamos uma nota com a alta dos anos 60, e ela intuiu, informou-se, e saiu antes da queda, Seu Felipe, o corretor, pagou tudo, tudo tão bem presente, ela escrevia um diário, hoje já não escreve, não sei quando parou, eu nunca li. Nem nunca precisei ler, tudo eu sabia, tudo eu lia no rosto dela, formoso rosto dela, Rachel não envelheceu como eu, ela fala comigo e eu respondo como posso, já consigo sibilar as palavras e ela entende.

Alguém falou com ela sobre um médico que rejuvenescia, um médico que fazia, no Rio, o tratamento da Doutora Aslan da Romênia, aquela que havia rejuvenescido o Perón e muitos outros famosos. Ela me disse, como a sondar, sentir minha reação. Eu não respondi nada, só ouvi, ela entendeu.

Durmo muito durante o dia claro, olhando o céu adormeço. Olhando o céu. Adormeço. E durmo um tempo. Um tempo. Durmo bem também à noite, sempre dormi, nunca precisei de remédio, Rachel, sim, durante uma fase, larga, tomava toda noite, e agora acho que ainda toma, não mais diariamente. Durmo e tenho sonhos normais, não tenho mais pesadelos como tinha. E os sonhos muitas vezes revelam ideias, pensamentos, que eu tinha lá dentro e não sabia que tinha. No sonho, por exemplo, Maria Alice me dizia, minha amiga, professora de história, muito nitidamente me dizia outro dia que me faltava ir mais a São Paulo, fronteira avançada do País, manter contato, e no próprio sonho, comigo mesmo, eu concordava. Claro, era eu mesmo que me dizia no subconsciente, e concordava no sonho. Depois de acordado, achei que realmente foi algo que me faltou na vida ativa, ir mais a São Paulo, nosso grande centro formador de conhecimentos e experiências, concordo, eu que tanto prezo o Rio e nunca senti falta de São Paulo, mas devia ter ido mais vezes lá, conhecer melhor a cidade e sua gente, brasileiros, talentosos, resolutos, só o sonho me revelou esse pensamento que era meu e eu não o conhecia.

Uma noite, na semana passada ou na anterior, ainda na casa de saúde, no fim da noite, na primeira viração matinal que entrou fina pela janela junto com o primeiro clarejar do céu, eu abri os olhos, ou não cheguei a abri-los completamente, pela metade talvez, e vi um homem moço, muito parecido com Renato, de terno bege bem-ajustado e uma gravata grená, de pé ao lado da cama me olhando a sorrir benigno. Belo, o olhar jovem. Vi, não o conhecia, era para estranhar mas não estranhei, e tornei a adormecer acariciado por aquela presença indulgente. Horas depois de acordar, manhã plena, já sentado na poltrona na janela, lembrei-me de repente daquela figura aparecida e intuí que era o Joãozinho, o nosso filho prematuro que viveu poucas horas, que seria um pouco mais velho que Renato, um ano e pouco. Intuí que era ele, crescido, de terno bege bem-talhado e gravata bordô, parecido com Renato, ali me olhando com carinho, me visitando, querendo saber de mim, o pai que o havia visto umas quatro vezes na incubadora. Era uma invenção do meu inconsciente; uma invenção completa, como se o Joãozinho tivesse crescido normalmente no além, sempre ligado na família, e agora, preocupado, tivesse vindo me visitar. Uma invenção que se manifestava pela primeira vez, jamais antes eu havia feito essa conjectura, ela se corporificou espontânea a partir de informações guardadas num outro mundo meu, interior, um mundo que eu mesmo não conheço.

Ontem me levaram ao pé do Cristo Redentor, um dia de abril ameno e leve, amanheceu aquele ar ligeiro e Rachel decidiu, organizou tudo rapidamente, subimos pelo trenzinho no meio da mata. Realmente, o Rio tem coisas únicas, eu nunca tinha feito essa viagem, tinha ido algumas vezes de carro ao Cristo, nunca pelo trem dentro da mata, do cheiro da mata, que oferece uma instilação revitalizante, mais do que o próprio cenário lá de cima. Vistas há que rivalizam com a do Corcovado, várias pelo mundo e mesmo aqui no Rio, mas não com essa ascensão encantadora e confortável, civilizada, dentro da selva pura de espadas verdes e olorosas, a Mata Atlântica Rachel de mão na minha, o tato eu sinto com inteireza, e o aroma. Na estação do Silvestre entrou um grupelho de quatro instrumentos, violões, cavaquinho e pandeiro, cantando música brasileira, música carioca para turistas estrangeiros, simpático, sim, mas algo inapropriado para o momento de concentração na flora exuberante, no encanto da paisagem. Depois entrou no vagão uma borboleta azul daquelas grandes, com cujas asas antigamente se fazia um artesanato horroroso, destruidor e de muito mau gosto, mas apreciado por turistas idiotas. Proibido hoje, claro. Realmente de admirar era a própria borboleta, que bela amostra de vida, por que tanta beleza? Para quê? A pergunta que se faz para o pavão. Todos do vagão admirando e exclamando, esteve quase se extinguindo e agora voltava à mata. A mão de Rachel na minha, que contato. Pensei de repente, oh, pensei, se fosse Beatriz em vez de Rachel, poderia ter sido, no tempo daquela doença erótica, ela vinha muito ao Rio, podia ter sido uma viagem nossa de namoro, ao Corcovado, difícil para mim, que seria reconhecido, como fui com Rachel, mas podia ter sido, se ela pedisse muito, que coisa degradante, ainda bem que ela se foi, oh, que pensamento torpe, o contraponto é a minha invalidez, Deus tinha querido e eu estava ali aliviado, feliz no meio da floresta, na mão de Rachel.

A vista geral lá em cima é mesmo deslumbrante e eu já conhecia bem, mas a monumentalidade da estátua do Cristo vista do sopé é um espanto que eu ainda não tinha reparado atentamente, oh, talvez a cadeira de rodas, não sei, mas fiquei extasiado um minuto inteiro, olhando de baixo para cima, ó meu Deus, que grandeza, as pessoas ficam vidradas na vista da cidade e da baía e não reparam no espanto do monumento em si, eu mesmo nunca havia reparado.

Beatriz tinha um sorriso feio, de gengivas à mostra, logo o sorriso, que é o gesto mais expressivo da afabilidade; não era amargo, era feio, gengivoso, mas não tinha ríctus, sua história de meninice era branda, de mãe bonançosa. Ela me contava, a história da avó, sim, era constrita, coitada, era a única irmã restante de quatro de uma infância alegre de quintal baiano arborizado, as outras três levadas na juventude pela tuberculose, uma atrás da outra.

Bem, a verdade é que eu me confundo muito com essas lembranças de Beatriz. Por isso mesmo é que falo tanto dela, toda hora me vem à cabeça e tenho de falar dela, na tentativa de me assegurar da verdade. Fica uma coisa aborrecida. E a verdade é que não tenho certeza de muita coisa, não afirmo sem titubear que tive relação de cama com ela. Ela existiu, sim, foi funcionária do meu gabinete, sim, ela morreu, sim, eu me encantei com ela, sim, me apaixonei e passei um longo tempo nessa paixão, isso é certo, mas será que a tive na cama? Será que ela cedeu? Ela tão firme na recusa de namorar senador e deputado, oh, desculpem, depois de um AVC a gente mistura os tempos e perde muitas noções, muitas faculdades, tudo que eu disse pode muito bem ter saído de um sonho, que eu tenha sonhado com ela acordado, como costumava fazer nos meus devaneios sexuais com as mulheres que eu desejava, não era maluquice, era uma dimensão do meu ser, a sonhação intensa. Pode ser que a tenha desejado tanto que tenha transposto o sonho para a realidade em confusão aqui neste ensaio do ser; que tenha tirado tudo isso que disse dela daquele meu anseio desvairado, que já era senil, evidentemente. O deputado do Acre a assediava, sim, mas pode muito bem não ter passado disso. Detalhes que eu coloquei aqui, como o dos dois quartos no hotel, do vinho siciliano, do êxtase dela na cama, podem ter sido inventados como requintes de imaginação, refinamentos exigidos pelo sexo em extinção. Era assim ultimamente, cada vez mais ricamente fantasiadas minhas quimeras trabalhadas em busca da excitação. Senilidades.

Quando a gente fala do ser, muitas vezes insere nele o que poderia ter sido. Há uma zona cinzenta na velhice. É comum a confusão das realidades, e isso faz parte do ser no seu tempo final. O ser acaba compreendendo o que pudera ter sido. Pode ser o caso. E nunca vou poder tirar isso a limpo; só ela mesma poderia restaurar toda a verdade. E ela morreu. Nunca mais.

Ela me dizia que queria ser cremada mas não deve ter comunicado o desejo aos parentes, talvez só ao filho que morreu com ela, e acabaram sendo ambos enterrados. Eu prefiro o velho sepultamento, junto dos meus, pai e mãe, tios, avós, ossos com ossos, tem lá uma sepultura nossa de família, eu me sentirei melhor. E mais, tenho uma sensação, ou pré-sentimento, de que a cremação dói muito na alma, insuportavelmente, como o fogo do inferno, a temperatura do forno crematório é terrível, é o forno mais quente do mundo, consome a gente em poucos minutos, não sobra nada, nem osso nem nada, só uma poeirinha, deve consumir a alma também, deve doer de queimadura insuportável na alma, como no inferno.

Toda semana vem uma fisioterapeuta, uma vez, e duas vezes uma fonoaudióloga, oh, a vã esperança de que eu possa falar. Eu realmente tento e tenho feito progressos nítidos, faço um esforço danado e Rachel consegue me entender, mas a moça garante que vou falar direito. São profissões relativamente novas, cheias de especialistas e de demanda cada vez maior, mulheres principalmente, às vezes muito bonitas, pegando o corpo da gente, aquele tato feminino, meio perigoso; no meu tempo tinha massagista, homem, às vezes alemoas gordas, fortes, braços mais fortes que de homem. Bem, ela vem regularmente, a Moema, a físio, gosto dela, me dá prazer, não é nenhuma jovem bonita mas é de vista agradável e voz maviosa. Mexe em todo o meu corpo, estica os músculos, move minhas pernas e meus braços, faz mexerem as articulações, aperta pés e mãos com força nos dedos, abre os meus dedos dos pés, massageia com energia a sola, dá muita atenção aos pés, não sei por quê, dá um aperto ritmado nas panturrilhas e nas coxas, depois faz o mesmo nos braços, e diz que vou recuperar os movimentos, não acredito, mas ela consegue me instilar qualquer coisa vital no corpo, ela realmente revigora meu corpo, eu sinto mais o meu corpo, sinto mais forte a ligação dele com a minha vida, o corpo e a vida, sinto, ela me faz sentir, faz uma vigorosa massagem nos músculos do peito, das costelas e das costas, admirável a força das suas mãos, e ela é feminina, tem um rosto afetuoso e uma boca atraente, de lábios cheios e dentes bonitos, gostaria que me beijasse na boca, como parte do tratamento, aposto que teria um efeito positivo importante, mas o preconceito, apesar de toda a modernidade, ainda é muito forte, seria um escândalo, uma fisioterapeuta que beijasse a boca dos clientes. E se fosse uma mulher bonita? E se o cliente não estivesse tão paralisado como eu? Realmente, não dá, vamos convir, o sexo ainda tem muito de proibido. Só há menos de cem anos, depois de Freud, a caixa-preta foi aberta, escritores puderam falar mais livremente dessa dimensão tão decisiva do ser humano, os escritores que começaram a descrever os monólogos interiores dos personagens. Só assim começaram a dizer alguma coisa sobre sexo. Antes, não. Henry James elaborou verdadeiros tratados literários de psicologia humana, excelentes, sem penetrar a questão sexual. Já não quero falar de Jane Austen, coitada, brilhante no descrever os sentimentos, mas mulher, imagine, naquele tempo. Freud foi mesmo o marco, antes e depois.

Bem, a fisioterapia me faz bem, ela age e eu só usufruo passivamente, mas sinto a retonificação, sinto que vivo um pouquinho mais a cada vez, muito mais que a fono, que exige esforço, eu melhoro a fala mas tenho que me empenhar, me desgastar no esforço, e não sinto energização vital. Eu gostaria que viesse mais vezes, a físio, vou propor a Rachel duas, como a fono, eu já consigo soprar umas palavras.

Vou ao cinema também, vez por outra, preferimos salas que têm local apropriado para cadeirantes mas vou a qualquer cinema, fico no corredor em posição boa, Rachel escolhe o filme e me leva, ela sabe do que eu gosto. Mais frequentemente, ela traz DVDs para casa, especialmente de óperas e balés nas melhores produções. Essa é uma tecnologia do bem, que coisas bonitas tenho visto. Falo assim porque há tecnologias do mal, eu acho. Fortes. Não é preciso chegar à bomba atômica; esses carros e motocicletas ultrapotentes, que desenvolvem rapidamente velocidades espantosas, são verdadeiras máquinas assassinas, são projetados pelo demônio, assim como esses jogos de televisão para meninos que incitam à violência, cultivam o gosto da luta e da morte. O que é o bem e o que é o mal, há bibliotecas escritas sobre o tema mas o ser humano sabe muito bem o que é, sem precisar ler esses livros, sabe desde que Adão comeu o pomo, que aliás engasgou na sua garganta.

Minha dependência de Rachel é absoluta, sem Rachel eu não seguiria sendo, mesmo que não morresse da doença, faleceria desamparado, não manteria a firmeza da consciência para pensar estas coisas. Dependo de Rachel para tudo na vida que ainda vivo, e que ainda gosto de viver, que vivo através de Rachel, por causa de Rachel, causa eficiente e final, não é uma dependência humilhante, como seria, insuportavelmente, se dependesse de enfermeiras e médicos, ou mesmo de meus filhos. É que ela e eu somos o mesmo, a mesma pessoa, nesse amor de compartilhamento dos velhos casamentos, se a doente fosse ela eu faria tudo o que ela faz e ela sentiria o que eu sinto, somos a mesma pessoa, sempre fomos, uma dependência que é na verdade uma unidade, eu dependendo de mim mesmo, uma dependência que não me tira em nada a dignidade de ser, não me tira a felicidade, ao contrário. Não abre ensejo a que eu pense que estou aqui em demasia, imerecidamente pela lei natural; porque eu sou ela e ela merece viver. Para ela, também, esta dependência minha não é sacrifício, é a vida dela, eu sinto que ela incorporou os cuidados comigo à sua felicidade, ao seu ser, ela também depende de mim.

Que bom que nos casamos, quantas vezes, quantas vezes por dia repito para mim, que bom que eu encontrei Rachel tocando aquele violino, esse acaso tão categórico, esse deus avulso de Machado, e que felicidade que ela, tão bela, quis se casar comigo, encostou seu rosto suave no meu. Não, esta não é uma declaração piegas nem desimportante; é a declaração da minha vida, eu a teria feito a qualquer momento antes de ficar paralítico. Eu a faria mesmo na cama com outra mulher, podia estar com outra mas amava Rachel; eu a faria se tivesse tido Isabela: sem Rachel, eu não teria amado Isabela. Sem Rachel? Eu não seria, ou seria outro ser, sei lá.

O que me abala a felicidade não é essa dependência umbilical. É o sentimento de potência perdida, que não é a mesma coisa que impotência, é o saber que já pude e agora não posso mais, dobrei uma curva fechada da vida e entrei na rampa inclinada da decadência final, ah, não tem saída, e vem o medo de logo não poder mais fazer nem aquilo que ainda posso, pensar com consciência e lucidez, o sentimento da caducidade mental deve se manifestar de vez em quando, nos seus primeiros momentos, e deve doer fundo; eu ainda não o senti.

Não sei. Sei que ainda não doeu; gosto desta minha vida.

O tema da limpeza do corpo volta, porque se faz todo dia e tem muita importância, judeus e muçulmanos lavam os corpos defuntos antes de colocá-los na terra, no Japão é uma profissão bem paga, essa de limpar e preparar cadáveres, o asseio do corpo é condição de pureza da alma. Há uma relação.

Gostaria de passear no Cemitério São João Batista. Isso mesmo, incluir mais esse entre os meus passeios rotineiros, mas não sei como pedir isso a Rachel, ela não vai compreender, eu falaria com muita dificuldade, confusão nas sílabas, língua muito enrolada pelo AVC e pela inibição, e se ela compreendesse a fala engrolada, como compreendeu quando falei da injustiça da minha vida salva à custa de outras melhores, não compreenderia a razão desse meu desejo e ficaria aborrecida, crispada e triste.

A Santa Casa loteou as aleias de antigamente para vender novas sepulturas, mas ainda há espaço para passear de cadeira nas vias principais, talvez não dê para chegar à beira do nosso túmulo, nosso jazigo, mas não importa, seria bom mesmo assim, o principal é a comunhão com a serenidade envolvente, comunhão com a Criação da qual faz parte a morte, vida e morte, vida e morte para sempre. Jazigo perpétuo, nós temos, pode abrigar restos de 20, 30 gerações, empilhados, que coisa curiosa hoje, quando desapareceu aquele respeito que se tinha pelos restos mortais. Hoje se queimam os corpos até sobrar uma cinzinha que cabe numa caixinha. O campo-santo, esse conceito, esse respeito desapareceu, hoje é capaz de se desfilar um bloco de carnaval dentro do cemitério. Passear de manhã, na calma e no frescor da manhã clara, eu gostaria, imbuído do sentimento antigo que ainda guardo, acompanhava meus pais nos dias de Finados, sepultura a sepultura dos entes queridos, que belo ritual, túmulos floridos. Agora seria só passear mesmo, olhar, sentir a brisa do tempo e a vibração alegre das almas àquela hora amena. Acho que dá força vital essa comunhão, olá, companheiros, estou aqui, como é bonito este lugar, em breve flutuarei com vocês por aqui e meu corpo será devolvido à terra para fertilizá-la, repor pelo menos parte do que ele consumiu da sua energia. Devolver à terra o que foi tirado dela, é uma bela razão para recusar a cremação, uma razão filosófica, além da razão física da queimadura terrível. Eu gosto de cemitérios, sempre gostei, tanto os opulentos, com esculturas e construções de arte, da tradição brasileira, de origem francesa, como os simples, planos, gramados de campas rasas com pequenas cruzes, serenos, como os americanos; e gostaria de passear no meu cemitério, mas sei que não vou, é só um pensamento, não vou pedir isso a Rachel.

Esse pensamento já me veio mais de uma vez na varanda, quando estou a rezar. Sinto uma bênção vinda do alto, sinto verdadeiramente, não é uma aragem, não é nem uma vibração, nada disso, é uma bênção, não sei dizer mais, sei que vem do alto como um sopro bem leve, um fluido sutilíssimo que me faz levitar um momento, sinto também o espírito leve, o pensamento e as palavras ficam leves e algo luminosas. Pode ser que seja tudo uma reminiscência de coisas que já li e não me lembro, mas que ficaram lá dentro, como ficou a pessoa do Joãozinho, andei lendo sobre a religião dos espíritas, sobre o ectoplasma, não sei por que mas me interessei, mesmo sem acreditar, por causa da bondade deles. Bem, essas sensações me levam ao desejo de passear no cemitério. O São João Batista, que é o meu cemitério.

Rachel não compreenderia, naturalmente, no estado vital dela. É preciso ganhar um certo distanciamento do fazer e do falar, da movimentação que faz a contagem do tempo da vida. Só então aflora um compreender mais amplo mesmo nebuloso, o compreender que vai além das coisas e das pessoas do mundo, um compreender o cosmo que não tem nada a ver com as imagens dos telescópios nem com fórmulas matemáticas da ciência, que não é bem um compreender, é mais um sentir o desvelamento daquilo que foi o primeiro espanto do homem, a máquina do mundo, o espaço, que não é aquele vazio infindável de Newton com três dimensões, mas é limitado no infinito, vai até onde vão essas forças insondáveis da Criação, um campo onde se movem os corpos, incalculáveis concentrações de energia, aaaahh, que pasmo incomparável, imensuráveis concentrações e grandezas que, ao se moverem, criam o tempo, sentir o espaço-tempo, e perceber a energia de tudo, a substância última de tudo, o processo todo e seu devir, e seus deveres, suas missões, compreender Deus, sem saber se essa compreensão é a mesma de outros que a descortinaram por revelação, que se distanciaram em longínquos, inalcançáveis mosteiros para poder descortiná-la em ar rarefeito. Pode ser que não seja, pode ser que haja uma compreensão para cada época e para cada um que compreende, o que é mais provável, o que quer dizer uma realidade em si para cada ser, deve ser assim e não há como saber, não adianta um descrever para o outro o que não pode ser descrito.

Eu acho que compreendi agora alguma pequena parte desse todo, mas obviamente não sei dizê-lo. O mundo e a vida, o ser do homem, isso que quero apreender no maior e não consigo, muito menos descrever, falar sobre. Quem sabe um poeta, que não sou, sempre quis ser. O poeta sabe a palavra certa, a palavra que, plantada, logo brota em floração, figura uma nuvem vermelha instantânea, bela e reveladora. Eu sempre quis ser, bem que busquei, busquei. Ou não, talvez nem o poeta. Quem sabe o músico, a música pode dizer sempre mais, onde a palavra falha. Eu fui músico, mas só intérprete, não criador. Ou não, nem o músico. Tudo isso escapa aos vivos; os semivivos, como eu, se aproximam um pouco mais.

Rachel me contou, eu não esperava porque não sabia nem de longe, mas ela me contou porque eu perguntei. De repente, não sei por que, me deu aquilo de dentro e perguntei: e o Marquinho? Marquinho estava bem, já falei sobre ele, um amigo que trabalhou desde menino para minha mãe e depois, já rapaz, me ajudou na política, sempre gostou muito de política, serviu no meu gabinete e pediu para sair com medo da paixão da mulher do vereador barra-pesada. Mudou-se para Belford Roxo, não só para evitar que ela fosse procurá-lo na Providência, absurdo que poderia ocorrer, mas principalmente porque tinha lá na Baixada um novo amor, estava apaixonado por uma jovem que ele mesmo havia engravidado, ele tinha beleza e delicadeza masculina, ela devia ter também, foi morar com ela e assumir o filho, pensou em me pedir um dinheiro para a menina fazer um aborto, pensou porque ela aventou, mas recusou de pronto a ideia, ele mais que ela, era assim, Marquinho era assim, tinha umas economias porque não gastava nem metade do salário que recebia na Câmara, e eu dei uma ajuda, e ele comprou uma pequena casa em Nova Aurora, bairro de Belford Roxo, foi morar lá com a moça e a mãe dela, estava pagando as prestações. Passou a catar latinhas, garrafas pet, jornais, comprou uma maquineta de triturar as garrafas, e vendia tudo num ferro-velho local, juntava o ganho com a metade do salário que continuava a receber do gabinete, e prosperava, nasceu a menininha, pôs-lhe o nome de Jordana, não sei por quê, e logo se tornou conhecido no bairro, conhecido e querido, prestava pequenos favores, passava alegria e bom humor, fazia discursos na praça em cima de um caixote, a favor da coleta seletiva de lixo, contra a poluição e contra a corrupção. E acabou se candidatando e se elegendo vereador, que bela recompensa, com bela votação, realizou o sonho da vida, que alegria, eu compareci à diplomação dele, vi a estampa da felicidade, e sabia que agora ele estava bem, não dependia mais de mim, Marquinho, com certeza muito bem, eu sabia, perguntei de repente porque desde o meu AVC não tinha tido notícia dele, que sempre me procurava, telefonava, de repente, estranhei, não sei se me lembrei de alguma coisa: e o Marquinho?

Rachel então contou, e eu compreendi: a memória tinha desaparecido, mas estava lá dentro de mim, ela foi contando e a lembrança saindo, sim, muito vaga e imprecisa, ele resolveu se candidatar a deputado estadual, animado com a votação de vereador e com a ascensão do seu prestígio: elogios de rua e núcleos de apoio que estava conseguindo, em Nova Iguaçu e em Caxias, no Lote Quinze, grupos ligados à Igreja que acompanhavam seu desempenho, estava animado, tinha, como sempre, umas economias para a campanha, o salário de vereador era bom, e ele era feito de substância política, no charme e na sensibilidade, na dedicação e na seriedade com que cumpria seu mandato, e principalmente na motivação, aquele chamado mais forte que a gente ouve. Tinha inimigos, claro, sua eleição deslocou um vereador do bairro que tinha ligações pesadas, andara ameaçando ele no final da campanha, quando sentiu a força de votos que ele ia ter. Ele não se tinha intimidado, apoiado pelo padre Sérgio, que o incentivava e garantia que o vereador só queria que ele desistisse, não ia fazer nada porque não era louco, padre Sérgio o conhecia bem, o cara só era um sem-vergonha, aproveitador de propinas, mas não era bandido de ir às vias de fato. Agora, novamente, renovavam-se as ameaças, ligadas desta vez ao deputado Sandoval, barra muito mais pesada, que se sentia ameaçado pela candidatura dele, e ele, novamente, incentivado pelo padre Sérgio, que o ajudava em tudo, e só para mim em reserva se dizia preocupado, e também animado por mim, não se deixou intimidar. Teve a candidatura aprovada na convenção do PSB e partiu para a campanha, falou muito comigo, eu me lembro, sobre táticas e estratégias, e eu o estimulei muito, insisti em que mantivesse seu estilo, de bicicleta e megafone pelas ruas, na simplicidade, ajudei-o como pude, tinha boas ligações no PSB, contribuí financeiramente para a campanha de vereador e estava ajudando na de deputado que começava, e, apesar das observações graves do padre Sérgio, eu dizia que não desse crédito às ameaças, puro jogo político sujo, ameaças que se voltavam também para mim, passei a receber cartas no Senado, uma e depois outra, por isso que penso que a visita do matador de terno escuro pode ter tido algo a ver com isso, se bem que tenha sido um pouco antes da intensificação das ameaças. Mas não era nada, eu sabia, era pura pressão para ele desistir. E era a vida dele naquela campanha, eu sentia, o ser definitivo dele.

E não foi, Rachel contando e eu quase me lembrando, sim, ele tinha um encontro com o grupo do Lote Quinze, um grupo muito bom de trabalhadores politizados, conscientes, ligados à Igreja, eu até conhecia aquele pessoal do Walter, que se reunia num anexo à igreja, em encontros quinzenais, eu havia feito lá um ano antes duas palestras sobre história das ideias políticas, no mundo e no Brasil, e eles o chamaram para falar sobre Ética e Política, a experiência dele como vereador da Baixada. Ele aceitou, claro, tinha algo que dizer, mas sabia das minhas reflexões sobre o tema, das palestras muitas que eu já tinha feito, e pediu que eu fosse com ele, era uma sexta-feira às sete da noite, a igreja servia uns pastéis, sugeriu o meu nome junto com o dele, e o grupo aceitou com animação, contou ponto para ele, para o apoio à sua candidatura, muito importante aquele núcleo.

O resto eu não me lembro, nem com o relato de Rachel eu me lembrei, muito do que disse agora eu também já não me lembrava, ou tinha uma lembrança vaga e confusa. O fato é que na volta fomos atacados por motociclistas que emparelharam com o nosso carro e dispararam dos dois lados. Ele, que dirigia, morreu na hora, e eu, que ia ao lado, tive a cabeça atravessada lateralmente por uma bala de cima para baixo, do lado direito, que destruiu um pedaço do osso, atingiu o cérebro e saiu do mesmo lado.

Os assassinos tinham sido presos, suspeitos, porque não haviam confessado, mas Rachel disse que a polícia tinha certeza e estava produzindo as provas, o próprio secretário de Segurança havia falado com ela, eram da própria polícia e tinham ligação com o deputado e com o prefeito. Rachel me havia tirado de qualquer depoimento, claro que eu não me lembrava de nada, e ademais não estava podendo falar.

Escutei. Realmente eu não fazia a mínima ideia de que pudesse ter levado um tiro. Escutei, compreendi minha paralisia, minha condenação, e não senti raiva, não senti nada, pena do Marquinho, só, um sentimento fundo, demorado, ficou, ficou, mas não tive um daqueles ataques de raiva que Rachel temia e por isso não me havia contado antes. Não tive; a reação foi de uma compreensão redonda e grande, calma, foi isso, foi assim, foi, lentamente, pronto, coitado do Marquinho, que pena, eu vou ficar assim, vou, que pena, lentamente.

Pensando, pensando, de qualquer maneira, a história verdadeira era outra mas a ideia de punição permanecia: ela tinha morrido num acidente de carro, eu tinha levado um tiro na cabeça, não tinha morrido para sofrer mais. Só que, vivo, agora, preferi não ter morrido. Que bom que não morri. Mas e o Marquinho que não tinha nada a ver com as minhas patifarias?

Bem, o Doutor Irum, este é o seu nome, quem sabe me faça bem? Foi lá a Bucareste e aprendeu com a Doutora Aslan, pegou o segredo, e faz o tratamento, em Copacabana o seu consultório, dá injeções semanais durante meses, e você rejuvenesce. Eu vou lá, não acredito mas vou, até porque o meu caso não é bem de envelhecimento, embora eu estivesse velho, claro, mas é um caso de traumatismo craniano, bala na cabeça, é diferente, não acredito nem um pouco mas vou por duas razões, a primeira por Rachel, ela quer, insiste em que não há nada a perder senão o dinheiro do tratamento, dessa vez o Senado não vai pagar, eu não vou pedir, e Rachel vem com o testemunho de uma amiga de Niterói cuja mãe remoçou e se curou de uma artrose horrível. Se eu remoçar um pouco, meus neurônios podem desenvolver novas ligações e melhorar meus movimentos. Faço por ela, pela vida dela que é a minha, mais uma vez desacato a lei natural, tomando injeções para inverter a decrepitude, que coisa mais imoral esse desafio aberto à Lei, faço por ela, ouso por ela, porque a amo, quem sabe melhoro mesmo e alivio um pouco o peso que ela carrega, coitada, por amor, vou por ela. Também por outra razão: esse Doutor Irum Santana é um comunista da velha guarda, daquela admirável geração de médicos do Partidão que eu conheci, que atendia de graça quem não podia pagar, como o grande Alcedo Coutinho, que conheci e admirei, como o grande Adão Pereira Nunes, meu amigo fraterno, como os advogados do Partido, que também defendiam sem cobrar. É verdade que há muito comunista da velha guarda que se vendeu ao capitalismo, conheço um monte de comunistas arrependidos que metem a mão para recuperar o tempo perdido com o idealismo juvenil; pode ser que esse médico seja um deles, espertalhão, mas não acredito, não me parece, e arrisco, sempre gostei da minha inocência, confio nele, gosto dos comunistas e tenho uma afeição por ele, mesmo sem conhecê-lo melhor, só da primeira consulta, gostei de cara do seu jeito calmo de respirar, não há nada a perder, como diz Rachel, arrisco por ela. Vou.

É verdade que tenho melhorado, sim, com a fisioterapia e os remédios convencionais que vou tomando. Doutor

Paulo, entretanto, não se opôs ao tratamento Aslan; diz só que não acredita, que eu vou tomar procaína, que nas primeiras semanas dá uma sensação de mais vitalidade mas acaba sem resultado efetivo. Bem, mas se não há prejuízo, vou continuar. Por Rachel. Vou.

Fico pensando essas coisas na varanda, meu lugar de pensar, olhando, vendo lá embaixo o sujeito que atravessa a praça claudicando, vestido de calça de brim e camisa polo, passa todo dia de manhã, deve vir dos lados da Suely em direção ao Jardim Botânico, com certeza teve um AVC, ele sim, e está se recuperando, caminhando como pode para evitar outro. Vejo os pássaros, os micos, vejo o próprio ar, eu vejo o ar sadio que respiro, e comungo, fico tempos, horas, o tempo não se mede mais na minha vida, é bom. Quase tenho a sensação de não ter mais corpo, só a alma, mas não me sinto um moribundo, decididamente, sou capaz de ver e escutar, e de pensar. De pensar e escrever este retrato. Só umas coisas estranhas, fecho os olhos e vejo um reticulado, pequenos traços pretos como que rendados, às vezes um mundo microscópico sem cores, cheio de corpúsculos, um mundo quântico, estranho; abro os olhos e torno a ver meu corpo, minhas pernas inertes nas calças azuis, a folhagem.

Nunca vi passar Suely pela praça, a louca, a vadia, oh, não sei por que escapou esta expressão antiga e imprópria, retiro-a. Suely mora perto, deve passar alguma vez pela praça, em busca do Jardim Botânico, quem sabe, eu fico horas, poderia ter visto mas não a vi, há quanto tempo, mais de ano ou dois, desde bem antes da minha entrevação, buscava-a na praça e nunca mais a vi, talvez ela não tenha o amor da natureza, ou com certeza é dessas pessoas que só vivem de noite e dormem de dia, deixa pra lá, nem faço questão de vê-la, é só uma curiosidade, vê-la de longe, pode estar com aquela mesma blusa verde cavada que deixava ver o seio, completamente louca, é espantosa a quantidade de gente louca que transita pelas ruas, o mesmo cérebro, o órgão, mas rodando de forma diferente, anormal, loucos mansos, claro, mas como tem, na política, então, como tem, é quase maioria, eu que sei, a política atrai os megalômanos, o meu gabinete sempre foi cheio deles, gente boa, mas completamente desequilibrada, e eu aquele cara completamente normal, que convivência, que conveniência, só não sei como eles vão sobreviver quando acabar o meu mandato.

Essa normalidade equilibrada e desinteressante é entretanto uma qualidade apreciada em muitos setores, uma utilidade para a sociedade e para os empreendimentos, o que se chama de bom senso, mesmo sem criatividade. Cada vez mais rara e valorizada, na medida em que se multiplicam as neuroses da vida tensionada da competição no mercado. Acredito porque vejo esse modelo de sociedade de mercado, de mercado disso, de mercado daquilo, mercado de trapaças, mercado de bocetas, de jovens distintas, belas e educadas que estão no mercado, mercados que exigem habilitações, esforço de preparo cada vez maior, induzindo ao atropelamento do ritmo saudável e à loucura, precisando cada vez mais de drogas e psicólogos, profissionais da equilibração, do controle emocional, e isso não é coisa que a medicina-pós vá melhorar, células-tronco não servem para reequilibrar uma pessoa neurótica no mercado. E como tem maluco no mercado! O Dr. Irum também não cura essa gente.

Comecei. Tomei a primeira injeção da primeira série. Vamos ver. Quem sabe?

Eu nunca tive medo de injeção. Uma coisa boba que eu registro porque sei que é pavor de muita gente grande, tenho um amigo que fugiu vergonhosamente do ambulatório de um posto de saúde, fugiu correndo quando a médica disse que ia aplicar-lhe uma injeção e foi preparar a seringa. Meninos da minha geração tinham de ser segurados à força, quase amarrados, enquanto eu tomava sem nenhum medo, mesmo algumas injeções oleosas que demoravam e doíam mais, lembro de uma que se chamava Gadusan, terrível. Acho que foi pela maneira jeitosa e segura com que meu pai, ele mesmo, filho de médico, me deu a primeira e todas as outras injeções, sempre ele com aquelas mãos grandes, como eu confiava, como eu sabia que não ia doer. Antigamente se tomavam muito mais injeções do que hoje, não sei por quê, isto é, sei, é precisamente para simplificar e evitar a reação de horror comum dos doentes. A tranquilidade, a segurança que meu pai me inspirava foi um fator decisivo também para essa normalidade psíquica de que já falei, que sempre tive, igual à dele, o chamado homem equilibrado, calmo. Durante o jantar ficava nos escutando, interessado, a mim e ao Celso, enquanto falávamos sobre os acontecimentos e os sentimentos do dia, e tinha sempre uma palavra de serenidade quando emergia alguma passagem de medo nesses nossos relatos, epidemia de paralisia infantil, morféticos que tinham fugido da colônia em Jacarepaguá e estavam atacando as pessoas, notícias de jornal escandaloso. Ele era uma figura grande e parecia um tronco ou um pilar inabalável. Jantávamos sempre os quatro, eles faziam questão, achavam importante aquele encontro diário, jantávamos tarde, lá pelas nove horas, porque ele chegava tarde, e ainda trazia quase sempre algum trabalho para despachar em casa depois do jantar, e após uma prorrogação digestiva de conversa por meia hora. Era servido à francesa, o jantar, como minha mãe gostava, e isso fazia demorar mais, tinha sempre uma sopa, que era fria no verão, consomê frio, como eu gostava, depois o prato principal com os acompanhamentos, e a sobremesa. Por vezes uma salada, principalmente nos dias quentes, em vez da sopa, mas não era um costume frequente como o de hoje; uma verdura, sim, sempre tinha. Alguns dias uma tia velha, ou um tio de terno branco, irmãos de meu avô, apareciam para participar da sobremesa, e, então, a conversa tomava outro rumo e demorava mais.

Tenho bem forte a lembrança da noite em que meu pai trouxe a notícia da bomba atômica. Sua fala tinha um tom grave e algo ansioso, bem diferente, mas ao mesmo tempo passava uma sonoridade auspiciosa, nos abria a ideia de uma realização formidável, antes impensável, uma nova forma de produção de energia inimaginável, e de progresso também, ele um engenheiro, estava impressionado, a transformação real de massa em energia, uma coisa inacreditável para os cientistas dos tempos anteriores. Sua mente estava visivelmente agitada, ele falava em pé logo na entrada, a pasta ainda na mão, e não conseguia resumir como queria aquela novidade assombrosa, repetia a notícia da bomba astronômica que os americanos tinham lançado no Japão, e que ia acabar imediatamente com o que restava da guerra. Mas queria dizer mais, ele sabia, avaliava, mas não atinava com o modo de nos explicar aquela coisa espantosa. Anos depois, quando visitei as ruínas de Hiroxima, me veio à lembrança aquela noite de perplexidade e excitação. Meu pai, sempre seguro, tinha os cabelos revoltos e passava a impressão de não saber bem o que pensar daquilo, ele que não era excitante nem excitado, era a própria serenidade em tamanho grande e estável, aquela noite parecia tomado por uma agitação excepcional.

Pouco tempo depois, talvez um ano ou dois, eu já estava no curso científico e tinha boas noções de física, ele sabia que eu gostava e me levou a assistir a uma palestra de um físico americano no Clube de Engenharia, sobre a relatividade e a energia atômica. Eu não entendi nada, seja pela física, seja pela língua, a palestra foi em inglês, mas eu gostei mesmo assim, gostei muito pelos cinco por cento que entendi e gostei, principalmente, pela importância que ele me deu, me levando ao Clube, me apresentando aos amigos, aqui o meu filho que gosta de física, cresci por dentro naquela tarde.

Tenho feito progressos de corpo desde que cheguei em casa, a movimentação do lado direito está bem melhor, braço e perna, e a fala também avançou; as pessoas, não só Rachel, com esforço de atenção conseguem me entender, é horrível, mas é muito melhor do que a incomunicabilidade. O ser do homem é sempre ser com os outros. O universo dos outros em volta de mim também se expande devagarinho: além dos enfermeiros, da físio e da fono, a mulher do segundo andar, uma velha viúva que foi professora do município e diz que admirou a minha gestão, deu para me visitar toda semana, vem, fala pra cachorro, sobre uma multidão de assuntos, critica, reclama, escreve cartas às autoridades, até para o Fernando Henrique escreveu, queixa-se de que não respondem, tem gente assim, mas dá conselhos sobre alimentação, recomenda o óleo de coco, fala do espiritismo de Kardec, me dá escapulários do Espírito Santo, traz incensos e acende a fumacinha perfumosa, é maluca, completamente, confessa que já foi internada duas vezes, mas é um ser, um outro, que vem e me faz bem.

Não tenho sentido o frio que sentia antes, é claro, minha sensibilidade encolheu toda; o inverno praticamente passou, cheguei aqui no fim de junho, estamos entrando em setembro, os sabiás cantando, passou o Grande Prêmio Brasil, em agosto, um movimento maior aqui na praça mas longe, muito longe da excitação e da aglomeração de outros tempos, vi a corrida daqui de cima mas nem sei o nome do cavalo que ganhou, que decadência. Mas eu estava falando do frio, o frio feio do Rio, indesejável, passou e eu não senti aquele mal-estar de antes com o tempo chuvoso, sombrio, úmido, desagradável, de julho e agosto, que negam as cores do Rio e castigam tanto os cariocas. Rachel cuida de me agasalhar, pôr um cobertor de pernas, mas na verdade não é só pelo agasalho de Rachel, acho que não sinto mais aquele frio de antes, não tenho mais os calafrios que tinha sempre que ficava sentado sem me movimentar, cheguei a comprar um aquecedor elétrico, meu pai também tinha e chamava esses ataques de frio nervoso, uma coisa realmente esquisita que põe a gente a tremer incontrolavelmente, um horror, pois passou, não tenho mais, fiquei imóvel todo este inverno, muitas vezes sem o cobertor, e não tive calafrio nenhum. Inerte, como na morte.

Minha mobilidade efetivamente melhorou. Mas disse a Rachel que não queria nenhuma festa de aniversário, não quero comemorar porra nenhuma, minha vida está boa assim, sem alegrias nem festas barulhentas, só o olhar e ver, telefonemas não atendi nenhum, poderia, se alguém segurasse o fone, mas não quis, só um jantar simples de aconchego com os filhos, no dia. Só. Que ventura calma trazem Rebeca e Rafael, Renato e Roberto, que bom que são assim, seriam seis, melhor ainda, uma verdadeira e bela família brasileira. Ainda choro o terceirozinho que nasceu em Brasília de sete meses, já falei dele, desculpem, que viveu um dia na incubadeira, eu cheguei a vê-lo três vezes, de hora em hora, até que fui olhar a quarta vez e vi a incubadeira vazia, oh, tristeza amarga até hoje. Tivemos que enterrá-lo lá, e anos depois, quando deixamos Brasília, recolhemos, eu e Rachel, seus ossinhos na sepultura e os trouxemos numa caixinha para o Rio. Chamamos ele de Joãozinho, está junto com meus pais. Não chegamos a conviver com ele, que pena. Falei dele outro dia, me apareceu tão bonito na casa de saúde.

Uma vez Brizola me chamou à sua casa pelo telefone, a voz mostrava preocupação, as sobrancelhas estavam pesadas. Cheguei, ele pediu logo o cafezinho à Dona Cacilda e me mostrou um exemplar da *Veja* que ia para as bancas no dia seguinte. Tinha uma longa entrevista da Neuzinha, com fotos ingratas e muito destaque, pura sacanagem, logo vi. Neuzinha era musical e fazia algum sucesso cantando *Mintchura* com uma vozinha agradável e maliciosa, havia lançado um disco que tinha saída. Na entrevista não se referia ao pai, embora com certeza tenha sido provocada, não era boba, mas falava da sua vida, do seu próprio pensamento desenvolto e do seu comportamento livre, e várias vezes usava expressões da liberdade carioca capazes de escandalizar um velho positivista gaúcho. Brizola estava com o cenho carregado, não sei o que tinha na cabeça, não me disse, mas eu fiz o que pude para tranquilizá-lo, aquilo era sacanagem da revista, obviamente, mas era jargão corrente da juventude da cidade, ninharia que se perderia no ralo se ele a ignorasse, era uma armadilha para indigná-lo e levá-lo a qualquer manifestação de raiva logo explorada negativamente.

Mas aquele dia falou sobre a filha em voz amiga numa abertura de intimidade que jamais tivera, isso é o de que eu me lembro mais nitidamente, estávamos sozinhos, ele confiava na minha serenidade, na minha equilibrada mediocridade, e falou, deixou passar à vista a confusão de amor e desaprovação que trazia no peito, contou episódios que não vou repassar, um particularmente chocante dentro de um ônibus uruguaio, trazia algum ranço muito fundo naquele sentimento, pensei na felicidade da minha relação tão boa com os meus filhos, na importância da família no ser da gente, sei de tantos e tantos exemplos de confronto e desamor entre pais e filhos, é coisa quase natural, especialmente de pais políticos famosos, quase certo. No caso dele, razões fortes desse tipo havia de sobra para que não se entendessem do jeito que ele gostaria. Não sei realmente quais seriam no detalhe, isto é, um pouco de longe dá para ver essas razões, mais ou menos, o veneno da política, o demônio da política, com certeza, e outros fatores ligados à personalidade forte dele e à própria vida instável dele como político hiperativo, tremendamente instável, eu sei bem o quanto a política machuca a família, sei o que é isso. Mas não quero falar disso, só lembrei para pensar que felicidade a minha, ter a relação familiar tão boa, mulher e quatro filhos, com política e tudo. Mérito meu? Sim, algum meu, dessa minha mediocridade essencial, e algum deles, e principalmente de Rachel, a intervenção sempre balsâmica. Rachel, todo dia o carinho e o cuidado, todo dia o pensamento adequado, o ofício bem-feito, a limpeza de alma, todo dia a respiração e o sentimento, até hoje, até agora, ó meu Deus, todo dia, e um dia vai acabar.

Continuo tomando as injeções de procaína do Doutor Irum, e realmente sinto uma disposição melhor de todo o corpo. Será? Sem dúvida nenhuma. Tenho melhoras também nos movimentos e na fala, como já referi, mas não estou certo de que sejam decorrentes dessas injeções, começaram antes essas melhoras, acho que são mais do trabalho das moças profissionais, admiráveis na persistência e na dedicação. São profissões eminentemente femininas, exatamente pela paciência e a minudência que requerem. Que a testosterona desarranja.

Haverá profissões típicas dos sexos? Haverá profissões não adequadas às mulheres? Os preconceitos de milênios distorcem muito a resposta. Fico pensando, se tiver que responder, vou acabar apontando algumas ocupações só de homens. Para logo depois me desmentir. Soldados: o mito das amazonas virou certeza; hoje há mulheres que vão à guerra. Entretanto, ora, entretanto, não sei se algum dia haverá uma mulher tenente comandando um pelotão na frente de batalha, debaixo de fogo. Não é que lhes falte coragem, mas falta a voz de comando, a força de comando que vem de dentro do comandante, pode ser cultural também, obviamente, e aí vai que daqui a alguns anos pode ser que a mulher comande um pelotão no meio do fogo. Acho que não, acho que, no caso, a testosterona é necessária, sai na voz. Bem, tenho para mim que daqui a alguns anos a guerra vai acabar, e essa última diferença também.

Eu nunca pensei em ver mulher jogando futebol, parecia um esporte só de homem, como o remo, hoje também praticado por mulheres. Bem, mas continuo achando que alguns ofícios, que exigem atenção prolongada e minuciosa, cuidados manuais delicados, como o de montadores de chips, por exemplo, só mulheres têm capacidade para exercer. Talvez seja também resultado dos milênios de subjugação e humilhação, a necessidade de desenvolver a paciência para suportar e sobreviver, a paciência feminina, que é também doçura feminina, outra face da moeda.

Fico só pensando, por isso falando para o retrato: a minha geração assistiu à maior revolução social de todos os tempos da humanidade, a das mulheres, a da pílula, a da libertação. Mas acho que as mulheres passivas, melindrosas, indefesas do meu tempo davam mais tesão. Para mim. A dança sexual da natureza estará mudando na nossa espécie? E daí? E daí, não sei, mas a espécie pode estar mudando, e essa mudança evolutiva pode desarranjar muita coisa, e eu não gosto, definitivamente, desses desarranjos, sou velho. Beatriz sabia disso, era mulher de iniciativa, mas deixava sempre espaço para a iniciativa parecer minha. Olha ela aí de novo no meu retrato, bandida, vadia, sim, não, isso é raiva porque não me deu o que eu queria, isto é, pode ser, ela era muito esperta, ladina como ela só. Deixa pra lá, não é bem assim, digo essas coisas para logo desdizer e me confundir, volto a pensar nela e vejo outros ângulos, a devoção ao marido na doença cruel, a dedicação ao filho e à mãe, o interesse pelo irmão, a solidariedade a algumas amigas que tinha em Brasília, a história do seu esforço profissional, o belo trabalho de alfabetização e de prática de leitura que fazia na igreja, muito elogiado, uma retidão nas coisas que falava, uma apreciação correta dos senadores, quase sempre coincidente com a minha, muitas vezes entretanto me corrigindo com razão, tinha muita sensibilidade, percepção fina das coisas.

Oh, Beatriz, que pena, eu a amava e sei que ela era uma pessoa admirável.

Mulheres outras, entretanto, nunca mais. Rachel só, para mim até a morte. Me basta completamente esta serenidade carinhosa. Tarde, eu sei, mas definitivo. Aliás, de tudo que eu disse aqui pode parecer que eu fui um grande comedor de mulheres, e não há nada mais falso do que isso: fui um grande sonhador de mulheres, poeta frustrado, masturbador.

Lembrei-me agora de uma impressão antiga e forte da meninice, como se fosse hoje: nós conversávamos, a turma da rua, em frente à casa do Galano, na República do Peru, discutíamos, isto é, eles discutiam sobre as qualidades que faziam uma mulher ser considerada boa, as pernas, as coxas, a bunda, os seios, todos palpitavam, eu só escutava, era o mais novo e não tinha credencial para falar; ademais, não entendia mesmo do assunto, e o próprio Galano, que era o mais velho de nós, arrematou a conversa: é o conjunto do corpo, das curvas, até mesmo da cara de sacana, da mulher que gosta de dar. Foi nesse momento, preciso, que, na calçada do outro lado da rua, bem em frente, iam passando minha mãe e minha tia, belas, majestosas irmãs, elegantemente vestidas, costumes bem-cintados, usavam-se cintas naquela época, saias na altura do joelho e meias de seda que torneavam as pernas, iam fazer compras na cidade, naquele tempo as mulheres se vestiam com apuro para ir ao Centro fazer compras nas lojas chiques da rua do Ouvidor e da Gonçalves Dias, iam as duas tomar o ônibus na Barata Ribeiro, ia-se de ônibus, passavam conversando sem reparar no nosso grupo de meninos do outro lado da rua, as duas, magníficas, a turma toda parou de falar, falava-se de mulheres boas, todos olharam bem as duas, as curvas do Galano, todos, no mesmo momento, uma coisa se transmitiu em coletivo, naturalmente reconheceram minha mãe e não falaram nada, mas o silêncio que era de respeito falou muito mais do que qualquer palavra de apreciação, eu fiquei vermelho de vergonha e também de raiva, olhei para o Celso, ele estava impassível, o rosto sério, uns 30 segundos, até que o Galano, mais velho e sábio, retomou a conversa em outro rumo, passou a falar sobre a Conde de Laje, onde se concentravam as casas de putas de qualidade melhor do que a zona do Mangue. Eu não consegui prestar atenção em mais nada, apesar do interesse palpitante do novo assunto.

Os anos me passam na serenidade, há alguma poesia no correr da fina brisa azul-celeste, na rotina bonançosa do deixar passar. Eu.

Como passam os anos?

Passam sem dúvida pelo Natal, a reunião da família, Rachel faz questão, sabe que eu gosto e que minha mãe fazia, o encontro restrito e contrito da noite de 24 e o festivo do almoço maior de 25. Ela faz a ceia da noite feliz, chama Celso e Isabela, chama os filhos deles evidentemente, só que têm sempre outros programas de jovens. Ficamos nós quatro e mais nossos filhos com os netos, meio obrigados. Bebemos vinho, todos gostam, eu posso e bebo, gosto, o vinho do homem, o vinho dos cânticos, o vinho das eras, e também as castanhas e as rabanadas, e principalmente o pernil que a Léa faz há anos e que é uma delícia, leva amêndoas e me- lado, e mais nozes, queijos, essas coisas não tanto brasileiras, a ceia portuguesa que agasalha, mesmo no verão, ceia do lar, de uma certa contrição familiar, mas também daquela alegria serena e abençoada da família, de Jesus, Maria e José, o menino na manjedoura, conseguimos manter a simples tradição cristã que Rachel incorporou, uma graça, ela monta até um pequeno presépio. Do réveillon já não participamos mais, essa coisa de jovens que estremecem pelo futuro próximo, essa expansão de ficar acordado até a meia-noite esperando para brindar, fazíamos antigamente, sim, jovens, já de cara cheia equilibrados sobre o pé direito com a taça de champanhe na mão prontos para o momento certo, minha mãe cuidava, mas agora já não mais, o ano passa para nós no Natal.

Mas passam também, os anos, pelas amendoeiras em frente à varanda, folhudas, frondosas, amarelando, avermelhando no meio do ano, bonitas no colorido das artes da Criação, chegam a ficar fosforescentes as folhas nos dias de sol, poucos dias, depois cai tudo, ficam os galhos secos espetados, esperando os pequenos brotos verdes, que aparecem logo. E de repente é um verde pujante encorpado novamente, já sei, mais um ano se está passando, já vai ao meio. Também pelo sabiás-laranjeiras, seu tuiti insistente, que começa em agosto, mais ou menos com a ferrugem das amendoeiras, já sei, mais um ano, cantam até janeiro, por amor, à procura do amor. Também pelas cigarras, coitadas, que cantam até se esgotarem no fim do verão, mais um verão que eu vivi.

Isso, os anos. Já os dias passam pelo alarido largo dos meninos das duas escolas da praça, a Júlio de Castilhos e a

Manoel Cícero, uma em frente da outra, meninos de uma devem namorar meninas da outra, todo dia escuto de manhã cedo, às vezes Rachel me leva a passear antes das sete e então eu vejo, gosto de ver aquele ajuntamento de camisas brancas e calças ou saias azul-marinho, que levam pastas e livros nas mãos, mochilas que é a moda, que se movimentam e falam tudo ao mesmo tempo, um tempo veloz, e se entendem. Nas férias, o dia custa mais a passar, a manhã fica vazia.

As semanas são marcadas pelo bulício da multidão nos bares do Baixo Gávea, o point, nada me afeta, durmo cedo. São marcadas as semanas também pela feira de antiguidades, tenho alma de colecionador, ainda gosto de selos e moedas, tenho saudades do tempo que gastava classificando-os, pinça e lente na mão, ordenando pelo catálogo, o Yvert Telier, e colando os selos com cuidado no álbum. Hoje não se faz mais assim, não se usam álbuns mas classificadores, se colocam os selos dentro de uma película protetora, é uma coisa bonita, uma coleção de selos. Gostava de comprar pequenas coisas antigas, caixinhas de arte, pequenas gravuras delicadas, até cartões-postais selados, mas as barracas ficam distantes da varanda, pouco capto daquela parte mais larga da praça, das barracas e dos bancos onde as pessoas se sentam, levam seus cachorros, descansam, respiram. E agora não vou mais à feira; pena; de cadeira de rodas não dá para ver bem os objetos expostos. Antes, eu ia também à outra feira maior que fica aos domingos na Praça XV, embaixo do viaduto, mais diversificada, gostava de conversar com os vendedores, colecionadores natos que conheciam o valor das coisas, vendiam com amor. Bem, e a semana tem a lua, claro, que marca também o mês quando está redonda e branca, o São Jorge lá bem visível espetando o dragão, mas a lua não tem a confiabilidade das árvores e dos pássaros, ela dissimula, se esconde muita vez atrás de prédios, de nuvens, e seu curso é muito variável nas horas, às vezes a vejo no céu de manhã cedo, ainda está lá, outras vezes desponta enorme alaranjada, às seis da tarde, ainda dia.

Os dias passam ainda por outros acontecimentos regulares, pelo homem que passa lá embaixo, caminha com dificuldade, claudicando seu AVC, já falei dele, repito porque me impressiona cada dia pelo coleguismo da paralisia, a cabeça coberta por um boné, quase sempre uma camisa polo azul ou grená, a mão esquerda no bolso, calça comprida cinza, mesmo nos dias quentes, sapatos de couro, é um ser. Como pela mulher de saia rodada que brinca com seu cachorrinho preto, patinhas brancas, esperto, ligeiro.

Os dias passam pelas suas cores, cada dia tem uma cor, um tom de verde, de amarelo, cada azul é diferente no céu. Até mesmo as fachadas e janelas dos prédios têm cores diversas. Cada dia tem um aroma diferente, tem uma brisa que toca o rosto diferente, o tato percebe e registra, como é bom, a gente desenvolve faculdades especiais nesse estado meu.

Os dias passam por Rachel, não os anos nem os meses, Rachel é que marca o dia, a hora disso, a hora daquilo, o tempo regulamentar. Há tempo disso e tempo daquilo, desde os tempos da Bíblia, até chegar o tempo em que a gente espera só o tempo final. Antes do final é a rotina de espera dos velhos marcada por Rachel, dos supervelhos como eu.

Rachel me leva todo dia, ela mesma, só quando não pode por uma razão maior, então, vai o Cassio ou o Renato, eles chegam às oito, Rachel sempre sai antes, especialmente no verão. Quase sempre me leva ao Jardim Botânico, moramos praticamente dentro dele, que bênção, claro que quando compramos, Rachel comprou, era sempre ela, quando compramos pensamos nisso, a caminhada no Jardim Botânico, ela o conhecia bem mesmo sendo tijucana, por causa do enlevo de Dona Judith, que adorava aquele lugar. Jamais, entretanto, jamais poderia imaginar que viria a ser o aprazimento tão maior da minha vida, desses anos que vão passando devagar, aprazimento repetido todo dia sem decaimento da alegria, quase ao contrário, cada dia mais prazeroso.

Todo dia o mesmo percurso, sem nenhum fastio. Entramos pelo portão do fim da Major Vaz, percorremos a rua daquele conjunto de pequenas casas velhas e simpáticas, de herdeiros de antigos funcionários, que talvez não tenham mais direito de morar ali mas que ali estão, gente muito simples e entretanto donos daquela riqueza incontável de moradia. Há uma mulher que canta todo dia de manhã, imagino-a de vassoura na mão, um movimento que pede cantiga. Dobramos à direita ao fim, passamos pelas oficinas, pelo teatro, pela praça do tanque das tartarugas e do relógio de sol, e entramos no arboreto, que coisa amena, olorosa e sadia. Logo ali ao lado, antes da entrada, sobranceira, a casa do meu avô, só que branca com janelas verdes. Em Lisboa tem o Hotel das Janelas Verdes, na rua das Janelas Verdes, bela lembrança.

Levamos mais de uma hora lá dentro, por vezes mais de uma hora e meia, Rachel anda devagar e gosta de parar e se sentar num banco aprazível, sob o alarido das maritacas. Àquela hora não tem mosquito. O percurso é sempre o mesmo, muda só o ritmo dos passos dela, e muda também a paisagem, cada dia a gente vê e escuta algum colorido diferente, e muda o aroma, também dia a dia.

Percorremos a via de entrada, começa com uma trepadeira do lado direito que dá umas flores grandes, brancas e cheirosas, passamos em seguida pelo belo conjunto de velhas mangueiras, do mesmo lado, sob o qual tem sempre um grupo imóvel, fazendo tai chi chuan, vamos até o lago das vitórias-régias, paramos um pouco e olhamos, eu sempre relembro a fantasia de colocar um bebê em cima de uma daquelas bandejas verdes e sair nadando e empurrando o bebê pelo lago, navegando-o sentadinho na grande folha. Ao lado, no alto da pequena elevação, fica o nicho do frei Leandro, seu busto, seu rosto comprido de nariz saliente, e ao lado a mesa de tampo de pedra onde almoçavam nossos imperadores quando vinham ao Jardim. Não podemos subir por causa da minha entrevação; eu conheço porque outrora sempre subia e lá de cima olhava a vista soberba do lago. Pegamos a margem esquerda, a dos bambuzais, atravessando por cima da corrente de água que vem canalizada da cascata da mata, sempre penso na força da água corrente, ali bem visível, a primeira força motriz utilizada pelo homem, isto é, a primeira acho que foi o vento. Seguimos pelo contorno da elevação dos sanitários, passando debaixo do grande jameleiro, pisando em certa época do ano o chão coalhado da cor roxa da casca do jamelão. Na virada à esquerda muitas vezes vemos macacos-prego, um pequeno bando, gostam de comer jaca numa jaqueira bem na curva. Vamos em frente ladeando o jardim dos beija-flores até o orquidário, dobramos à direita e passamos em frente à majestosa e bela casa amarela também de janelas verdes, um verde mais escuro, onde morou o Geisel e hoje é a administração do parque. Há dias em que chegamos no momento do hasteamento da bandeira, Rachel para, ficamos olhando em respeito. Passado o bromeliário, que todo dia me lembra o Ricardo Menescal, atravessamos a pontezinha de madeira que sobe e desce, Rachel sempre tem de pedir auxílio a um dos funcionários que está varrendo, para ajudá-la na transposição da minha cadeira. Tudo isso são afabilidades das gentes que transitam por ali àquela hora de humor leve, e também das plantas antigas, estupendas, do ar que circunda, da joia da manhã. Depois vem o caminho que passa debaixo dos gigantescos sombreiros, divinos na sua grandeza majestática, e continuamos em linha reta, ao lado dos grandes bambuzais gigantes, gementes, por vezes falantes com o vento, até chegarmos à via principal, a das palmeiras-imperiais. Entramos nela e lá está, no fim desse tramo de trás para a frente, o grande chafariz de ferro do Mestre Valentim, perfeito, que arte, jorrando de longe. Antes de atingi-lo passamos sob as imensas sapucaias do lado direito, gloriosas quando estão floridas, e depois, à esquerda, a portentosa sumaúma, atestando a tremenda força vital da Amazônia. Tomando à esquerda, vemos a pracinha do grande Barbosa Rodrigues, onde também se faz tai chi chuan. Há uma via reta, estreita, que vai do grande diretor do Jardim ao grande estudioso da nossa flora, Von Martius, no seu busto de cara bem alemã. Nós a cruzamos, podemos ver, de longe, os dois bustos. Outra trilha, paralela à nossa rua, em sentido contrário ao nosso, liga Von Martius a Saint-Hilaire, com seus cabelos compridos escorridos como os de José Bonifácio. Mas nós só o vemos depois, na volta. Prosseguimos a rua ensolarada que sai do chafariz na direção da Pacheco Leão, cruzamos a aleia das mangueiras e passamos ao lado do memorial do Mestre Valentim, com as grandes pernaltas e as estátuas originais de Eco e Narciso, acho que as primeiras fundidas em bronze no Brasil, capricho do velho mestre, não sei como aprendeu a perfeição naqueles tempos tão estreitos, não sei como o padre José Maurício conseguiu se exceder na sua música. Só sei que eram ambos mulatos, como o Aleijadinho. Seguimos até o monumento de Eco e Narciso, uma réplica em tamanho menor, cercada de plantas verdejantes, e entramos na grande aleia das andirobas, paralela e próxima à dos paus-mulatos, esbeltos, lisos, altaneiros, preferidos de toda gente. No fim das andirobas, à esquerda, tem um jardim japonês, típico, tudo parece miniaturizado, as pontezinhas, a vegetaçãozinha, as pedrinhas, o pequeno monjolo, que velha invenção, e o laguinho, só que nesse laguinho estão as plantas aquáticas que dão a flor de lótus, a mais bela flor da terra, grande, redonda, bojuda e delicada, de uma brancura comovente, pétalas de uma suavidade emocionante, e logo ao lado os arbustos que dão as camélias, não sei se chamam cameleiras, que beleza. Vamos até os pequenos e restaurados prédios da entrada principal, que dá para a rua Jardim Botânico, e dobramos à direita, ingressando novamente na avenida principal, agora na parte da frente, ladeada das palmeiras mais caprichadas, remontando minha lembrança ao selo comemorativo dos anos 38 ou 39, que eu apreciava especialmente na minha coleção. Caminhamos outra vez até o maravilhoso chafariz, que arte, e dobramos à esquerda para buscar a saída. Nesse trecho estão os manacás, quase sempre floridos, Rachel sempre canta lá atrás daquele morro tem um pé de manacá e eu sempre me emociono quando ela diz nós vamo casá, nós vamo pra lá. Vemos outra vez o lago e pegamos a via paralela à principal, a que passa ao lado do morro da mata, de onde desce a cascata espumante, e ao lado também, esquerdo, do busto de D. João VI, magnífico no alto do seu pedestal, fisionomia serena e sobranceira, com uma discretíssima trança de cabelos para trás, o fundador do parque e da Nação, tão injustamente depreciado por essa gente que gosta de fazer ridículo com os outros. Ao fim, tomamos à esquerda, passamos pela antiga casa do engenho, hoje centro dos visitantes, a casa rasa e simples como a das fazendas antigas, só não gosto da cor marrom dos alizares das janelas, preferia que fosse azul ou verde, ou até amarelo, bebemos uma aguinha fresca da boca da mulher de bronze que fica na saída, como uma górgona, Rachel sempre leva um copinho para isso. Nesse canto da saída, a brisa corre fina e eu a sinto acariciar meu rosto, e penso no prazer do tato que ainda tenho. Estamos de saída, no lago das tartarugas, no relógio de sol, no teatro, nas oficinas, onde muitas vezes está o velho amigo de mais de 90 anos, magro e sadio, o Folha Seca, funcionário honorário que passeia de bicicleta pelo arboreto, tem permissão, e grita para mim: "Olha ele aí!" Percorremos de volta a mesma rua dos moradores internos até a saída na Major Vaz.

Que bela rua, essa Major Vaz, uma pena o episódio a que o nome está ligado, mas que morada feliz. Às vezes, quando Rachel tem pressa, alguma coisa que fazer de manhã, em vez de passear dentro do Jardim Botânico, fazemos só o quarteirão que sai do nosso prédio e percorre aquele trecho mais bucólico da Major Vaz, todo de casas baixas, antigas, anos 30, por aí, aconchegantes, variadamente coloridas, alegremente coloridas, uma verdadeira graça, só um prédio de quatro andares que não chega a agredir, passamos pela delegacia de polícia e pelo esplêndido prédio vermelho do destacamento dos bombeiros, entramos na rua Quintino Cunha, que ninguém conhece, e voltamos à nossa praça, ao nosso edifício, leva uns 15 ou 20 minutos esse percurso alternativo.

Não penso em felicidade nessas jornadas, vivo-a, respiro-a. Já pensei e pesquisei muito, estudei o que pude da ciência da felicidade, li até sobre os disparates que uma neurociência anda querendo afirmar, medindo fisicamente, eletronicamente, intensidades e durações de sensações prazerosas e comparando essas medições com respostas a questionários sobre felicidade, e cotejando-as, ainda, com dados psicanalíticos e com o uso de remédios, um bestialógico que encontra vênias e reverências entre acadêmicos e estudiosos de antolhos, que coisa. Esses questionários, aliás, colocam bem os brasileiros na competição da felicidade, outro despautério, submeter felicidade a competições.

Eu sinto e eu sei, eu sou, não preciso mais estudar e procurar, sei dos caminhos à paz benfazeja, fiz a incorporação consciente das limitações do meu ser, hoje completamente físicas e confinantes, ontem principalmente mentais, limitações de destreza mental que sempre tive, de talento, de criatividade, de presença de espírito, carências que não eram aceitas honestamente por dentro do meu ser. Havia um conflito tormentoso e permanente. Este calmo pensar e proceder de agora, com honestidade genuína, dissolve as amarguras das frustrações e aventa a felicidade. Isso eu aprendi. A pena enorme é de não ter alcançado esse planalto antes, de constatar que, agora que desvendei esses arcanos, tenho tão pouco tempo para desfrutar essa iluminação.

Foi bom ter lido os filósofos, foi bom e foi útil, claro, a gente tem que respeitá-los, falo dos que meditam sobre o ser do homem, sobre a Política, sobre a Ética, sobre a História, são sempre humildes, não pretendem asseverações de assentimento universal, só querem discutir, observar e perguntar, ponderar, acho importante ler os filósofos, acabam torneando a ideia de que a felicidade é o próprio ser, a existência. Foi isso que eu captei, o prazer da existência, simplesmente. E entretanto nunca nenhum filósofo, nenhum neurocientista vai achar que um paralítico possa ser feliz. Acho que nunca. Só talvez aquele físico inglês paraplégico, que parece um idiota e vive em cima de um robô, que estuda astrofísica e dizem que é um gênio, talvez ele seja feliz. Ele e eu aqui, olhando.

Infeliz é o suicida, o que entra em desatino completo, mergulha fundo no atro poço da sua alma doente e perde toda a ligação com as manifestações da vida, essas que constituem a felicidade; não tem mais os sentimentos e os impulsos para os atos de vida, o ato de optar, de decidir, de fazer, de construir o seu ser, nem as aberturas para os influxos que enchem a vida, o pensar, o imaginar, o contemplar, o respirar, o sentir, o amar. A felicidade é a vida; a infelicidade é a desvida, é a vontade da morte.

Oh, não sei, a morte também tem que ser aceita e convidada. Mas não querida.

Eu inventei muita coisa, quase tudo, neste meu retrato: inventei tempos e gestos, inventei mulheres e situações, é do meu ser, sempre fui um sonhador, vedor e fantasista, especialmente agora que meus atos concretos estão inibidos e minha vida é passada, é passiva, fiquei ainda mais inventivo; contudo é vida ainda, com satisfação amena, tanto que não inventei nenhum gesto de morte ou pensamento de suicídio, nenhum personagem como o infeliz Werther. Nunca. Não é do meu ser.

Veio aqui um jornalista de Friburgo, queria uma entrevista sobre a minha vida política, falei muito, pesadamente, pausadamente, mas ele entendeu, gravou tudo numa maquininha, e ele também falou, das coisas de Friburgo, interessantes, a história daquela cidade que tem uma personalidade própria, ele é um pesquisador, acabamos numa conversa agradável para mim, que até soltou mais a minha fala, e ele, no final, ao me agradecer, salientou o meu bom humor, que o surpreendeu tanto pelas minhas condições, e a mim também, fiquei surpreso, eu, de bom humor, sim, ele repetiu e enfatizou, que bom eu saber.

Busquei também, além de inventar, neste meu retrato, corri por tempos passados, fui a Campos dos Goytacazes farejar raízes, cheirar os velhos aromas da cana; encontrei ruínas vividas pelos meus de antanho mas não consegui nada de um aceno de qualquer deles. Foram felizes, no fazer e no sentir, não são mais. Invento encontros com alguns que não conheci, meu próprio avô de pai, o bisavô, o trisavô fundador, diálogos de esclarecimento e sabedoria, percorri até os velhos cemitérios de mofo enegrecidos, não encontrei as lápides nem sopros dos espíritos, nenhum sinal deles. Invenção só.

Entretanto.

Nesse caminhar pelo passado resvalei no tempo e achei algo nebuloso e insondável que não esperava nem buscava. Devagar, sem ruído, sem saber fui penetrando aberturas esconsas, ingressando num espaço novo e desconhecido, um espaço sem tempo e sem dimensões, o mundo dos seres não sidos. Eles estão lá, sóbrios, meio tristes, mas afáveis, semissorrindo e esperando. Esperando. Estão lá pacientes e silenciosos na sua diversidade humana já pronta, definida, com seus corpos, o ser tem corpo, não é só alma, estão lá esperando, não sabem se serão um dia, e não têm pressa, não conhecem o tempo nem a pressa, são felizes lá no seu espaço sem dimensão que entretanto é claro, não têm atos de vida mas têm sentimentos, diferentes dos nossos, claro, contemplação da luz eterna. Quando forem, se forem um dia, terão seu tempo finito de ser. Por que fui e sou? Estive lá antes? Por que nasci?

Tenho tido a sensação de que convivo com eles, serenamente, a partir de um acaso derradeiro que me abriu esse outro mundo; eles não falam, nem eu, e nos entendemos por olhares e expressões faciais, expressões verdadeiras, não há nenhuma precisão de mentir. Eu queria muito que Rachel conhecesse também esse mundo, Rachel que é tão verdadeira, talvez por isso não possa, porque não é invenção minha, ela é vera e veraz, Rachel não mente, não inventa, estaria bem lá mas não pode.

Eu entro e saio, aprendi, volto ao Rio, por causa de Rachel. Sempre, todo dia, carinho e dedicação no amor, todo dia, desde o tempo inocente do namoro, andar de mãos dadas, ir ao cinema para beijar, não se beijava na rua, ela deixava eu tocar seus seios pequenos, lembro uma vez que passamos um filme inteiro em carícias, sem ver a tela, sei apenas que havia um casal de personagens que também se amava intensamente, era um filme francês, lembro até dos nomes, Giles e Dominique, a inocência, o carinho quase infantil foi nossa comunhão, tomávamos sorvetes juntos, íamos à praça dar miolo de pão para os pombos.

E volto também pelo próprio Rio, minha vida, minha cidade, seu corpo e seu espírito, as curvas e as cores especiais, únicas, do seu horizonte tão belo, a filosofia e o canto do seu povo, seu nervo, singular no mundo. Queria um dia escrever sobre os morros do Rio cheios da sua gente talentosa, falante e viva, feliz, eles fazem a alma da cidade. E também sobre os "cantos" do Rio, não no sentido musical mas puramente físico, cantos caprichosos e surpreendentes de ruas e pequenas praças que eu conheço de minhas andanças antigas, sempre gostei muito de andar. Me confrange a ideia de que esse aquecimento global anunciado venha um dia a fazer o mar invadir a cidade, e ela decair toda, depois de sofrer tanto as dores do parto de Brasília e emergir do fundo viçosa e feliz. Mas acho que não haverá isso; é coisa de americano.

O Rio, outro amor de minha vida e do meu ser, integrante mesmo deste ser. Com certeza. O amor cidadão, um dia vou escrever sobre ele, que tem carinho como todo amor, não tem erotismo mas tem responsabilidade, muita, o cuidado. Como é bom viver, olhar e ver, cantar um hino dentro da alma, como é bom. Amar. Como é bom ser bom.

Este livro foi composto na tipologia Minion Pro
Regular, em corpo 11,5/16, e impresso em papel
off-white no Sistema Cameron da Divisão
Gráfica da Distribuidora Record.